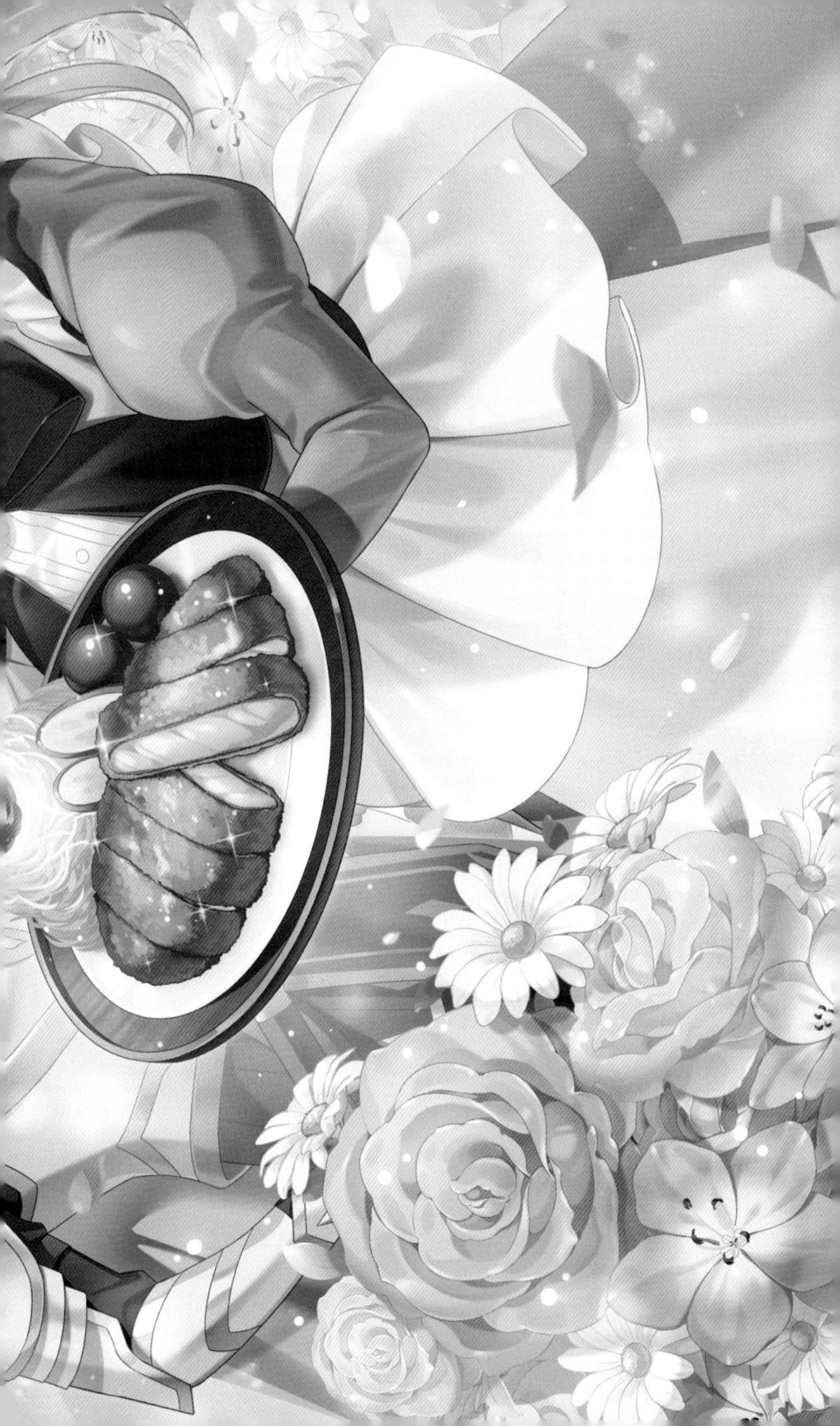

期間限定、
第四騎士団の
キッチンメイド
～結婚したくないので
就職しました～
著 皿うどん
画 茲助
キャラクター原案 あまよかん
TOブックス

一章✦王城のキッチンメイド

イラスト　茲助
デザイン　AFTERGLOW

Contents

一章　王城のキッチンメイド

kikangentei
daiyon kishidan no
kitchen maid

いつかジャーマンスープレックスかましてやるからな

もし神が存在していて、好きに文句を言ってもいいのなら、わたしは躊躇いなく「なんで記憶を持ったまま生まれ変わらせたの？　嫌がらせ？」と言っただろう。

わたしには前世の記憶がある。あまりいいものではない。

前世では天涯孤独の身で、結婚した男がクズだった。顔と口がよく、結婚するまでは優しかった。結婚して徐々に変わっていったと思っていたけれど、本性を現しただけだったんだろう。

いくつも仕事をかけ持ちして稼いだお金は浪費され、浮気され、ついには離婚届も出さずに消えた。

「せめて離婚してけよ！」

ふたりの思い出が残された部屋で叫んだことは、今でもはっきり覚えている。金目のものは消えていたのが、妙に笑いを誘った。

——テレビは持って行って、写真は置いていくんだ。

結婚式は挙げないけどウエディングドレスを着て写真は撮ろうと、とろける瞳で見つめてくれた彼はもういない。

それから前世のわたしは必死に働いた。弁護士を雇って正式に離婚するまで、それなりに時間もお金もかかった。

結婚は、わたしの心に傷しか残さなかった。

「生まれ変わったんだったらさぁ……不幸な記憶はいらないんじゃない……？」

幸せになりたい。けれど、こんな記憶を持っていては結婚する気など起こらない。

変な男に引っかかりにくいことを幸いと思うしかなかった。


事実は小説のようにうまくはいかない。前世の記憶をもとに何か生み出そうにも、この世界には魔法があり、大抵のものは揃っていた。むしろ日本にいた頃より快適だ。

入るだけで体も髪も洗い上げてくれるお風呂や、全自動調理器もある。全部べらぼうに高くて買えないけども。

「んー。これで下ごしらえは終わりかな」

いつの間にか猫背になっていた背を伸ばし、細切りにしたじゃがいもを水にさらした。

今のわたしは、少し貧乏な子爵令嬢だ。父親が王城で働いているから王都に家を持っているが、特別なコネがあるわけでも、高給取りでもない。

父さまは真面目に働いて、給料をすべて持って帰ってくる。散財も浮気もしない、尊敬すべき大好きな父親だ。ただ、貴族のなかで働くには、少し人が良すぎるとは思う。たぶん貧乏くじを引かされているのだろう。

母さまは体が弱く、薬が手放せない。けれどそれを嘆かない、明るく素敵な母だ。わたしにも弟のトールにも、たっぷりの愛情を、惜しみなく注いで育ててくれる。

このノルチェフ家の跡継ぎである弟は、十四歳。前世で結婚したクズのようにはなってほしくないと、厳しくも愛して育てた結果、立派なシスコンになった。

家で開くお茶会が少なくても、ドレスを着回していても、節約のためにわたしと通いの使用人で家事をしていても、とても幸せだった。前世あれだけ望んだ家族に愛し、愛され、毎日が平穏だ。

結婚だけはしたくないわたしに、不意に問題は降りかかってきた。

お金がない。

結婚適齢期になり、友人のご令嬢たちがこぞって結婚しはじめた。ノルチェフ家の事情を知り、それでも変わらず接してくれ、時に助けてくれた友人たちだ。家族みんなで喜んでお祝いを包み、慶事を祝った。

わたしももう十八歳、この時のためにお金は貯めてある。

次に、親戚が次々と亡くなった。

風土病で、その地域だけで猛威を振るったのが不幸中の幸いなほど、たくさんの人が亡くなった。

両親の結婚のとき多額のお祝いを包んでくれたり、母の薬を融通してくれたりと、ずっと交流があった家だ。

今はお金が足りないだろうと、家族で話し合ってお金を贈ることにした。

この世界には香典なんてないけど、人情というやつだ。

それだけならまだ何とかなったけど、最後の最後、トドメとばかりに、一番仲のいい友人が上流貴族と結婚した。ここでケチって変なものを贈れば、ノルチェフ家の評判は最悪だ。

重なる忙しさと、親族が亡くなった心労で母さまが倒れ、診察代と薬代がかかった。体調が戻ったのを家族全員で喜んだのが嬉しかった。

そして弟のトールが貴族学校へ入学する。

王都に住んでいる跡継ぎである以上行かなければならないそこは、入学金も制服代も授業料も何もかも高い。今月はなんとかなっても、来月はおそらくどうにもならない。

ここまできてようやく、父さまは絞り出すような声でわたしに伝えた。

「……驚くほど金がない」

「そう思ってました」

神妙に頷く。

明言はせずとも、わたしが結婚したくないのを察して、今まで婚約の話を持ってこなかった父さまだ。この先を言わせるのは、あまりに酷だった。

「父さま、仕事を見つけてきてほしいの」

父さまはハッと顔を上げた。

この世界で女ができる仕事はあまりに少ない。貴族の女性に許されている仕事は、料理関係と侍女くらいだ。

この世界では、料理に関することは女性がするべしという風潮があって、台所には女性しかいない。平民ならばまだ緩く、いろんな職で稼げる。だが、基本的に働くことが許されない貴族の女性が稼ぐのならば、このふたつだ。

我が家は侍女になれるほどの家でもなく、そういった教育も受けていない。となれば、あとはひとつだった。

「仕事がなければ、それでいいの。でも、なにも足掻かないまま道を決めたくない」

父さまは強く目頭を押さえた。生真面目でちょっぴり融通が利かなくて、貧乏くじを引かされても黙々と仕事をする、尊敬すべき父。

威厳を見せるために、口ひげを生やしている父さま。口ひげがあんまり似合っていない父さま。

「父さま、わたし、自分のためにも働いてみたい」

おそらく父さまは、ありとあらゆる方法を使って、愛娘のために仕事を見つけてくれたのだろう。

わたしは貴族女性の憧れ、騎士団のキッチンメイドの仕事を紹介されたのだった。


わたしが働くのは、弟のトールに大反対された。

「僕が学校へ行くから、姉さまが働かなければいけないんですか⁉　なら僕は学校へなんて行きません！」

トールにぎゅうっと抱きしめられる。成長途中の薄い背中を、なだめるようになでた。百六十センチほどあるわたしより、数センチ背が高いのに、まだ甘えん坊だ。

「聞いてトール。姉さまは、結婚か働くかの二択で、働くことを選んだのよ」

「姉さまが……結婚……⁉」

「姉さまはね、結婚したくないの……本当に、心底したくないの！　結婚するなら父さまがいい！」

父さまの顔が、でれっと溶けた。

「姉さまが……結婚……」

「騎士団で働いていれば、結婚しなくていい理由になる。姉さまは、自分のために働きに行くの。許してくれる？」

「もちろんです！　大丈夫です姉さま、僕が姉さまを守ってみせます！」

「ありがとう、トール」

さらにぎゅうぎゅうと抱きしめられながら、弟の背中をなで続ける。

「父さま、母さま、働くことを許してくれてありがとうございます。ノルチェフ家の恥とならないよう励んできます」

「ああ……。体に気をつけるんだぞ」

「いつでも戻ってきていいのよ。無理と我慢だけは駄目。すぐに倒れる母さまとの約束よ」

「すごい説得力」

「もしアリスがつらい状況に置かれているのなら、私がすぐに駆け付けますからね。その場で吐血するから、一緒に帰りましょう」

「母さま、体を張りすぎよ」

「これくらい大したことないわ。あなたたちを産んだ時のほうが、たくさん血が出たんだから！」

病弱で儚げな見た目の母親は、意外とアグレッシブでお茶目である。

働くことを決めてから数日後に、キッチンメイドを募集している騎士団の面接をすることになった。

一張羅を着て初めて王城に足を踏み入れ、何度も手続きをして、約束の時間の少し前に応接室へたどり着くことができた。おそらく最低ランクの応接室だが、王城にあるだけあって、家より数段も豪華だ。出てきたお茶も香り高い。

一気に飲み干したくなるのを我慢していると、ドアがノックされた。

「はい。どうぞ」

立ち上がると、背が高く顔が整った男性が入ってきた。細身で、涼やかな目元とおかっぱ頭がよく似合っている。

前世のことがあり、イケメンは苦手だ。失礼にならない程度に目を伏せる。

「アリス・ノルチェフと申します」

「ボールドウィン・ソマーズと申します。お待たせして申し訳ございません」

「面接を受ける者が早く来るのは当然のことです。謝罪は必要ありませんわ」

ボールドウィンは珍しいものを見つけたように、まじまじと見つめてきた。つむじに視線が突き刺さる。

変なことを言ったつもりはないけど、言い方がちょっと失礼だったのかもしれない。

いっそう深く礼をすると、ボールドウィンはハッとして、手でソファーを指した。

「どうぞお座りください」

ソファーへ座ると、書類が広げられた。

「説明させていただきます。今回ノルチェフ嬢が勤務するのは第四騎士団です。朝昼晩、毎日三食お願いします」

花形の第一騎士団、所属する大半が貴族の第二騎士団、実力主義の第三騎士団ならば、名を知っている。第四騎士団は初めて聞いたが、わたしが知らないだけで、ずっとあったのだろう。

「朝早く夜遅いので、住み込みもできます。貴族のご令嬢が住むに相応しい……とまでは言いませんが、それなりの寮をご用意していますので、後ほどご案内いたします。侍女を連れてきてくださっても結構ですが、基本的に寮から出ないようお願いしております」

「はい」

「ここで見聞きしたこと、感じたこと、推測したことなど、すべて他言無用です。万が一情報を漏らした場合、投獄もあり得ますので、ご注意ください」

「はい」

ちょっと怖いけど、貴族が所属する騎士団だから、漏れたらまずいことがあるはずだ。

トールは学校の寮に住まなきゃいけないし、友人は新婚ばかり。住み込みもいいかもしれない。両親に新婚のような生活をプレゼントするのは、悪くない考えだ。

「休日は週に一度。お給金はこのように」

思わず三度見した。何度もゼロを数える。

まさか父さまと同じくらい給金がもらえるなんて……！　この仕事を探してくれた父さま、ありがとう！

「本来ならば数人でする仕事ですが、ノルチェフ嬢おひとりに頼むこととなりました。そのぶんお給金に反映させています」

騎士団の台所を預かれるのは、婚約者がいない、十六歳以上の女性の貴族だけだったはずだ。貴族の口に入るものを作る以上、怪しい者を雇うわけにはいかない。お見合いも兼ねていると聞いたけど、わたしには関係なさそうだ。

「期間は最長で三年ほどになります。それ以上はご結婚に差し支えるでしょうから」

結婚はしたくないので、三年みっちり働きます。

「まず仕事場を案内いたします。食事の提供が間に合わないと思えば、すぐにおっしゃってください。間に合わないことが続くと、処罰のうえ解雇もあり得ます。迅速におっしゃっていただければ、こちらでカバーできますので」

確かに、よく食べるであろう騎士団の三食をひとりで作るのは大変そうだ。

王城を出ると、移動用の馬車に乗り、ごとごとと移動した。その間ボールドウィンは仕事の説明をしてくれたが、基本的なことだった。

遅刻はしないとか、無断欠勤しないとか、休む場合はきちんと知らせるとか、部外者を勝手に招き入れないとか。

過去にあったのであろうことを念入りに説明され、見ないようにしていたボールドウィンの顔を見つめてしまった。

この人も、苦労してるんだな……。

お嬢様たちも、初めて働くのなら不手際があるのは当たり前だ。身分が邪魔して、お嬢様に注意できないこともあるだろう。

「はい。肝に銘じておきます」

いたわるように返事をする。

ボールドウィンにしばし見つめられ、先に目を逸らしたのはこっちだった。

恥じらうような可愛いものではない。正直に言うと、冷や汗が出るからイケメンと同じ空間にあまりいたくない。

「……ほかの騎士団を見学いたしますか？」

「ほかのご令嬢の仕事ぶりを見られるのですか？」

わたしよりも先に仕事しているキッチンメイドが、どんな料理を作っているか興味がある。

「いえ、騎士団の見学です」

わずかに首をかしげる。

「……それは必須ですか？」

「いいえ」

「大変ありがたい申し出ですが、わたくしのためにソマーズ様の貴重なお時間をいただくのは申し訳ありませんわ」

「そうですか」

そう言ったきり黙り込むボールドウィンのことは、気にしないことにした。

有能な人は、大抵どこかがちょっぴり変なものだ。


沈黙が続くなか、ようやく着いたのは、こぢんまりとした建物だった。灰白色の石でできた、華やかさより頑丈さを優先したような建物だ。王城を見た後では質素に見える。

馬車をおり、裏口にしては立派なドアから中に入る。

「本来ならばきちんとした入口からお入りいただくのですが、使うのはこちらでしょうから、裏口から案内させていただきました」

裏口はキッチンに繋がっていた。

「基本的には裏口を使い、キッチン以外には立ち入らないようお願い申し上げます」

キッチンと食事をする場所は天井が高く、広々としていた。テーブルからキッチンはあまり見えないが、見ようと思えばいくらでも見える絶妙な配置。

明るい光を投げかける照明に、よく磨かれて飴色に光る床。大きな長方形の机が三つに、それぞれ椅子が六脚。どれも緻密な模様が彫られている。

広々としたキッチンには、最新の調理器具が揃っていた。食器棚さえ、一見してそうは見えないほどお洒落だ。

「わあ……！」

「こちらは最新の魔道具です。野菜や肉、魚など、何でもこれひとつで下ごしらえができます。隣のものは、食器や鍋を洗浄してくれます。その隣の魔道具は、材料を入れれば、登録されている料理を作ってくれます」

「すごい！」

どれも気になっていたが、非常に高いから買うのは諦めていたものだ。

こういったものを買うのは裕福な平民で、貴族は料理人を雇うのがステータスだ。魔道具より、プロの料理人が作ったほうがおいしいしお金がかかるからだ。

だから、友達の間でも話題にできなかった。貴族なのに、と思われるのがオチだから。

「どれも活用していただいて構いませんが、こちらの魔道具だけはあまり使わないでいただきたいのです」

ボールドウィンが優雅に手で示したのは、なんでも調理できる夢のような魔道具、正式名称「便利調理器」だった。

下ごしらえができる魔道具と同じで、電子レンジを大きくした形をしている。下ごしらえをしてくれるほうは白で、便利調理器は黒。飾りなどはなく、シンプルな見た目だ。

「理由をお伺いしても？」

「ノルチェフ嬢は、騎士団に料理人を雇わない理由をご存じですか？」

「いいえ」

「今は戦がないとはいえ、騎士団は騎士団です。いざとなれば兵を率いて戦場へ行くでしょう。そのとき食べるのは質素なものです。まずいからといって食べず、実力を発揮できないなど、あってはならない」

　いつもおいしいフルコースを食べているばかりに、ふかしたじゃがいもを食べられず空腹のまま戦うなんて、いい結果が出るとは思えない。

「便利調理器はおいしいものを作れます。ですから多用するのはやめていただきたいのです。裕福な平民が食べる程度のものを作っていただきたい」

「はい」

「毎食、使う食材と量を指定します。ノルチェフ嬢はそれを元に献立を考え、作っていただきます。食べられずに余ってもいいので、すべて使ってください。献立と調理法、廃棄量などは毎日書いて提出していただきます。見本を置いていきますので、これを見ながら記入してください」

「はい」

「他のものを食べたい、あるいは足りなくて追加で作ってほしいなどと言われたら応じてください。試作もご自由に作ってくださって結構です。食材は多めに置いてありますが、試作を作りすぎて、肝心の食事が足りないということがないようにお願いいたします」

　ボールドウィンは紙の束を差し出した。

「こちらにすべて書いてあるので、読んで納得していただけたらサインをお願いいたします」

　最後に案内されたのは、キッチンメイドの寮だった。

　実家より立派だった。

　家に帰ると、そわそわと待っていた家族と一緒に、じっくり書類を読んだ。トールはまだわたしと離れることを嫌がっていたけど、働くのにこれ以上ない条件だという意見はみんな一致した。

今回の話は当てはまる令嬢がおらず本当に困っているらしく、できるだけ早くお返事を、と言われている。

契約の書類にサインしたあとは家族との別れを惜しみ、その夜はささやかな宴をした。

トールは間違えてお酒を飲んで泣き上戸になって、なだめるのが大変だった。最後にトールとふたり、一緒のベッドで眠った翌朝、父さまに書類を託した。


「今回の令嬢はどうだ？　なかなか見つからない条件だったが」

ボールドウィンは書類から目を上げ、主を見た。

長い脚を組んで座っているだけだが、気品がにじみ出ている。

「問題ないかと。私の顔を見ても無反応でしたし、騎士団の見学も断られました。無駄口をたたかず、しっかりした考えのご令嬢でしたよ」

「ボールドウィンがそこまで言うなんて珍しい。それなら大丈夫そうだな」

「第四騎士団と聞いても、特に反応を示しませんでした。騎士団のことをあまり知らないのかもしれません。興味がないようでしたので」

「興味がないのに、キッチンメイドを？」

少しばかり驚いた主の気持ちは、ボールドウィンにもよくわかる。まったく同じことを思ったからだ。

「貴族のご令嬢が働くには、これしかなかったのでしょう」

「ああ……見合いではなく、給金が目的か」

「そのようです」

「ならば、そこまで用心しすぎることはないのかもしれないな。私のために作っていただいた第四騎士団だ。探られてはかなわない」

ボールドウィンは、面接をした時のアリスを思い出した。

こちらが一方的に話していると錯覚するほど、アリスは無駄なことをしゃべらなかった。整っていると自覚している自分の顔にも無反応で、必要以上に近づかないようにしていた。

返事は最低限だが、頷いたり質問をはさんでくれたりしたので、不快ではなかった。質問もボールドウィンのプライベートなことではなく、仕事のことばかりだった。

「代々、城で働いているノルチェフ家のご令嬢ですから、問題ないでしょう。出世には興味がない血筋のようで、黙々と仕事をしていますが、難しい仕事もノルチェフに任せれば問題ないと言われています」

「肝心の料理はあまり期待していないが、いざとなれば調理器を使ってもらえばいいだろう」

ボールドウィンは黙ることで肯定した。本来なら料理の腕も見てから採用するが、今回はアリスひとりしか当てはまる令嬢がいないため省略した。

探していたのは、親王派で、未婚で婚約者もいない、ある程度の年月を勤めてくれそうな令嬢だ。できれば侍女を引き連れていないほうがよく、問題をおこさずキッチンメイドの仕事をしてくれ、いざとなれば権力で抑え込める下流貴族。

望んだ通りの人物がすぐに現れたことにかなり警戒したが、入念に調査し、あのノルチェフ家のご令嬢だということで採用となった。

アリス・ノルチェフ、十八歳。

なにも知らず眠りこけている、今後世間で話題になる人物であった。

マイムマイムは呪いの動作ではない

書類を提出して一週間、貴族の令嬢にしては少ない荷物を持って、二度目の第四騎士団へとやってきた。

まずは立派すぎる寮に行き、荷物を置いた。二階建てで、一階には侍女用の部屋が複数とキッチンがあった。トイレとお風呂も、新品のように綺麗だ。二階には、キッチンメイド用の大きな部屋が四つ。二階にもトイレとお風呂があったけど、侍女用と分けているのだろう。

荷物を置いてから騎士団へ行き、裏口を開ける。勤務の前日にいろいろと確認しておきたい。

「この前はそこまで気が回らなかったけど、キッチンがあるこの部屋には、裏口とドアがひとつずつあるのね」

騎士たちが出入りするであろうドアは、食事を取る場所の近くにある。ドアの向こう側は、騎士たちの談話室やシャワールームなどがあると聞いている。二階は、騎士の個室となっているそうだ。大きな騎士寮の一階に食事をする場所があって、そこにだけ出入りを許されている状況だ。絶対にドアの向こうには行かないようにしよう。クビになる。

「すごい、魔法だらけ！　食器棚に入ってる食器が、すごく小さい！」

お揃いの食器は魔法で小さくされていて、食器棚から出せば元の大きさに戻るようになっている。保温保冷機能がついていたり、すべてに毒をはじく魔法がかけられていたりして、思わず興奮してしまう。

「帰ったらトールに教えてあげ……られない！　守秘義務！」

これひとつで下ごしらえ完了の魔道具、わたし命名「下ごしらえくん」の取扱説明書を読みつつ手を近づけると、扉がシュンっと下へ引っ込んだ。

中を覗き込んでみると、フラットテーブルの電子レンジと同じだった。真ん中にじゃがいもを置いてみる。

扉がシュンっと閉まり、扉の前に半透明のウインドウが空中に浮かんだ。おそるおそる「皮むき」の文字にふれる。わたしの魔力が登録されたあと、じゃがいもの皮が剥かれていく。

そのまま細切りを選ぶと、一秒もしないうちに、きれいに細切りにされたじゃがいもができた。

「すごい……すごいわ……下ごしらえくん！　きっと君なしでは生きていけない体にされてしまうのね！」

じゃがいもを持ってるんるんと踊っていると、遠くから話し声が近付いてきた。動きを止め、姿勢を正す。

久々のマイムマイムは楽しかったが、見られるわけにはいかない。シスコンのトールにも不評だったのだから、知らない人からすれば不審者になってしまう。

開いたドアから出てきたのは、おそろしく整った顔をした男性だった。

金髪に、煌めく薄緑色の目、高い鼻、さらさらの髪。背は高くがっしりしていて、騎士団の制服を着ていた。たぶん、物語に出てくる王子様って、こんな感じだ。

あまりのイケメンにかたまる。鳥肌がすごい。

「ノックもなく申し訳ありません。人の気配がしたもので。明日からここで働くアリス・ノルチェフ嬢でしょうか？」

「こちらからご挨拶に伺わず申し訳ございません。アリス・ノルチェフと申します」

「明日から働く予定なのだから、気にしないでください。仕事場の見学ですか？」

「はい。滞りなく仕事を始められるよう、見学させていただいておりました」

「どうぞご自由にお使いください。そこはもうあなたのものだ。……それにしても、明日からか」

どこか困ったようにこぼすイケメンに、何か尋ねるべきなのだろうと思う。が、イケメンすぎて拒否感と鳥肌がすごい。

細く息を吸って、吐いて、頭を下げて地面を見たまま口を開いた。

「なにかお困りでしょうか」

「団員が、人の気配がすることに気付きまして。今日からここでランチが食べられると喜んでいる

んです」

えっ、楽しみにされても困る。

作るのは本当に平民が食べるようなもので、ちょっとした料理のひと手間だとか、そういったものは知っているがプロには及ばない。

フルコースに慣れたお貴族様を、それなりの料理を食べられるように慣らすのがわたしの役目だ。B級グルメを作っている自覚があるからこそ、この仕事についた。それを望まれていたから。

働くのは明日からだが、団員が望むのなら食事を出せと言われている。こうなれば仕方がない。

「簡単なものしか作れませんが、それでもよければお作りいたします」

「だが、明日から勤務なのだろう?」

労わるようで、自分の意見が通ると信じている声。

「パンはありませんので、米になります。遠い東国の味付けですが、それでもよろしければ」

「ありがとう。みなに伝えてこよう」

イケメンが出ていく気配がして、へなへなと床に座り込んだ。

騎士団に顔が整っている人が多くいるのは覚悟していたけど、まさかあれだけのイケメンがいるなんて。何度か顔を見れば慣れるだろうけど……。

「今はそんなことを考えている場合じゃない！」

気合を入れて立ち上がる。第四騎士団は全員で十人、急がないと間に合わない。

よそ行き用の動きにくい服をひるがえし、米を容器に入れた。便利調理器で米を選択して調理開始の文字を押す。

続いて巨大冷蔵庫から牛肉のかたまりと玉ねぎを取り出し、下ごしらえくんに任せる。すぐに薄切りの牛肉と、くし切りになった玉ねぎが出てきた。

スープは、簡単なたまごスープにしようかな。

「こんなときに思いつくのが牛丼って、つくづく貴族向けの料理に向いてないよね」

巨大フライパンに、油とにんにくを入れて熱する。香りが出てきたところで、玉ねぎと小麦粉をまぶした牛肉を入れた。

フライパンは、自動で炒めてくれる魔道具だ。たまに手動で肉をひっくり返したりしないといけないけれど、基本的に放っておいていいので、とても便利だ。

「ついでに、スープに葉物野菜でも入れとこうかな」

すっごく便利、下ごしらえくん。複数の野菜を洗ってカットしたものも、すぐにできる。

たくさんある調味料からいくつか選んで目分量で入れながら、下ごしらえくんに卵を入れる。全部割って溶き卵にしてもらうと、ぐつぐつ沸き立つ鍋に流し込んだ。

牛丼の味付けは、甘めよりガツンとにんにく味にすることにした。醤油やみりんなどを合わせていく。

米が炊けると同時にドアが開いた。きらびやかな顔をした集団が入ってくる。一瞬身構えたが、礼だけして、炊けた米を混ぜてほぐすことにした。炊き立てのお米をまずくすることだけはできない。

ご飯は、牛丼とスープだけ。副菜もない、飾り気のない男飯。

不安だが、短い時間でやれるだけやったのだから悔いはない。我が家では好評だった牛丼、気に入ってくれるといいな。

「たいしたものは作れませんでしたが、よければどうぞ。本日はどんぶりとなっております。こちらに並べていくので、どうぞお取りください」

カウンターキッチンになっていて、なにかを置いてくださいと言わんばかりのスペースを指す。

米をどんぶりに入れて、上にたっぷり具をかける。その横にスープを添えると、あら不思議！

お洒落なキッチンのおかげか、ちょっとお洒落な牛丼になったではありませんか。

「これがどんぶり、ですか」

「はい。平民が食べるものを、と契約したので、そのように作りました」

なかなか手に取らない先ほどのイケメンは、意を決したように、どんぶりの乗ったトレイを取った。続いてぞろぞろと、雰囲気が違うイケメンたちがトレイを持っていく。

ドキドキしながら牛丼をよそっていると、ざわりと空気が揺れた。

「え……うそ、おいしい！」

声を上げたのは、薄ピンク色の髪をした、小柄で美少年の騎士さまだった。

「見た目に反しておいしいね！」

天使のような顔で、にこっと微笑まれる。とっさに目を伏せて、それをごまかすために頭を下げた。

「ありがとうございます。おかわりもございますので、遠慮なくおっしゃってください」

ひとまずほっとして、キッチンに引っ込むことにした。大量のイケメンは心臓に悪い。

「なんとか終わったぁ……」

怒涛の昼食の時間が終わり、キッチンにおいてある椅子に座り込む。イケメンたちがいなくなった部屋は静まり返っていた。

余った牛丼は、まかないとして食べてもいい契約だ。遅めの昼食として食べてしまおう。

自分用の牛丼をよそっていると、ドアが開いた。入ってきたのは、背の高い、穏やかそうな青年だった。

騎士団の制服を着ている。先ほどの集団の中にいなかったから、遅れて食べに来たのだろう。

「お疲れ様でございます。簡単なものですが昼食を作りました」

珍しく異性相手に緊張せず、言葉がするりと口から出る。

彼のまとう柔らかな雰囲気のせいでもあり、イケメンすぎないせいでもあった。顔は整っているが、鳥肌が立つほどではない。

威圧を与えないひとつひとつの顔のパーツが、親しみを込めて配置されているように感じる。

「どんぶりですので、食べるのが無理ならばおっしゃってください」

「いただくよ。みながおいしいと言っていたから、楽しみだ」

角のない、穏やかで張りのある声だった。

差し出したどんぶりを珍しそうに眺めた青年は、椅子に座って上品に牛丼を口に運んだ。

「おいしい。仕事は明日からなのに、無理を言って悪かった」

「とんでもございません」

頭を下げ、後片付けを始めた。自動食器洗浄器、略して食洗器に突っ込むだけだから、とても楽だ。なんと、フライパンや鍋も入れられるのだ。

シンクも汚れたコンロも、ボタンを押せば魔法できれいになる。

発達した魔法のおかげで「前世の知識で無双」ができなくなったが、これはこれでいいと思う。

なまじ前世の記憶があるせいで、わたしの根底には、平民で使われる立場なのが染みついている。

下手に権力を持っても、頭のいい誰かに使われるだけだったのではないかと思う。勉強だって頑張ったけれど、元から頭の出来がいい人には、どうやっても敵わなかった。

わたしが何度も何日もかけて覚えたものも、一度で覚えてしまう。

それでも卑屈にならずに済んだのは、そんな自分でも心から愛してくれる家族がいたからだ。

前世で天涯孤独だったわたしにとって、家族はなによりの希望で、心の拠り所だ。

ホームシックを振り払うように振り向くと、食事を終えた青年が気配もなく背後に立っていた。

どきりと固まる。

近くにイケメンが！　もしかして恋が始まっちゃう⁉　ドキドキ・キッチンメイド！

なんて可愛いものではない。幽霊を目撃したようなドキドキだ。

「な……なにか、ご用でしょうか」

失礼にならないように、じわじわと後退するわたしを見て、青年は微笑んだ。

「驚かせてしまって申し訳ない。もしよければディナーも作ってくれないか。給金は今日から出す

と変えておくから」

「かしこまりました。また米でよろしければ」

契約しているパン屋さんがパンを持ってきてくれるのは、明日からだ。

「無理を言っているのはこちらだから、好きなものを作ってくれればいい」

じっと見つめてくる瞳から逃げて、頭を下げ続ける。

「そのようにかしこまらなくていい。騎士団は、そういったものを取り払い、己を鍛えなおすための場所なのだから」

顔を見なくていい理由がなくなり、すました顔で、しぶしぶ顔を上げた。

そして、驚いた。

「ふ、ふふっ……ノルチェフ嬢は、意外と面白い人だな」

よくわからんが笑われている。ポーカーフェースのまま答えた。

「お褒めいただき光栄でございます」

さらに笑う青年は、わたしより身分が上だろう。どう扱えばいいかわからない。

青年の猫っ毛のような茶色い髪が、笑うのに合わせてふわふわと揺れている。それを見て弟を思い出し、ホームシックがちょっぴり加速した。

「ディナーも楽しみにしている」

「かしこまりました」

「それでは、またディナーで」

体重を感じさせない足取りで、青年が出ていく。

なぜ笑われたかはわからないけど、とりあえず牛丼を食べることにした。腹が減っては戦ができぬ。


昼食の後片付けを終え、一度寮へ戻ることにした。二階の自室で、制服に着替える。

上質な生地をたっぷりと使った服は、上品で軽い。淡いグリーンの服は、王城で働く者の証だ。

青のターコイズは王家しか身に着けられない。わずかでも似た色をまとえるのは、城で働く一定以上の身分の者と、王族の血筋のみだ。

髪をひとつにまとめなおすと、仕事場へ戻ることにした。第四騎士団まで、徒歩で五分だ。

林のように木々が密集している中にある小道をしばらく歩くと、視界が開ける。そこからさらに二分ほど歩くと裏口だ。

キッチンにつき、さっきはできなかった食材の確認をすることにした。肉や魚、野菜は、新鮮でたくさんの種類があって、たっぷり冷蔵庫に詰められている。パントリーには、小麦も米もたくさんある。

エプロンを身に着け、開き直ることにした。

「相手は運動部の学生だと思おう！」

年上の人はいるが、胃もたれするような年齢ではない。疲れて家に帰ってきた部活帰りの高校生たちのテンションが上がるおかずを作ればいい。

そう考えると、この仕事をすると決めた時から悩んでいた思考はすっきりした。

ディナーは、からあげと魚の南蛮漬け、野菜たっぷりスープ、カブとフルーツと生ハムのサラダを作ることにした。

下ごしらえくんを相棒に、ディナーの時間に合わせてからあげを揚げはじめる。配膳に関しては、騎士たちは自分のことは自分ですると言われている。なので、保温機能がある大皿に山盛りにして、自分で取ってもらうことにした。

南蛮漬けとカブのサラダは、保冷機能のある大皿ふたつにきれいに盛り付けて、冷蔵庫にしまってある。上手に揚げてくれる鍋にからあげを任せながら、お皿やカトラリーを用意する。

からあげの第三弾が揚がったころ、ドアが開けられた。先頭には、昼と同じく鳥肌が立つほどのイケメンがいる。

どう声をかければいいか迷って、全部混ぜることにした。

「お疲れ様でした、おかえりなさい。ご飯ができていますよ」

なんだか、お母さんみたいになってしまった。

案の定イケメンがびっくりして見つめてくるので、すまし顔のままカウンターテーブルを見やった。

「お好きなだけお取りください。ご飯とスープはこちらで用意しますので、足りなければおかわりをおっしゃってください」

「自分で皿に食事を取り分ける……ということかな？」

「わたしがもうひとりいれば取り分けることも可能ですが、分身できませんので、このようにしております。もちろん、時間がかかってもいいとおっしゃるならば、ひとりひとり取り分けいたします。いかがなさいますか？」

　イケメンはしばし考え、ゆるく首を振った。

「戦に出れば、この程度のこともできない騎士はむしろ足手まといだろう。自分で取ることにします」

「かしこまりました」

　慣れない手つきで、イケメンはトングでからあげを取った。

「これは？」

「からあげです」

「からあげ」

「はい」

　もしかして、からあげを知らないのかな？

　両親はあまり脂っこいものを食べられないが、トールは大好物だ。

　シスコンのトールが自慢したので、トールの友人が、からあげを食べに来たことがある。みんな食べ盛りらしく、もりもりと食べてくれ、それ以来何度かねだられて作っている。

　だから、食べ盛りだったり運動の後だったりしたら、おいしく食べられると思うんだけど。

　鳥肌イケメンはしばし考え、からあげを三つ取った。みんな控えめに取っていくので、この調子だと残ってしまう。

　心の中でひっそりとため息をついて、からあげの山を見つめた。冷凍してちまちま食べようかしら。

「これ、たくさん食べてもいい？」

不意にかけられた声に驚いて、顔を上げた。

「は、はい。お好きなだけ食べてください」

薄ピンク髪の美少年が、がっつりとからあげを取る。目が合ってしまった。

「似たものを食べたことあるから。おいしいよね」

どう返事をすればいいか迷っている間に、美少年はさっと行ってしまった。そのうしろに並んでいた、人懐こい笑みを浮かべるイケメンもたくさん取っていく。

「すごくいいにおい！　食べるのが楽しみ！」

「あ……おかえりなさい。たくさん食べてくださいね」

思わずトールに言うような言葉になってしまったが、わんこ系イケメンは気にする様子もなくにっこりと笑った。

「ありがとう！」

この言葉だけで、からあげがたくさん残ったとしても、今日はいい日だったと思える気がした。

先に軽く後片付けをしていると、騎士たちが驚く声が飛び込んできた。

「お、おいしい！」

「なんだこれ、おいしいな……！」

「たしかに……少々脂っこいが、むしろそこが」

「酒に合いそうなのに！　ここで飲めないのが悔やまれる！」

鳥肌イケメンが、早くも空になったお皿を持ってやってきた。

「その……おかわりをしてもいいでしょうか」

わたしはここへ来て初めて、満面の笑みを浮かべた。

「もちろんです」


騎士たちが食べ終えて出て行ったあと、ボタンを押すだけの後片付けを終えると、外はもう真っ暗だった。

明日使う材料を見て、うんうんと唸りながら献立を考える。

明日は鴨肉を使えとのお達しだが、鴨はあまり食べたことがない。鴨南蛮は作れるけど、和食ばかり続くのはよくない気がする。

この世界はなんちゃって中世なので、和食や中華はたまに食べるくらいがちょうどいいのだ。

ドアが開く音がして立ち上がる。顔を出したのは、昼もひとり遅れてやってきた穏やかイケメンだった。

「お疲れ様です。おかえりなさい。今から作るので、少々お待ちください」

「まだ残っていたのか？」

「明日の献立を考えておりました。それに、今日は揚げたてが一番おいしいですから」

夕食にもひとりだけいなかった彼は、少しよれっとしていた。騎士団の制服の裾には土埃がついていて、髪がわずかに跳ねている。

ひとりで練習していたのかな。努力家だ。

ひとりぶんだけ残していたカブのサラダを出し、あたためたスープとごはんを一緒にトレイにのせる。

すっと顔を上げると、まっすぐ見つめてくる透き通った薄茶の目と視線がぶつかり、思わずかたまった。

無言の時間が流れる。

「な、にか、ご用でしょうか」

「いいにおいがするな、と」

「ああ、すぐからあげができます。少々お待ちください」

揚げたてのからあげが乗ったトレイを、穏やかイケメンはそっと持ち上げた。

「今はひとりしかおりませんし、わたくしが運びます」

「ひとりだけ特別扱いはよくない。目を付けられてしまう」

目を付けられるのは、わたし？　それともこの人のこと？

聞けば答えてくれるかもしれない。でも、それには会話しなきゃいけない。

じゃあ聞くのをやめようと、すっぱり諦めて、お辞儀をしてキッチンの奥に引っ込む。

特別扱いをするつもりはないけど、確かにそう見える場面だもんね。

「これはおいしいな」

「おそれいります。揚げたてですので」

「ノルチェフ嬢は何をしている？」

「明日の献立を考えております」

「こっちに座らないか？　明日の献立を見てみたい」

お願いという名の命令を断れるわけがない。イケメンのななめ後ろに立つ。

「どうして立っているんだ？」

「わたくしはキッチンメイドですので」

「ひとりでこれだけの人数の食事を作るのは疲れただろう？　さあ」

穏やかイケメンが椅子を引いた。それも、彼の隣の椅子を。

なぜ隣に!?　イケメンの近くに座るの、嫌なんですけど!?

などと口に出せるわけがない。しぶしぶ、すまし顔でちょこんと座り、穏やかイケメンに献立のメモを差し出した。

「明日もおいしそうだ。ディナーはまだ決まっていないのか？」

「お恥ずかしい話ですが、鴨を調理したことが少ないので、調理法に悩んでおります」

「よくコンフィやローストが出てくる」

「ありがとうございます。そのように調理いたします」

前に鴨を調理した時はパサパサになってしまったが、今は心強い味方、下ごしらえくんがいる。

なにしろ下ごしらえくんは、その素材に最適な下処理をしてくれるのだ。プロには及ばないけど、わたしがするよりよっぽどおいしくできる。

ふと横を見ると、穏やかイケメンのからあげはきれいになくなっていた。高い鼻がよくわかる横顔が、なんとなく物足りないと言っているような気がする。

「からあげを揚げましょうか？」

「……頼めるか」

「こんな時間まで鍛錬していたんですもの、お腹がすくのは当たり前ですわ。少々お待ちくださいませ」

自分の夜食にしようとしていたぶんを、すべて揚げて戻る。また横の椅子を引かれたので、数秒無言で抵抗したのち、諦めて座ることにした。

フォークとナイフでからあげを食べる姿を、ぼんやりと眺める。さすがに疲れた。

穏やかイケメンは、からあげを咀嚼してから小首をかしげた。あざとく見えることもある仕草なのに、この人がすると自然と目を引くものになる。

「どうかしたのか？」

気付かぬうちにイケメンの手元を眺めていたことに気付き、ハッとする。ここでぼうっとしていたと謝罪されることを望んでいない空気を察し、慌てて話題を探した。

「……騎士さま方は、自室では飲酒や喫煙を許可されているのか、考えておりました」

「許している」

「ありがとうございます。疑問がとけました」

そのうち、からあげを夜食として用意しよう。お酒がないことをすごく悔しがっている人がいたしね。

「食器はわたくしが下げますので、どうぞそのままに」

「それでは、これは任せよう。明日も楽しみにしているよ」

「はい。おやすみなさいませ」

「ああ、おやすみ」

穏やかイケメンが出て行って、たっぷり一分は待ち、崩れるように椅子に座り込んだ。

今日一日でだいぶイケメンに慣れたけど、やっぱり疲れる……。

前世の元夫のせいで、顔が整っていると、どうしても苦手意識を持ってしまう。特に、細身のイケメンは、条件反射で警戒してしまう癖がある。

そのせいで愛想笑いも満足にできなかったのに、今日一日、誰も嫌な視線を向けてこなかった。わたしより身分が上だろうに、威圧的にふるまうこともない。むしろ気遣ってくれた。

明日以降は、今までほど身構えることはない。かもしれない。

一気に登場人物が増えるのはよくない

就職して二週間も経つと、ここの仕事にも慣れてきた。

毎朝大量のパンが届けられるので米を炊くことがなくなり、騎士たちの好みもわかってきた。味が濃く、適度に脂っこく、お腹を満たせるもの。

貴族の食事はおいしいけれど、ちまちま運ばれてくるのをマナーを気にしながら食べなければならない。

それと比べるとここの食事は豪快で、仲間と笑いながら食べることができる。チーズたっぷりのハンバーグを出したときは、おいしいと好評だった。

穏やかイケメンは、夕食にいつもひとりだけ遅れてくる。朝食は逆で、とても早くやってくる。そして、騎士たちが食べ終えたあと、二度目の朝食を食べにくるのだ。

あれほど疲れを顔に出さず、努力する人をはじめて見た。あの人は、どこで弱音を吐きだしているんだろう。自分を高め続けるコツを聞いてみたい。

夕食の準備が終わったあと、明日使う材料を見ながら献立を考えている時、ハッと気付いた。

こ、これは……！　あれが作れる！

そわそわと立ち上がると、食堂に王子様フェースのイケメンが入ってきた。後ろには騎士たちがぞろぞろとついてきている。

この人が一番最初に部屋に入らないといけない規則でもあるのかしら。

「おかえりなさい！」

弾んだ声を出すわたしが珍しかったらしく、視線が集中する。顔が赤らんでしまったけど、できるだけポーカーフェースを装った。

「お疲れ様でございます。本日の夕食はできております。食後に、十秒ほどお時間をいただけませんか？」

「どんな用でしょう?」

「お時間のあるときで結構でございます」

「今、聞かせてくれませんか」

後ろにぞろぞろ人を引き連れておいて? 訓練で疲れてお腹がぐうぐう鳴ってるのに、今聞くの? 戸惑ったが、こうまで言われると従うしかない。早く終わらせて、一刻も早く騎士たちのお腹を満たさなければ。

ペンと紙を取り出して尋ねた。

「激辛、中辛、甘口、どれがお好みですか?」

「え?」

「カレーの話でございます」

「かれー……」

まさか、カレーを知らないの? 戸惑っているイケメンを唖然と見つめる。

そういえば友人の令嬢たちも、トールのお友達も知らなかったっけ。キッチンの棚にカレーに使うスパイスがたくさん入っているんだから、貴族だから知らないってやつだよね。

「中辛、かな……?」

そんな自信がなさそうに言われても。

メモに書こうとして、大変不敬なことに気付いた。名前と一緒にメモを取りたいのに、名前を知らない。

だって、下流貴族から名前を聞くなんてできないし。でも鳥肌とか王子様とか、あだ名を書くわけにもいかない。

ひとまず辛さのメモだけ取っておこう。

メモを覗き込んだ王子様は、すべてを見透かしたように、ふっと笑った。金色に輝く髪がさらりと揺れて、さざ波のように薄緑の瞳がきらめく。

「私の名を書いても構いませんよ」

「ありがとうございます」

……本当にどうしよう。

いつまでも動かないわたしを不思議に思った王子様は、わずかに目を開くと、優雅に片手を胸にあてた。

「可憐なレディーに名乗る名誉が遅くなったこと、お許しください。アーサー・ダリアと申します」

「アリス・ノルチェフと申します。こちらこそ、殿方の名に疎くて申し訳ございません」

アーサー・ダリアといえば、数少ない公爵家の嫡男で、二十代半ばだったはずだ。婚約者がいないと、友達が盛り上がっていたのを覚えている。

「え、うそ、アーサー様って知らなかったの？」

どこからか聞こえた声は無視だ。

王子様フェースのイケメン改めアーサーにトレイを渡すと、彼は優雅に笑いながら、ウインクで可愛さを添えるという器用なことをした。

「どうぞ、この機会に騎士たちの名と好みをお聞きください。レディーに己を知ってもらえる貴重な機会です。みな、我先にと名乗るでしょう」

次に来たのは、いつもアーサーの次に食堂へ入ってくるイケメンだ。

おそらく同い年くらいだけど、バスケ選手くらい背が高い。短めの黒髪がよく似合っている。食堂がにぎやかでも、あまり喋っているところを見かけない。寡黙な性格なようだ。

「エドガルド・バルカ。……中辛が好みです」

次は、チャラそうな雰囲気のイケメンだ。鮮やかにウェーブを描く赤髪を、低い位置でひとつにまとめて、前へ流している。立っているだけで華やかだ。

エドガルドとよく一緒にいるけど、おそらく二十代前半だ。

「ロルフ・オルドラ。いつもおいしい食事をありがとう。激辛がいいかな」

ロルフの後ろから、ぴょこんと薄ピンクの髪の毛が出てきた。最初のころ、率先してご飯をたくさん食べて、おいしいと言ってくれた美少年だ。

わたしより少しだけ背が高い。おそらくわたしより年下だからか、男性というより少年という感じだ。

「レネ・ククラ！　同じ子爵だよ、よろしくね！　ボクは甘口がいいな」

待って、これ全員分するの？　もう名前忘れそうなんだけど。

騎士たちも、何回もわたしの自己紹介を聞きたくないと思う。

しかし、ここで働き始めて初めての正式な自己紹介だ。愛想笑いと、あまりうまくないお辞儀を繰り返した結果、騎士たちの名前と、食の好みの情報が手に入った。

一番年上（おそらく二十代後半）のムキムキ厳つめの顔をした騎士が、もごもごと「甘口」と言ったとき、思っていた以上にうまくやっていけるかも、と思った。

「私の名は聞かないのか？」

問われて、思わず隣を見る。

初日からずっと、ひとり夕食に遅れてくるこの穏やかなイケメンと、並んで座ることが日課になってしまった。

騎士さまは食事をする。わたしは献立を考える。たまに話をする。

騎士さまは穏やかさでだいぶイケメン力を中和していたので、あまり緊張せず話せるようになった。

けれど、その場にいないのに何があったか知っていることを隠さないのは、たまにどきりとする。どう反応すればいいかわからないわたしを見て、楽しんでいる気もする。

「名を聞いてよろしいのですか？」

騎士さまの眉がわずかに下がる。

悩むなら、どうしてそんなこと言ったの？　ノリ？

「……イス……」

椅子？　さすがに本名じゃないだろうし、本名だとしても、椅子様とか呼ぶのは不敬すぎる。

「ノルチェフ嬢は、どんな名で呼ぶのがいいと思う？」

さすがに、心の中で穏やかイケメンと呼んでいることがバレたらまずい。

いくら悩みそをひっかきまわしても、いい案なんて出てこない。諦めて素直に答えることにした。

この人は、そんなことで怒らない気がする。

「努力の君……とお呼びしてもいいでしょうか」

「努力？」

騎士さまはどこか自嘲する笑みを浮かべ、珍しく頬杖をついた。

「たしかに、私は努力するしかできない」

「ええ、素晴らしい才能です」

騎士さまが驚いてわたしを見るものだから、わたしも驚いて騎士さまを見てしまった。

「なにかひとつ好きな才能を選んでよいと言われれば、わたくしは努力の才を選びます」

「なぜ？　選べるのなら、もっといいものが、いくらでもある」

「どんな才能を持っていても、それは努力の上に成り立っているものです。そもそも、人間は生まれた時からずっと、努力と工夫をしているではありませんか」

騎士さまが黙ったままなので、勝手に続きを話すことにした。

「上には上がいると知っても、信頼している人に裏切られたとしても、自分の身以外なにもなくなっても、自分が努力して得たものは消えません。なにが向いているか、この道で合っているか……わからずとも努力し続ける強さが、ほしい」

前世では、離婚から立ち直るのに時間がかかった。何をするにもこれでいいのかと迷いながら努力していると集中できず、かなりの時間を無駄にした。

「騎士さまも、素晴らしい努力だと褒められることがあったのではありませんか？」

騎士さまは、どこか気まずそうな空気で黙り込んだ。言われても、お世辞だと思っていたのかもしれない。

長い沈黙のあと、騎士さまはふうっと息を吐き、ゆるやかに微笑んだ。どこか気が抜けた、もしかすると初めて見る、素の顔。

「ノルチェフ嬢も、素晴らしい努力を惜しまなかったんだな」

その瞬間、胸にこみあげてきた気持ちに、なんだか泣きたくなった。

たった一言が、体の、魂のすみずみまで浸透して、何度も思い出すことになると確信する永遠の一瞬。似た言葉は何度もかけられてきたのに、騎士さまの言葉がこれほど染み入るのは、この人が言葉の重みを知っているからだ。

自分の言葉が人を動かすことを知っている。その重要さを理解したうえで、本心をわたしに見せてくれている。

「僭越ながら慰めてさしあげようとしましたのに、逆に慰められるなんて、わたくしもまだまだですね」

「これでも、ノルチェフ嬢より経験豊富だからね」

「あら、わたくしのほうが経験していることもありますよ」

「たとえば？」

愛した男に、婚前からの貯金をすべて使い込まれ、借金を押しつけられて他の女と出ていかれるとか。

にっこり微笑むと、騎士さまはそれ以上聞いてくることはなかった。

「私の名前、ロアなんてどうかな?」

「かしこまりました」

「呼んでみてくれないか」

「ロアさま」

ロアさまは笑った。

初めて見たロアさまの歯は、すごく白かった。

「ロアさま、明日から夜食を用意するつもりですが、パンとお米と麵、どれがいいですか?」

「パンかな」

「かしこまりました」

「照り焼きチキンを挟んでほしい」

「お目が高い。照り焼きチキンを挟んだものは、我が家で大人気でございます」

「楽しみだな」

ロアさまが笑う。

ロアさまがイケメンすぎなくて、やわらかい言葉しか使わないことで、どれだけ働きやすかったか。

きっと本人は知らないままだ。それでいいと思った。その程度の関係がいい。

やっぱりまだ、異性に深入りするのはこわいから。

サンドイッチ・クライシス

毎朝パン屋さんが届けてくれるパンの残りにおかずを挟んだサンドイッチは、想像していた半分の時間で調理が終わった。

下ごしらえくんがいてくれてよかった。下ごしらえくんがいれば、料理の大半が終わる。

今までの騎士さまたちの反応から見て、人気のありそうなものを詰めてみた。

ロアさまご希望の照り焼きチキンと、たまごと、食べやすいように切れ目を入れた分厚いベーコン。甘いものもあったほうがいいかもしれないと思って、たっぷり果物を入れたフルーツサンドも作った。

フルーツサンドは果物と生クリームのバランスが難しく、何度も作り直し、結局はわたしの好みに仕上げてしまった。反応が気になる。

訓練を終えて、今日も一番にドアを開けたアーサーに声をかけた。

「お疲れ様です、おかえりなさい」

「ああ、いいにおいです。今日のディナーはなんでしょう」

「餃子です」

餃子が嫌いな人はいない（わたし調べ）。下ごしらえくんが皮から作ってくれたから、もちもちカリカリ、口に入れた瞬間にじゅわぁっと肉汁があふれる仕上がりになった。

「本日は夜食を作りましたので、食べたい方はお持ちください。おひとり様四つです」

「ありがたくいただきます。いつもありがとうございます」

アーサーはいつも物腰が柔らかいが、整いすぎている顔がまだ苦手だ。

いつもアーサーの次に来るエドガルドは今日も無表情だ。目が合うことがないので、すこし気が楽。ご飯を受け取る時に、律儀に軽く会釈をして通り過ぎるけど、今日は珍しく立ち止まった。

「……おかわりは、ありますか」

「たっぷり用意してあります。第二弾に揚げ餃子と水餃子もありますので、お好きなものをおかわりしてください」

エドガルドの後ろから、ロルフの鮮やかな赤髪が覗く。

「水餃子っていうのは？」

ロルフは細身なのによく食べる。ご飯を楽しみにしてくれているようで、よく話しかけてくる。

チャラいと見せかけて、たぶん硬派なのに気付いたのは、つい最近だ。

「茹でた餃子です。今日は三種ありますので、食べ比べてみてください」

ひょいひょい餃子を取っていたロルフは動きを止め、トングをそっと置いた。

「楽しみをお預けなんて、なんてことだ」

大げさに悲しんでみせるのがおかしくて、思わずくすりと笑う。

ここで働き始めて、前世のわたしのまわりにいた男がいかにクズだったか、よくわかった。優しくしてくるのは下心があるからで、それを拒否すると逆切れして怒鳴り散らしたり、根も葉もない噂を吹聴したりする。

前世のわたしは傷ついて立ち直りきれなくて、頼れる人もいなくて、いっぱいいっぱいだった。自分に自信がなくて、諦めているくせに愛されたかった。そういうのがにじみ出ていたのだと思う。

第四騎士団の騎士さまたちは、みんな人間ができている。わたしが異性が苦手なのに気付いて、あまり近付かないようにしてくれている。

最初はわりと事務的に接してきていたけど、わたしが結婚相手を探しにきたわけではないと気付いたみたいだ。やっぱり、仕事は真面目にするに限る。

「今日もおいしそう！　ありがとう！」

レネはいつものように、明るくお礼を言ってくれた。年下なのと薄ピンクの髪のおかげで、いい意味で異性らしさがない。第四騎士団のなかでは一番話しやすい。

「よければ、あとでどの餃子が一番好みだったか教えてください。今後の参考にいたします」

それから騎士さまたちは、餃子をたくさん食べてくれた。何回おかわりしても大丈夫なようにたくさん作ったのに、全部なくなった。

運動部の食欲を舐めてた。

「こ、怖ぁ……夜中の森ってどうしてこんなに怖いの？　ジェイソンが出てきそう」

怖さのあまり独り言をいいながら、忘れ物を取りに騎士団の寮へ向かう。

明日の朝に行ってもいいけど、明日は休みだ。休みの日に早起きして、行く必要のない仕事場に行きたくない。

月明りを頼りに、鍵を使って寮の裏口を開ける。暗闇のなか、大きい影がのっそりと動いた。

「ひっ……！」

く、熊⁉　泥棒⁉　まずい、手ぶらだ！

大声を出そうと息を吸うと、大きな何かが伸びてきて口をふさがれた。

「んー！　んん‼」

「痛っ！　お、落ち着いて。僕です。エドガルド・バルカです」

解放されて、転びそうになりながら距離を取る。

噛みつかれた手をかばいながら、猛獣を落ち着かせる仕草をしているのは、たしかにエドガルドだった。

「バルカ様……？」

「驚かせてすみません。騒ぎを起こしたくなくて……手荒なことをしました。怖かったでしょう」

「も、申し訳ございません！　手を噛んでしまいました！」

「何かあった時こんなことができるのは、とてもいいことです。ですから、声をひそめて」

エドガルドは、とにかく騒がれたくないらしい。頷いて、今さら震える体を抱きしめた。

怖かった。ようやく男性に、騎士団の人たちに慣れてきたのに。

暗闇の中で伸ばされる手。もがいても、体格と力の差で封じ込められる。もしこれが悪党なら、今頃わたしは……。

「……本当に、申し訳ございません。守るべきレディーを傷つけるなど、騎士失格です」

「いいえ。……いいえ！　わたしが体を鍛えるべきだったんです。もしくは、こんな時に使える魔道具を持ち歩いていればよかった」

前世であれだけ男にめちゃくちゃにされたのに、危険に対抗するすべを持たないことに、今の今まで気付かなかったなんて……！

「明日、防犯の魔道具を探してみます。バルカ様、気付かせてくださってありがとうございます」

エドガルドは珍しく困った顔をし、小さく、けれどはっきり首を振った。

「自分の都合を優先し、守るべきレディーを怯えさせてしまったのは、自分が未熟だからです。感謝は不要です」

エドガルドはうなだれ、ため息のような言葉をこぼした。

「ああ、つぶれてしまった」

持っていたのは夜食のサンドイッチだった。

「……このまま、なにもなくお別れというわけにはいきませんね」

エドガルドは観念したようにつぶやいた。今から裁かれるばかりだという空気が、エドガルドのまわりに漂う。

「えー、と、なにかあたたかいものでも飲みませんか？　紅茶はあまりうまく淹れられませんので、

「ココアはいかがですか？」

お茶専属の侍女が紅茶やコーヒーを淹れてくれる人に、渋い紅茶は出せない。ココアに自信があるかといえばそうでもないけど、トールによく作っていたから、お茶よりはマシだ。

エドガルドはなにか言いたげにわたしを見たが、黙ってうなずいた。

「どれほど甘くしましょうか」

「ノルチェフ嬢にお任せします」

「わたくしの好みになりますが、よろしいですか？」

「はい」

最低限の明かりをつけたキッチンに湯気がのぼっていく。甘さ控えめのココアを作るまで、エドガルドは一言もしゃべらなかった。

「お待たせいたしました」

「いいえ、いただきます。……ああ、おいしい」

しみじみとつぶやくエドガルドからすこし離れた椅子に座り、ココアに口をつける。思ったより少し甘く仕上がったココアが、緊張したままだった体と心をほぐしていく。

黙ってココアを飲み干したエドガルドは、カップを両手で握りしめ、部屋の一点を見つめた。

「……僕を軽蔑したでしょうね」

「守るべきレディーに……というやつですか？」

「いいえ。僕が……」

言葉がつまったエドガルドは、震えるほどカップを握りしめ、喉につかえたものを吐き出した。

「僕が、甘いものを好むことです」

「あ、そうなんですね」

エドガルドのシリアスさに対して、あまりに軽い返事をしてしまった。ほら、エドガルドもびっくりしてる！

「ぼ、僕が持っているのは、全部甘いパンなんですよ！」

ほら、と見せてきたのは、夜食のサンドイッチだ。今日はチョコや生クリームを挟んである。

それらをしっかり抱えているエドガルドは、断罪されることを望んでいるように見えた。

「わたくしも甘いものが好きですよ」

「レディーはいいのです！　僕は……僕は、バルカ侯爵家の当主となるのに、甘いものを好んでいるんです！」

「そうなんですね」

甘いもの好きってそんなにいけないのかな。

ヴァルニエだって甘いものが好きだよ？　ヴァルニエとは、カレーの辛さを尋ねたとき、甘口と答えたムキムキゴツイ騎士さまだ。

「食の好みは、個人の自由だと思います。ゲテモノを好まれるのならば、あまり人前で食べないほうがいいとは思いますが」

この世界のゲテモノ料理は、わりとグロい。

「……それだけ？」

「わたくしの弟も、弟の友人も、甘いものが好きですよ」

エドガルドは呆けてわたしを見て、やがてぽつぽつと語りだした。

「僕は、男らしくあれと育てられて……甘いものも、華やかな色も禁じられてきました。けれど、甘いものが好きで……」

なにかを抑制されると、それに執着するのは、たまに聞く話だ。甘いものが好きならば、禁止されてつらかっただろう。

「第四騎士団へ来て、はじめて自由を得ました。なのに僕は意気地なしだ。甘いものを食べるのが悪いように思えて、興味がないふりをしてきました。……あなたが夜食を作るまでは」

エドガルドがどう育って、どんな価値観を持っているかは知らない。だけど、エドガルドが甘いものを食べるのを悪いとは思えなかった。

「……本日の夜食は、チョコクリームのみと、生クリームも一緒に挟んだものの二種ございます。どちらがお好みですか？」

「え？　……な、生クリームもあるほう」

「では、次回の夜食は、もう少し甘くしたものを多くご用意いたします」

ココアを飲み干して、カップを置く。

「わたくしはここで何があったか知りません。レディーが、こんな夜更けに、男性とふたりきりで話すなんて有りえないですもの」

わたしはこの話を知らないことにしよう。

だって、どう言えばいいかわからない。ここではっきりと、エドガルドは悪くないと言うのは簡単だ。けれど、そこまでエドガルドの人生に踏み込めない。

「バルカ様、もしわたくしが住み込んでいる寮の近くに偶然来ることがあれば、お茶をごちそうさせてください。お茶請けに甘いものをお出ししますが、お嫌いでしたら、食べる必要はありません」

エドガルドは勢いよく顔を上げて、黒い瞳に光をちりばめた。

「おいしいと評判のお店はご存じですか？　せっかくのお休みですから、買い物に行こうと思っていたんです」

「……一番通り、の……クシェルの、ケーキが」

エドガルドの声が震えている。

ずっと食べたくて、でも食べられなかったのだろう。

家にいるかぎり、誰にも知られずにケーキを食べるのは不可能だ。騎士団に入っても、甘いものを食べることに罪悪感があるエドガルドが、ひとりでケーキを買いに行くなんてできなかったに違いない。

「では明日、買いにいってみます。そうですね、午後のティータイムには帰ってこれるかと。ああでも大変、お給金をもらう前だわ」

しらじらしい言葉が響く。数秒のち、エドガルドが吹き出した。

「っふ、ははっ、そうですね。では日頃のお礼として、ノルチェフ嬢へ贈り物をさせてください」

エドガルドの表情筋がこんなに動いているところを初めて見た。目を細めて笑うと、少し幼く見える。

「夜も遅いですし、送ります。贈り物は明日の朝、ドアの前に」

「ありがとうございます」

エドガルドは騎士らしく送ってくれ、鍵を閉めるまでドアの前にいてくれた。

疲れてぐっすり眠った翌朝、ドアノブに小さな袋がかけてあった。中にはいくつかの防犯の魔道具と、数枚の金貨入りの高そうな財布が入っている。

「これ、マジックバッグだ……」

たくさんのものを入れられて、重さも感じない、とても貴重でお高いやつだ。

防犯の魔道具も高いので、いくつも入っているのに驚いたけど、口止め料も兼ねているだろうから、遠慮なく借りることにした。

大量のケーキを買うのと、マジックバッグの中に何が入っているかの確認に時間がかかり、キッチンメイドの寮に帰ってきたのは昼前だった。

門から寮までも、非常に長かった。門をくぐってから、王城内を移動する専用の馬車で、十五分もかかる。

ようやく寮までつくと、エドガルドがそわそわと駆け寄ってきた。

「ノルチェフ嬢！　僕のために、申し訳ありません」

「わたくしは、わたくしのために買い物へ行ってきただけです。ひとりでこれだけ食べるなんて知られたくありませんので、バルカ様もご一緒してくださいませんか？　もちろん、ケーキは食べなくて結構ですので」

「……ありがたい申し出ですが、レディーと密室でふたりきりになるなど」

「では、家にあるテーブルを外に運ぶのをお願いしてもいいでしょうか。今日は天気もいいですし、外でのティータイムはきっと気持ちがいいですよ」

エドガルドが軽々と出してくれたテーブルの上に、マジックバッグを置く。

昨夜は無造作にドアノブにかけてあったけど、時間の流れがほぼ停止しているやつだった。わたしじゃ一生買えないものを持ち歩くのは、正直めちゃくちゃ怖かった。

ケーキと一緒に、瓶に入っている紅茶とコーヒーを出す。エドガルドがどんな飲み物が好きかわからなかったから、ケーキ屋さんで両方買ってきた。瓶に入っていて、注ぐだけでいいものだ。

ストレート用ミルク用など、たくさんの種類があり、瓶がきれいで見ているだけで楽しい。

カップとソーサーを出すと、木陰で優雅なティータイムをする準備ができた。

「では、わたくしは家の中に入っていますので」

「いえ、一緒にいてください」

「あ、わたくしもいなければ怪しまれますものね」

「違います。そうじゃなくて……」

エドガルドは、着飾ったケーキの中に言葉が落ちていないか探し、まっすぐわたしを見た。

エドガルドと目が合ったのは、数えるほどしかない。けれども今は、そのどれとも違った。底まで澄んでいる黒い瞳が、わたし個人をはっきりと認識している。わたしも、騎士の一人ではなく、エドガルド・バルカを見つめていた。

「……この喜びを、分かち合いたいのです。ほかでもない、あなたと共に」

「それは光栄ですが……ケーキが少なくなってしまいますよ」

エドガルドはわずかに瞠目し、笑った。

「女性は、甘いものがお好きですからね」

遠まわしな「食い意地が張ってんな」という言葉に、つんと澄ます。

「おいしいものは正義ですから」

「おいしいは正義……。たしかに、そうですね。だからこそ、勝利の美酒をともにいただきませんか？ それに」

言葉を区切り、目じりにわずかな色気を灯して、エドガルドの流し目がわたしをとらえる。

「ケーキがなくなったら、また買えばいいのでしょう？ あなたが教えてくれました」

そう教えたことはない。が、言えない。

肯定も否定もせずに微笑んで、エドガルドのそばにあった椅子に座る。お茶を淹れようとすると、エドガルドに制止された。

「自分のことは自分でしますから、どうぞお気遣いなく。お互い、好きなようにしませんか？」

「賛成です。……不敬とか、言いませんよね？」

「もちろんです。言葉遣いも、かしこまらなくていいですから」

エドガルドは自分で紅茶をカップにそそぎ、きらきらと輝くケーキを見つめた。

手に取ったのは、シンプルでありながら王道の、一番人気のケーキだ。そうっとフォークを入れ、口に運んだエドガルドは、目をつむって感激に震えている。

まじまじと見るのも失礼なので、目をそらしてケーキを選ぶ。数分悩み、期間限定以外のものを食べることにした。お店にいつでもあるのなら、また買いに行ける。

「お、おいしい……！　バルカ様、すごくおいしいですね！」

「ああ……これはきっと世界の奇跡です」

三つ目のケーキなのに、エドガルドは食べるスピードをいっさい落としていない。これは根っからの甘党の予感。

ときおり穏やかに会話しながら、ケーキまみれのティータイムは終わった。ケーキ十個はさすがに食べすぎだと思う。

帰りにケーキの入ったマジックバッグを渡そうとしたら、拒否された。

「毎日食べてはいけないことは、さすがにわかります。手元にあったら、誘惑に抗えないでしょう。……ノルチェフ嬢には申し訳ないですが」

「お気になさらないでください。わたしもおいしいものが食べられて嬉しかったです」

「……ノルチェフ嬢は、宝石のごときらめくケーキの先端ですね」

褒められてる……のか……？　さっぱりわからん。

エドガルドがちょっと照れつつ頬を赤らめているので、たぶん彼にとっては褒め言葉だ。

「次の休日もお邪魔してもいいでしょうか？　ノルチェフ嬢はお好きなことをしていて構いませんので」

「もちろんです。お待ちしておりますね」

休日は、将来に備えて料理の練習をしているから、寮にいることが多い。エドガルドが来ても、ケーキを渡せるから、いつ来ても大丈夫だ。

「では、次の休日に」

「はい。また」

手を振ってエドガルドを見送って、寮へ入る。

エドガルドに出してもらったテーブルと椅子は、外に出しっぱなしにしておくことにした。防汚(ぼうお)の魔法がかけられているから、雨が降っても弾くはずだ。

寮にはわたし一人しかいないから、侍女用の小さなテーブルを出して使えばいい。

「さて、料理の練習をしよう！」

貴族の女性が働くことは滅多にない。

趣味で料理をする程度なら目こぼししてくれるけど、料理本を買ったり、誰かに師事したりできないから、今までこそこそと試行錯誤するしかなかった。

でもこれからは、仕事を理由にして好きに学べる。そして、将来これで生計を立てるのだ！

行かず後家として家に残れないから、ほぼ平民として生きていくことになるだろうけど、元が平民なので抵抗はない。あとはトールをどう説得するかだけど……うーん……。

シスコンをこじらせている弟を思い出し、今考えるのはやめた。トールにも好きな人や婚約者ができたら、少しは姉離れするだろう。たぶん。


働き始めて二か月も経つと、ホームシックもだいぶよくなった。

休日は、寮で料理を作ることが多い。エドガルドは休日のたびにやってきて、ケーキやタルトを堪能している。

優雅にお茶を飲んだエドガルドが、小首をかしげた。

「本日も試作ですか？」

「はい。もう作ってあるので、すぐに持ってきますね」

マジックバッグをテーブルに置いてから、寮へ入る。

ボールドウィンに、自分の寮で騎士団で出す料理の試作を作りたいと言ったら、あっさり許可された。

遅い時間までキッチンに残ったり、お休みの日に騎士団へ行ったりするのは、やめてほしいらしい。

休日までに破棄される食材ならば、好きに使っていいとまで言ってくれた。そのぶん書く書類は増えたけど、材料費が浮くのは嬉しい。

「バルカ様、味見をお願いします」

作ったものは、エドガルドが味見してくれる。侯爵家で育っただけあって、小さい頃からいいものを食べてきたエドガルドの舌は確かだ。的確なアドバイスは大変にありがたい。

休日はいつもよりゆっくり起きて、試作をして、疲れたらケーキを食べつつエドガルドと談笑する。腹ごなしにエドガルドが鍛錬するのを眺めたり、のんびりと本を読んだり、いいリフレッシュになる。

前世の経験から、一日中ひとりきりなのはちょっと苦手だから、休日のたびにエドガルドが来てくれるのは嬉しかった。

「あー、なるほど。休日はここにいたのか」

エドガルドではない声に、驚いて顔を上げる。

目の端で、燃えるような髪がふわりと揺れた。波打つガーネットの髪に、華のある雰囲気。ご令嬢が騒ぎそうな甘い顔立ちのロルフ・オルドラが、木に寄りかかりつつ立っていた。

「ロルフ……」

困惑しつつ、どこか緊張した声を出すエドガルドに、ロルフは両手をあげてひらひらと振った。

「ああ待て、違う。誰にも言うつもりはない。それならわざわざ声をかけたりしない」

ゆっくりと歩み寄ってくるロルフと、対峙するエドガルドの間に、緊張感が漂う。そんな中、口の中のご飯を必死にもぐもぐするわたし。

その登場、もうちょっと待ってもらえなかったんですかねぇ!? シリアスの中ひとりでもぐもぐしてるの、場違いにもほどがあるんですけど！

「エドガルドが休日のたび出かけるのが気になってな。前まで、基本的に部屋にいただろ？ 誘いに行ってもいないし、やっと捕まえたと思ったら断られるし」

　このふたりは、休日も一緒にいるほど仲が良かったらしい。エドガルドを取ってしまったみたいで、ちょっと申し訳ない。

　ロルフのミルクチョコレート色の瞳が、どこか温かみをもって、わたしを見つめた。

　さっきまで必死にもぐもぐしていたなんておくびにも出さず、すまし顔をする。淑女は仮面をかぶるものなのだ。

「エドガルドが好きなものを食べられる場所を見つけたようで、よかった」

「ロルフ、まさか知っていたのか？」

「うまく隠していたと思う。でもエドガルドは、俺より五歳も下だろ？　さすがにわかるって」

　ははっと笑うロルフは、エドガルドの肩を小突いた。ドムッと低い音がする。

「そんな顔するなよ。俺に隠し事してたバツだ。これくらい可愛いもんだろ？」

「……なんでもロルフに教えるわけじゃない」

「そうだけどさ、俺だってケーキくらい買えたぞ」

　ロルフは、ちょっと拗ねた、子供っぽい顔をした。

「……そうしたら、僕に禁止されたものを渡したって、ロルフがバルカ家に何か言われるかもしれないだろ。……それは嫌だったんだよ」

「エドガルド……」

　普段は寡黙で大人びたエドガルドが、年相応に見える。

なにやら感動するロルフ。場違いなわたし。

空気になっているわたしの前で友情を確かめあったふたりは、揃ってわたしを見た。動いてもいい空気だったので、立ち上がって頭を下げる。

「ノルチェフ嬢、エドガルドの心を守ってくれてありがとう。礼を言う」

「わたくしは何もしておりませんわ。バルカ様、これからはここへ来なくても、好きなものを食べられますね」

よかったね、と心からお祝いしつつエドガルドを見ると、すごく顔色が悪かった。

「……もう、ここへ来てはいけないと言うんですか？」

「お好きなときに来てください」

「では、なぜそんなことを言うのです」

珍しく、ぐいぐいとくるエドガルドに驚きつつ、ちょっぴり距離を取る。

「夜に甘いものを食べたくなった時、オルドラ様と食べられるじゃないですか。さすがに夜にここへは来られないですから」

「他意はないと？」

「他意……？　あっ、マジックバッグはお返ししたほうがいいですか？」

「いいえ、それはあなたがお持ちください」

エドガルドにじっと見つめられ、気まずさが高まっていく。

「ええと……本当にいつ来てくださってもいいんです。バルカ様が来てくださって、とても楽しかったですから」

「本当ですか？」

「はい。実はひとりがすこし苦手なので……味見もしてくださって、とても助かっています」

「……よかった」

エドガルドは、花咲くように笑った。

年下の男の子だけど、なんだか艶やかというか少し色気があるというか……ちょっぴりドキドキしてしまった。イケメンの笑顔に嫌悪感を抱かないのは、大きな前進だ。

今後どこかで働くにせよ、異性との接触は避けられない。エドガルドはまっすぐな性格で、一緒にいる時間がそれなりにあったから、近くても緊張しなくなったようだ。

「へえ〜、ふうん？」

「ロルフ！」

エドガルドがロルフの肩にパンチをする。なかなか重い一撃を受け止め、ロルフは笑った。

「今度は俺もここに来ていいか？」

ロルフは、エドガルドの耳元でこしょこしょと何かつぶやいた。エドガルドのほうが背が高いので、ロルフが若干背伸びをしている。

エドガルドは数秒後、しぶしぶ頷いた。

「……ノルチェフ嬢、ロルフも来ていいでしょうか？」

「はい。あまりお構いできませんが」

「俺が押しかけたんだし、接待なんかしなくていいって。休日だしな」

ロルフはいつも明るく接してくれて、たまにフォローしてくれる。正直に言うと、来ても来なくてもどっちでもいいけど、来たいと言うのなら断る理由もない。

「これからよろしくな！」

ロルフの笑顔がはじけた。


精神的に少し頼りないところがあるエドガルドと、軽いと見せかけてしっかりしているロルフ。少し年の差がある友人は、合っていないと見せかけて案外ぴったりだった。

キッチンメイドの賽は一気に賑やかになり、ロルフは快く味見をしてくれた。

「私的にもう少し辛いほうが好みだが、これはこれでうまいな。特に、各自で調味料をかけて好みの味にできるのが興味深い。ノルチェフ嬢の発想は面白いな」

前世では味変は当たり前だったけど、この世界ではそうではない。

貴族の料理人ともなると、こだわりにこだわっていて、皿の上ですべてが完結する。自分でなにかぶっかけて完成品を壊すなんて発想はない。

「騎士団の誰かが外に漏らしたら、真似するやつが出てくるだろうな」

「じゃあ、簡単に真似できないオリジナルソースを作らなくちゃいけませんね」

今は調味料をそのままかけているだけだから、すぐに真似できる。

山盛りのマロングラッセを食べつつ会話を聞いているエドガルドの横で、ロルフはピクルスをかじった。

「ノルチェフ嬢は、自分の店を持ちたいのか？　ノルチェフ嬢ならできると思うけどな」

自分の、店を持つ……。

それに関して調べたことはある、けど。この世界で店を持つことができるのは、男のみだ。誰かに店主になってもらい、自分がある程度の権限を持つことはできる。

でも、そんなに異性を信頼できる日が来るとは、今は思えない。そんな人ができたとして、裏切らない保証なんてない。

唯一、心から信頼できる父さまとトールに頼むこともできるけど、貴族が店を持つのは卑しいことだとされている。

父さまたちは絶対に、そんなことは気にするなと言ってくれる。でも、父さまとトールの名を、ノルチェフの名を汚すことはしたくない。

「わ、たし……わたし、は」

ぎゅっと手を握って、顔を上げた。

「申し訳ありませんが、今から出かけます！」

「今から⁉」

「市場調査です！　せっかくなので、平民の好みの味付けを勉強しにいきます！」

エドガルドとロルフの味見は非常に嬉しく頼りになるけど、どうしても貴族の好む味付けに偏りがちだ。将来わたしが相手にするのは平民だから、事前調査をしておきたい。

「僕も行きます」

「買い食いをしますから、バルカ様には難しいのでは？」

「……一度、してみたかったんです」

「あー、なるほど。友達と楽しそうに食べる姿を見ると、憧れますよね」

「俺も行くよ。おいしい店があるって聞いてるんだ」

なぜだか三人で行くことになった。休日なんだから休めばいいと思うけど、平民のすることをしてみたいお年頃なのかもしれない。

手早く片付け、三人で城下町へ向かう。馬車で貴族たちの住むエリアを越えてしばらくすると、だんだんと活気付いてくる。

馬車から降り立ったロルフとエドガルドは、シンプルな服を着ているのに、とても浮いていた。お貴族様ふたりの真ん中で、違和感なく城下町に溶け込んでいるわたし。女性の熱っぽい視線を当然とばかりに受け流し、ふたりはきょろきょろと街を見回している。

声をかけられる前にと、適当な方向に歩き出すと、ふたりともひよこのようについてきた。

「あそこに人がたくさん並んでいる屋台がありますね。わたしが買ってきますから、ふたりはここで待っていてください」

「一緒に行くよ。買い食いってのは、自分で買って歩きながら食べるのが醍醐味なんだろ？　そう聞いたよ」

「僕も行きます。レディーに並ばせて自分は座っているなんて、とんでもない」

「そうですね、楽しみを奪うところでした。すみません」

「気を遣ってくれたんだろ？　謝罪は不要さ」

「僕も、その、一緒に並びますから」

にやにやしているロルフに、エドガルドが重めの体当たりをした。これがわたしなら転んで怪我をしそうなのに、鍛えているふたりは平然としている。

ふたりのじゃれあいを見ながら並んでいると、案外早く列が進んだ。ここは焼き鳥の屋台で、じゅうじゅうとおいしそうなにおいと煙が充満している。

「全種類一本ずつください」

「はあい！　ありがとね！」

手渡しされた串を持つ。後ろのエドガルドに場所を譲ると、エドガルドは途方に暮れた顔をしていた。

「……お金を持っていませんでした」

「えっ？　あっ！」

貴族はお金を持ち歩かない。裕福なところは商人などに家に来てもらう。外でなにかを買っても、その場で支払わず、家に請求書が届くのが普通だ。

「全種類、もう二本ずつ追加でお願いします」

「ちょっと待ってね」

串を片手で持ちながら、もう一度財布を出そうと苦戦していると、ロルフが焼き鳥を持ってくれた。お礼を言って、ふたりのぶんを支払う。

財布をしまってロルフから串を受け取ると、ちょうどふたりの焼き鳥ができた。

「はいどうぞ、お兄さん達！　ふたりとも格好いいから、大きいの選んどいたよ！」

「あ、ありがとうございます」

「おいしそうだな。食べるのが楽しみだよ」

ふたりはお礼を言うものの、差し出される焼き鳥に戸惑っているようだ。貴族にとって、購入品を管理するのは従者の役目だもんね。

「そのまま受け取ればいいんですよ。さっきのわたしみたいに」

手元の串を見せると、ふたりはぎこちなく焼き鳥を受け取った。購入したものを自分で持つのも初めてなんだろうな。

近くの広場で空いているベンチに座る。よく晴れてあたたかい日で、ベンチがぬくぬくだ。

「ノルチェフ嬢、申し訳ありません……その場で支払うとは知らずに。商品を受け取るのも初めてで……」

「さっきのお金、あとで支払うよ。ごめんなノルチェフ嬢。でも、助かった」

「わたしこそ、気付かずにすみません」

エドガルドは思いっきりしょんぼりして、ロルフもちょっとそわそわしている。

ふたりを見ていると、不意に笑いがこみあげてきた。城下町でものすごく浮いているふたりが、屋台の前で途方に暮れているのは、何だかちょっと可愛かった。

こみあげる笑いをごまかすために、こほんこほんと咳ばらいをする。

「とりあえず、熱いうちに食べませんか？」

すこし冷めてしまった焼き鳥を頬張る。一番シンプルなのは塩コショウがかかっているものだ。

大粒の塩とコショウが、がつんと舌にくる。ちょっと濃い味付けだけど、それがおいしい。

「そういうふうに食べるんですね」

ふたりに食べるところを観察されていたらしい。大口を開けてかぶりついていたので、ちょっと恥ずかしい。

「串のまま食べるのは初めてですか？　平民はこうやって食べるんですよ」

「なるほど。いただきますね」

エドガルドは控えめに口を開き、わたしよりよっぽど優雅に焼き鳥を食べた。ロルフは豪快に食べているけど、やっぱり品がある。

エドガルドはふんわりと笑った。

「……おいしい。これが友人との買い食いというものなんですね」

「バルカ家は厳しいからなぁ。またしようぜ。ノルチェフ嬢も一緒に」

「そうですね。せっかくですし、あとでケーキ屋さんに行きませんか？」

「えっ、あ……」

エドガルドはうろたえ、おそらく外で甘いものなんて食べないと言おうとした、と思う。

キッチンメイドの寮の近くで食べるのとは違い、店は人目がある。目撃者から情報が漏れてもおかしくはない。

ロルフがじっとエドガルドの答えを待っているので、わたしも黙って待つ。エドガルドは視線をさまよわせ、手に持った焼き鳥に気付いた。すこし表情が和らぐ。

「……行きます。僕はいつか、バルカ侯爵家を継ぐ。けれどそれは、祖父の振舞いをそのまま模倣することではない。甘いものを食べても、買い食いをしても……僕はバルカだ」

エドガルドの声に力がこもる。

「エドガルド・バルカだ。バルカ侯爵家を、もっと、よりよいものにしてみせる」

「よく言った！」

ロルフが思いきりエドガルドの背中を叩いて笑う。その目がちょっと潤んでいるように見えて、なんだか、じーんときてしまった。

エドガルドも、過去のつらい経験に囚われ、抜け出そうともがいていたのかもしれない。光を見つけられたのなら、盛大にお祝いするべきだ。

「これを食べたら、ケーキ屋さんに行きましょうか。バルカ様が行きたいところを決めてくださいね」

途端に考え出してしまったエドガルドを横目に、二本目の焼き鳥を食べる。これはピリ辛で、ロルフがおいしそうに食べていた。

「辛い物が好きな人が多いんですね。どの店を見ても、辛いものがおいてあります」

「今の流行りだからな。ノルチェフ嬢がなにか作るんなら、カリー味がいいな。見た目があれだから、食べるのに勇気がいるけど、食べたら忘れられない」

初めてカレーを出した日、騎士さまたちは凍り付いていた。茶色くてドロドロしてる食べ物を初めて見たらしい。

たしかに、カレーは見た目がちょっとね。食べ物だと知らずに見たら、かなりショッキングだよね。うん。

いつも先頭に立ち、にこやかにお礼を言ってくれるアーサーも、こういうとき率先して食べて大げさに感想を言ってくれるレネも、全然動かなかった。

万が一のために作っておいた、カレー以外のおかずを出そうとすると、レネが察知してお皿を掴んだ。

「……香りはいい、けど、これは何？」

「カレーです」

「食べ物？」

「はい。ノルチェフ家では大人気ですよ」

「これが⁉」

「はい。パンも米も用意していますので、お好きなほうでどうぞ」

レネはぎゅうっと目を瞑ってお皿を持ち上げ、きらきらしいアーサーを見上げた。

「ダリア様。本日は私が先に食べてもよろしいでしょうか」

「……いや。私が一番に食べる役目だ」

「出過ぎた真似をお許しください。ですが本日は、どうぞ私に」

レネはナンを取り、お皿にほんのちょびっとカレーを入れた。

「それは中辛です。レネ様は甘口では？」

「今日はこれでいいよ」

レネはいつもの席に座り、カレーをじっと睨んだ。どこか震えているように見える手でカレーをすくう。

スプーンの先端が、レネの口に消え、すぐに出てくる。

「……ん？」

レネはカレーを味わったあと首をかしげ、さっきより多く口に入れた。

「……何種類かのスパイスとトマト？　甘味と辛み、酸味……香味野菜で味に深みが出てる」

「弟が大好きで、スパイスの種類とか量を研究したんです。もちろん、カレー専門の方からすればまだまだでしょうけれど」

「これ、カリーじゃない？」

「そうとも言いますね」

ついついカレーって言っちゃうけど、この世界ではカリーのほうが馴染み深いのかもしれない。

途端に、ざわざわと「あれがカリー……」「確かに聞いたものと同じように見える」「食堂であのカリーが出るとは」という声が聞こえてきた。

レネはアーサーの前まで歩いていき、さっと頭を下げた。

「見目はよくありませんが、味は問題ありません。差し出がましいことをして申し訳ございませんでした」

「いや。私の葛藤が伝わっていたのだろう。礼を言う」

カレーでこんなに大事になるとは思わなかった。

ちょっぴり冷や汗をかきながら、念のため、普通のおかずを出しておく。お皿を取ったアーサーに、ぎこちなく笑いかけた。

「お好きなものをお取りください。無理をしてカリーを食べる必要はありませんので」

「せっかくだからカリーをいただこう。……まさかカリーを食べる日が来るとは」

この国でのカレーの扱いなんなの？

無理してカレーを食べなくてもいいんだけど、これ以上言っては不敬になるかもしれない。黙ってアーサーがカレーをよそうのを見守る。

アーサーがカレーを選んだからか、続く騎士さまたちもカレーを選んでいく。笑顔なのは、わんこ系イケメンだけだ。

わんこ系騎士さまは、名前がシーロ・ワンコと、まさかのそのままの名前だった。白わんこって名前はすごく覚えやすいけど、間違ってそう呼んじゃいけない。切腹ものだ。

シーロはひとりだけ大盛りで、にこにことカレーを頬張ってくれた。

「んっ……んん!?　初めて食べる味だ！　おいしい！」

ありがとうわんこ。たぶん年上だし身分も上だけど、なんとなく親しみを感じてしまう。

この一言が呼び水となって、騎士さまたちがおそるおそるカレーを口に入れていく。

「これは……見た目からは想像もつかない複雑な味だ」

「コクとうまみ……私的に酸味がちょうどいいな」

「これが……カリー……！」

今度父さまに、カリーがどんな扱いなのか聞こう。絶対に。

カレーは成功なんだか失敗なんだか、よくわからないまま終わった。

もう出さないほうがいいだろうなと思っていたら、後からちょいちょい騎士さまたちに「次にいつカリーが出るのか」と聞かれるようになった。やはりカレーは中毒性がある。

ちなみにロアさまもカレーを気に入ったらしい。中辛を食べてにこにこしていた。

「あー、思い出したらカリーが食べたくなったな」

ロルフの声に我に返った。

いつの間にか食べ終えてしまった焼き鳥に、がっくりする。味の勉強をしにきたのに、普通に買い食いを楽しんでしまった。

「エドガルドも食べ終えたな。よし、ケーキ屋に行こうぜ」

「待って、まだどこに行くか決めてない」

「なら、行きたいところに全部行こうぜ」

エドガルドの顔がパッときらめく。

甘いものをそんなに食べないロルフは、仕方ないなぁという顔をして、目一杯の親しみを込めてエドガルドの頭をぐしゃぐしゃとかき回した。驚きつつ、年相応に「なんだよ！」と言うエドガルドは、笑って愛情表現を受け入れている。

うん、よきかなよきかな。

散歩を楽しみながら、三人でケーキ屋まで歩く。エドガルドとロルフは、城下町はいつも馬車で移動しているそうで、楽しそうに街や人を見ている。

「ノルチェフ嬢、歩くのはゆっくりでいいからな」

ふたりとも、脚の短いわたしに合わせて歩いてくれている。できるだけ速足で、しかし息を切らさず優雅に見える速度で歩いているのに、ふたりは長い脚を持て余し気味だ。

エドガルドが微笑みながら顔を覗き込んできた。

「ノルチェフ嬢は、脚も可愛らしいのですね」

おまえ脚短いな、という遠まわしな嫌味かと思ったけど、エドガルドはそんな性格じゃない。正直、脚はあんまり見ないでほしい。

ちょっぴり息が上がってるけど、そんなことありませんとばかりに澄ましてみせた。

「ありがとうございます」

この返事で正解かわからないけれど、エドガルドが笑みを深めたので、悪くはなかったのだと思うことにした。ロルフが肩を震わせながら笑うのを、エドガルドが笑顔のまま肘でどつく。

ふたりがじゃれあっているうちに、目当てのケーキ屋さんについた。深々とお辞儀して出迎えてくれる店員さんに、個室でとお願いする。

いつもより質素な服を着ているふたりから隠しきれない貴族オーラを察知したのか、なにも言わずに個室へと案内してくれた。

店舗の二階にある個室は、白を基調とした広めのお部屋だった。女性客がメインなのか、パステルカラーの可愛らしい内装となっている。

椅子を引いてもらって座ると、案内してくれた店員さんは、さっと退出してしまった。最初からスタンバイしていた店員さんがひとり、壁際に残っている。

「きみ、本日の品は」

「店内のみで食べられるケーキが四種類ございます」

店員さんはすらすらとケーキの説明をしてくれた。朝採りの果物だとか、しぼりたての牛乳を店で生クリームにしたとか、数時間前に生んだばかりの卵だとか、おいしそうな単語が並ぶ。

「では、それを三人分」

「あと、軽食もいくつか頼む。もう下がってくれ」

「かしこまりました」

店員さんが退出すると、ロルフがにやりと笑ってエドガルドを見た。

「ちゃっかり俺のぶんまで注文しやがって」

「それはロルフだろ。ノルチェフ嬢、勝手に注文してしまいましたが、よろしかったですか？」

「そんなに食べられませんので、バルカ様さえよければ、お好きなケーキを食べていただけませんか？」

「そんな……ノルチェフ嬢、我慢しないでください」

「いえ、本当に食べられないんです」

「俺もそんなに甘いものは食べられないぞ。ノルチェフ嬢がこう言ってるんだ、ありがたく受け取っておけ」

「……わかりました。ノルチェフ嬢、ありがとうございます」

明るい雰囲気のなか食べたケーキは、すこぶるおいしかった。

「おいしいですね！　フルーツがみずみずしくて生クリームと合っていて、紅茶もおいしいです」

「ええ……これはもはや芸術です。全種類買って帰らなければ」

「サンドイッチもうまい。なぁエドガルド、サンドイッチも買って帰るから、一緒にマジックバッグに入れてくれ」

感心したようにロルフが言うくらいだから、よっぽどおいしいに違いない。

「いいけど、次もあるんだから、食べすぎるなよ」

「まだケーキを食べるのか？」

「行きたい店に全部行けばいいと言ったのはロルフだろ」

「そりゃそうだけど、本当に行くとは思わないじゃないか」

なごやかな笑い声が響く。

トール、姉さまは少し異性に慣れることができたよ。トールは喜んでくれるかな？

嫁いでどこかの家と繋がりをもたないと、貴族の女性としては意味がないのに、男嫌いなのを喜んでる節があったからなぁ……。

今度家に帰った時、学校で気になる人ができたか聞いてみよう。

肉が焼けるいいにおいと、カレー粉のスパイスのにおいが立ち上る。

みんなが夕食を食べ終えて静かになったキッチンには、ロアさまとわたしのふたりしかいない。

こんがりと焼けたお肉をお皿にうつした。

「いいにおいだ」

ロアさまが目を細めた。

毎日の雑談のなかで、うっかりロアさまに「カレー味の何かを作ってみようと思っている」と言ったら、予想外に食いつかれたのだ。

ロアさまは初めてカレーを出した日も、躊躇しなかった。アーサーのように戸惑うこともなく、レネのように決死の覚悟で毒見役を申し出ることもなく、嬉しそうに頬張っていた。

いつものように、離れた場で起こったことを知っていたのだと思う。見た目が非常によろしくない物体を嬉々として口に運ぶのは、いっそ器の大きさを感じさせた。

ロアさまの前にお皿を置き、隣の椅子に座る。ロアさまは優雅にナイフとフォークを操って、カレー粉をまぶしたやわらかいラム肉を、薄くて形のいい口に入れた。

何度か咀嚼し、ロアさまは満足そうに頷く。

「おいしい。ノルチェフ嬢は料理が上手だ」

「ありがとうございます」

ロアさまが思いがけずカレー粉を楽しみにしてしまったので、カレー粉を作るために奮闘した日々を思い出す。

スパイスのみでカレーを作ったことがなかったから、かなり試行錯誤した。スパイスが奥深すぎて、頭がパンクしそうだった。

そんなときトールが入学してから初めて家に帰ると聞き、休みの日に久しぶりに家へ帰った。

お互い新生活のことを語って楽しい時間をすごしている最中、トールにカレー粉のことを話したのだ。そうするとトールが、

「……僕、そのカレー粉っていうのを、たぶん作れるよ」

と言ってくれたのだ。

「そうなの!? トール、カレーが好きだったもんね。わたしのカレーはたまに失敗するし、次からはトールの作ってくれたカレー粉を使おうかな」

「……だから、姉さまには秘密にしてたんだ。失敗してもいいから、姉さまの作ったカレーが食べたい」

「トール……！」

なんて可愛い弟なんだ！

ぎゅうっと抱きしめると、トールも抱きしめ返してくれた。ちょっぴり背が伸びて、筋肉がついたみたい。とっくにわたしを追い越している頭をなでて、その晩はトールにレシピを教わりながら、カレー粉を作った。

そんな思い出のつまったカレー粉は、ロアさまにも好評だったようだ。すぐに食べ終えたお皿には何も残っていない。

「ノルチェフ嬢がここに来てくれてよかった。ここでは好きなものを食べられる」

貴族は誰かに弱みを見せちゃいかんとか、そういうやつかな？

「要望をいただければ、ロアさまのお好きなものを作りますよ。ロアさまがお好きなのは、濃いめのやや甘口、にんにく多めですよね？」

「ああ。でも家だと、すこし薄い辛口が出てくるんだ」

たぶん上流貴族なのに？

家族ひとりひとりの口に合わせて、違う味付けのものが出てきてもおかしくはない。

疑問が顔に出ていたらしく、ロアさまはわずかに苦笑した。

「国王陛下がお好きな味だからな。好みすら合わせていないと、謀反だなんだと騒ぎ立てる者がいるから」

「はあ……。そのうち、性別が違うから謀反だ！　って言いそうですね」

気の抜けた回答に、ロアさまは吹き出した。

「確かに言いかねない。服の刺繍ひとつにも目を光らせているんだ」

「全裸でいたら納得するんでしょうか」

「嬉々として私を攻撃してくるだろうな」

「大変ですねぇ」

思わず心から言ってしまってから慌てる。ロアさまがどれだけ大変か知らないまま言ってしまったのに、ロアさまは怒りもせず呆れもしなかった。

「ノルチェフ嬢だけだよ、そう言ってくれるのは」

そんなことはないと思うけど、貴族同士の繋がりだとか言葉の意味だとか、わたしがそういうことを考えないでいい相手なのは確かだ。

「恐れ入ります」

「そういうところだよ。ノルチェフ嬢は、変わったな。もちろんいい意味で」

温かみのある茶色い目が細められ、形のいい口が弧を描く。首を傾げると、ふわふわの髪が一緒に揺れて、柔らかな空気を形作った。

「笑うようになったし、自然体になった。今のほうが、ずっといい。なにか心の変化があったのだろうか？」

「変化……ですか」

問われて、自分のことを考える。

一番の変化は、異性との接触に、以前ほど抵抗がなくなったことだ。

将来のことを考えると、いい傾向だ。騎士さま達がいい人ばかりなのが大きい。

そして、変化を受け止められるように育ててくれた両親のおかげだ。

初めてこの世界を意識したときは、それは混乱して泣き叫んだ。そしたら見知らぬ男が慌ててやってきて抱きかかえられたものだから、怖くて仕方がなかった。

見知らぬ男は父さまで、頬にキスされそうになったときも全力で泣いて嫌がった。あのときの父さまは死にそうな顔をしていたので、今は悪いと思っている。

そんなわたしを嫌わずに愛してくれた父さま。記憶があるせいで一般的な赤ちゃんとは違うだろうに、一番の宝物だと言ってくれた母さま。

自分は愛されていると疑うことなく考えられるようになったのは、両親のおかげだ。

そのころにトールが生まれた。男だったから怯んだけど、トールはまっさらな赤ちゃんだった。性別なんて関係なく、一生懸命生きている小さな命。

シスコンになるのは予想外だったけど、弟がいて毎日楽しかった。家族というものを実感できるなんて、思いもしなかった。

答えを待ってくれているロアさまに、自然と微笑む。

「家族のおかげです。なにが起きてもわたしを愛してくれる、支えてくれる存在がいるからこそ、変化を恐れずにいられるのです。わたしがどんなに変わっても、わたしのことを愛してくれる人がいるのですから」

「……ああ。家族はいいものだ」

「はい」

「私にも兄上がいて、心配性なんだ。兄上はお忙しいのだから、私に構わずご自分を大切にしてほしいのだが」

「あら、それならまずロアさまが実践しなくては。兄君のことを放置して、ご自分を優先されてはいかがです?」

くすくすと笑いつつ指摘すると、ロアさまは虚を突かれた顔をして、わずかに脱力した。

「これは一本取られた。これでは、この件で兄上に意見することができなくなってしまう」

大げさに落ち込んでみせたのを見て、さらに笑う。ロアさまもつられたように笑って、部屋に明るい笑い声が満ちる。

お互い少し壁が消えた、そんな夜だった。

百匹の猫

この頃、日差しがすこし強くなってきた。本格的な夏を迎える前のさわやかな緑の香りを吸い込みながら、るんるんと歩く。

休日の食べ歩きや料理の練習が日常になって、エドガルドとロルフとは、最初からは考えられないほど気安い関係になった。ふたりは休日のたびにわたしの寮に来ていたのだけど、本日はなにやら用事があって来ないらしい。

それならわたしも午前中は休憩しようと、エドガルドにもらったハンモックを使ってみることにした。

月に一度、ケーキを大量に買ってくるわたしに悪いと思ったのか、このあいだエドガルドにほしいものはないかと尋ねられた。

料理の練習に付き合ってくれているし、食べ歩きは楽しい。ほしいものはないと答えたらエドガルドの気が済まなかったらしく、なんとか絞り出したのがハンモックだった。持ち運びできて寝心地がよくて、可愛いものがいい。

エドガルドはしばらく固まってからロルフとこしょこしょと話し、許可を得てくると言って足早に去ってしまった。

「一応ここは王族の土地だからな。先に許可を取っておかないと、後から面倒なことになる時もあるんだ」

「ハンモックで⁉　バルカ様を止めてきます！」

「ああ、いいっていいって。エドガルドも、ようやく何かできるのが嬉しいんだろうよ」

「何かしたいって、バルカ様は毎日あんまり動いてない……？」

「おおっと、そうくるか」

「もしやサボって……でも、バルカ様はそんなことしそうにないのに」

「エドガルドは毎日真面目に鍛えているぞ。おい聞いてくれ。こんな誤解させたら延々と訓練に付き合わされる」

ロルフがわたしの誤解をといているあいだに、エドガルドが帰ってきた。顔が輝いていて、許可が出たと一目でわかる。エドガルドが聞いてほしそうだったので、いちおう聞いてみた。

「おかえりなさい。どうでしたか？」

「許可が出ました！　非常に嬉しいですが……ノルチェフ嬢は、様々な方と交友を深めているのですね」

「そうなんですか？」

わたしが関わっているのは、結婚ラッシュで人妻となった友人達と、ここの騎士さま達くらいだ。結婚した友人たちとは、昔とは違って会えないけど文通を続けている。わたしは仕事で、あちらは結婚、それぞれ新しい環境に慣れるのに忙しい。

格上の家と結婚した友人の夫が、王族の誰かと面識があったのかもしれない。そして、わたしのことを話していたのかも。

しばらくして、エドガルドから可愛いハンモックを渡された。持ち運べるように軽くて、折りたためるものだ。

寮からちょっと離れた、木洩れ日の気持ちいい場所でハンモックを組み立てる。

ハンモックの淡い黄緑が目に優しい。わたしはオパールグリーンの制服を着ているので、周囲に溶け込んでいる。

「王族って、意外と太っ腹なのかも」

ハンモックの許可を出してくれたし、制服は汚してもいいと言われている。

それならば思いきり使い倒してやろうと、休日も制服を着ている。

デイドレスはあんまり持ってきていないので助かった。料理の練習に向かない格好だし、汚れたら着るものがなくなってしまう。

靴を脱いで、組み立てたハンモックに寝転がる。

「おお……初めての感覚」

揺りかごで眠る赤ん坊は、こんな気持ちなのかもしれない。

料理本を読みながら、わたしはいつの間にか眠りに落ちていた。


「ふざっけんな！　ボクがどれだけ努力したと思ってんだ⁉　何も知らないくせに！」

ゴンゴンと鈍い音がする。

「こちとら朝から晩まで寝る時間を惜しんで剣振ってんだよ‼　アァン⁉　女に後ろから刺されて死ね‼」

う、うるさい……。

昼寝独特の気だるさが全身を支配している。うっすらと目を開いて横を向くと、柔らかなピンク色がヘドバンのように揺れていた。

「いつか大勢の前でボッコボコにしてプライドをへし折ってやんよぉ‼」

レネ・ククラがいた。

天使のような顔で、いつも率先してご飯を食べて、おいしいと言ってくれる騎士さま。それが今は、鬼の形相で、木刀でカカシらしきものをボコボコにしている。

「ひぇっ……」

思わず息を呑んだ途端、ぴたりと音が止んだ。

どこか人形を思わせるカクカクとした動きで、レネの燃える双眸がわたしを捉える。

顔こわっ！　真顔のまま口角を上げたレネの目は笑っていない。

「わぁ……ノルチェフ嬢だぁ」

こんな状況でも猫を被っているレネの根性に、怯えつつ感心する。

「ちょうどよかったぁ。一緒にお話ししよ？」

「そ、そうですね。よければ、わたくしが住んでいる寮へいらっしゃいませんか？」

「は？　危機感ないの？」

いきなり被っていた猫を放り投げるの、やめてほしい。

「あ、ありますけど」

寮には防犯の魔道具がある。いざとなれば、それを起動しつつ頭に鍋をかぶって応戦するつもりだ。

「はぁ……。まあいいや。喉が渇いたからお茶がほしいな」

「水でいいですか？」

「いい根性してるね」

今だにお茶をうまく淹れられる自信がないだけなんだけど。渋いお茶を淹れてしまったら、我慢してもらおう。

「何このお茶！　薄っ！」

「渋いのもありますが、どっちがいいですか？」

「これでいいよ」

いつもエドガルドとロルフとティータイムをしている場所にレネがいるのは、見慣れなくて新鮮だ。

脚を組んでカップを置いたレネは、大きな瞳を猫のように細めて頬杖をついた。

「で、どうするつもり？」

「クッキーかケーキをお出ししようかと」

「は？　……そうじゃなくて」

「お腹が空いてるなら、料理の試作もありますよ」

「そうじゃなくて、ボクをどうするつもりかって聞いてるの！　脅したり弱みを握ったり、いろいろあるでしょ！」

「はあ」

気の抜けた返事に、なぜかレネのほうが怒る。

「ボクが実は性格悪いとか、裏で悪口言ってたとか、言いふらされたらボクの立場が悪くなるんだよ！　歴代最年少の、十六歳で騎士団に入ったから！　ボクが子爵だから、妬みや嫉妬が酷いの！　わかる⁉」

「いえ、知りませんでした。ククラ様はすごい騎士さまだったんですね」

「あーもう！　調子狂う！」

レネは薄いお茶を一気に飲み干し、じろりと睨みつけてきた。天使の面影はどこにもない。

「そんなことを言われても、誰しも猫を数匹被っているのが普通では？　そんなことでどう脅せっていうんですか」

「……あんたも猫被ってるの？」

疑わしそうな視線のなかに、ちょっぴり期待が混じっている。こほんこほんと咳ばらいをして口を開いた。

「男ばっかの、しかもイケメンしかいない職場とかマジ無理。エグイ。鳥肌がヤバい。金があったら絶対こんなとこで働かなかった。やはり世の中大事なのは金」

ぽかんとしているレネに、にっこりと淑女の微笑みを向ける。

「ククラ様ほどではありませんが、それなりに大きな猫を飼っておりますよ」

「……貴族の令嬢がそんな言葉遣いしてるの、初めて聞いた」

「そうでしょうねえ」

ご令嬢はこんな言葉、聞いたことも使ったこともないだろうし。前世のわたしが、もっと言ってやれ！　と心の奥で騒いでいるのを抑え込む。

「念のため言っておきますが、ノルチェフ家は関係ありませんよ。誰もわたしがこんな話し方ができると知りません。どこで学んだかというと……」

悩んで、質問は受け付けないという笑みを浮かべる。

「淑女の秘密です」

「……どこが淑女だよ……」

レネは脱力し、へにゃりと机に突っ伏した。

「お互い様ってことで、今日のことはふたりの秘密にしませんか？」

「……あんたがいいなら、いいけど」

「どす黒い感情を発散したくなったら、またここに来てください」

レネはわずかに顔を俯かせ、小さく頷いた。

「……うん」

「もし来たら、料理の味見をお願いしますね。平民向けの味を研究してるんです。あ、クッキーを出しましょうか？」

「……料理の試作がいい。お腹減った」

「もうお昼ですもんね。今から作るので、ちょっと待っていてください」

本性を見せ合ったからか、レネの前では自然と口調が崩れる。

長く一緒の時間を過ごしたエドガルドが相手でも、わずかに残る緊張感が消えるにはそれなりの時間がかかったのに。

「あ、料理は激辛にしてくれる？」

「ククラ様は甘口が好みでは？」

「あんなのボクのイメージを保つために決まってるじゃん。髪がピンクなだけで、どうしてか甘党だと思われるんだよね。たまには思いきり辛い物が食べたい」

「カリーにしましょうか」

「やった！　あれ、なんとなく癖になるんだよね。定期的に食べたくなる」

「カリーですから」

「やっぱりカリーってすごいや」

カレー粉を使ったドライカレーを出すと、別添えで出されたとろとろのポーチドエッグに、レネがちょっと怯んだ。

この世界の卵は生でも食べられる食材だけど、火を通して食べるのが一般的だ。レネが食べないなら自分で食べようと思ったけど、レネは勇ましかった。

「男は度胸！」

卵とカレーとご飯を一緒に頬張り、レネは目を丸くした。

「おいしい……！」

「それはよかったです」

「カリーの店でも出したら？　カリーって幻だし、貴族でも食いつくよ」

えっ、そんなものを騎士団の夕食に出してたの？

「また来ていいいんだよね？」

レネが子猫のような顔で見上げてくる。

「はい。いつでも来てください」

猫を被るもの同士、心から言えた。

……そう、わたしは確かに言った。言ったけれども。

「え？　どうしてここにバルカ様とオルドラ様が……」

「き、きみは……！」

「レネ・ククラ……どうしてここに」

ケーキを食べているエドガルドと、一人ジェンガをしているロルフと、手土産を持ってきてくれたらしいレネがうっかり鉢合わせ。

固まっている三人に、どう声をかければいいか悩む。レネが来るかもしれないとは伝えていたけど、まさか次の休日にさっそく来るとは、誰も思っていなかった。

「……バルカ様、ここまで来たら、話してもいいですか？」

「……はい」

死にそうな顔でエドガルドがフォークを置く。

「レネ様、お座りください」

「あっ……うん」

エドガルドを見ないようにしながら、テーブルの端っこにレネが座る。この間の毒舌が嘘のようにおとなしい。

ロルフが、一人ジェンガをやめてキリっとした顔をした。

「この状況で下手に隠すのはよくない。一番事情を把握しているノルチェフ嬢に任せる」

「わかりました。不都合があれば大声でわたしの言葉を遮ってください」

落ち着くために静かに深呼吸する。レネが小さく「大声って、それが貴族令嬢の提案なの？」と言っているけど無視だ。

「レネ様、ここでは普段被っている仮面を脱ぎ、本来の自分を隠すことなく休日を過ごす場です。

目撃されてしまったので隠さず言いますが、バルカ様は甘党です」

エドガルドがびくりと体を揺らすが、大声を出していないので続ける。

「次に、オルドラ様。バルカ様が大好きです」

「間違っちゃあいないが……」

「ククラ様は裏表があります。ちょっぴり毒舌です」

「ボクまで言うの⁉」

「すみません、ここに来た者は己の秘密を暴露しなきゃいけないので……」

「初耳だけど⁉」

レネはもう開き直ったようだ。いつもの作ったようなちょっと高い声が、怒りを孕んだ低いものになっている。

「ええとそれで、わたしですが」

ここまできて、自分だけ暴露しないわけにはいかない。

「実は」

どう言えば角が立たないだろう。

さすがに前世の記憶を持っているとは言えない。それ以外に秘密にしているのは、男が苦手なことだ。

ここにいる三人はもう苦手じゃないんだけど、言い方を間違えれば気を遣わせてしまいそうだ。

いつの間にか強張っていた肩に、そっと温かい手がふれる。

「無理に言わなくてもいいいんじゃない？　アリスの秘密はボクが知ってるし、隠そうとしたんじゃないってわかってるから」

「レネ様……」

天使のような顔を見上げると、レネの手が大きな手に掴まれ、離れていった。手首を締め付けられたレネが、痛みに顔をしかめる。

「オルドラ様！　どうしたんですか⁉」

「え？　あ、いや……」

ロルフがハッと手を離し、不思議そうにわたしを見た。

「……自分でも、よくわからない。まさか……いや」

ロルフはゆるく頭を振り、レネに頭を下げた。

「悪い、あとで医務室に行こう。エドガルドも悪いな。ここはエドガルドが出る場面だったのに」

「気にするな。僕は動けなかった。ありがとうロルフ」

「ボクのことは気にしないでください。手首は大したことないですから」

「僕からも謝罪を。すまないな、ククラ。ノルチェフ嬢、少しいいでしょうか」

蚊帳の外なわたしを気遣ってか、エドガルドが話しかけてくれた。

「ノルチェフ嬢とレネ・ククラはいつからそんなに仲が良くなったのですか？」

「このあいだの、バルカ様とオルドラ様が来られなかった休日です」

「たった一日でこんなに仲良くなったんですか⁉」

「はい」

エドガルドが何やら落ち込んでいるが、わたしからすれば、たった一日ではない。

この騎士団で働き始めて、もう数か月。そのあいだにロアさまをはじめ、たくさんの騎士さまが気遣ってくれた。必要以上に踏み込まず、下ネタを言われることもなく、人間として尊重してくれた。

イケメンでも必要以上に警戒する必要はないと教えてくれたのは、エドガルドとロルフだ。

「バルカ様とオルドラ様のおかげです。わたしは……男性が苦手だったんです。でもバルカ様は、そんな考えを、時間をかけて変えてくれました。世の中の男はクズばっかりじゃないって。だから、レネ様と仲が良いように見えるなら、バルカ様とオルドラ様のおかげです。ありがとうございます」

こんなふうに真面目にお礼を言うことは、あんまりない。照れつつ笑うと、なぜかレネが口を開いた。

「こりゃ大変ですねー」

大変にしている本人が言わないでほしい。

「お礼を言うのはこちらです。本当に……ありがとうございます。その、よければ僕のことも家名ではなくエドガルドとお呼びください。そして、アリス嬢と呼ばせてほしい」

「俺もそうしたい。せっかく仲良くなれたんだ、もうちょっと距離を縮めようぜ」

「えー、と……善処できればいいんですが……」

わたしは自分の名前があまり好きではない。両親が明るい未来があるようにと名付けてくれた大切なものだけど、この名前は可愛すぎるのだ。

アリスと聞いてまず思い浮かぶのは、不思議の国に迷い込んだ少女の名だ。青いエプロンドレスに、揺れる金髪。

あの可愛らしい少女の名が自分には合っていない気がして、呼ばれるとむず痒い気持ちになる。

もちろん家族に名前を呼ばれるのは嬉しいし、友人たちも名で呼ぶ。わたしの名を呼ぶのは少人数で、そのうち異性は父さまとトールだけ。

それなのに、いきなりイケメンふたりに名前で呼ばれるのはハードルが高すぎる。

レネはお互い口が悪いとわかって親近感がわいたから、名前で呼ばれてもあまり抵抗はなかったけど、ふたりは違う。なんか恥ずかしい。

赤くなった顔を手で隠し、消え入るような声で懇願した。

「ふたりに名前を呼ばれるのは恥ずかしいので……やめてください」

「アリス」

低い声で呼ばれ、顔を隠していた手を掴まれた。真剣な顔をしたロルフが、まっすぐわたしを見つめている。

「アリス、それは悪手だ」

「ロ、ロルフ、ノルチェフ嬢が嫌がっている」

「エドガルドもアリスも覚えておけ。こんなふうに顔を赤らめて拒否するのは、承諾と同義だ」

「そうなのか⁉」

「そうなんですか⁉」

知らなかった。貴族の遠まわしな言葉って、未だによくわからん。

わいわい騒がしいなか、ひとり静かなレネは、頬杖をついてどこか遠い目をしていた。

「わあ、本当に大変だぁ」


本日の試作は、分厚く切った豚バラ肉と新鮮な野菜をこんがりと焼き、軽く塩コショウを振ったものだ。ソースを何種類か作ったので、好きなものをかけて楽しんでもらう。

さっぱりネギ塩レモンソースやピリ辛焼き肉のタレなど、王道のものを数種類用意してある。一押しは手作りマヨネーズだ。

新鮮でおいしい高級卵を惜しげもなく使い、もったりさっぱりコクのあるマヨネーズが作れた。マヨネーズの半分を使い、タルタルソースも作ってある。辛いのが好きな人も多いので、七味なども用意した。

「ロアさま、今日も味見をしてくださって、ありがとうございます。夜ご飯のあとに申し訳ないですけど」

「気にしなくていい」

ロアさまは言葉少なに、でも優しく言ってくれた。

椅子を引いてくれたロアさまの隣に座り、わたしも一緒に夜食を食べることにした。今日は騎士さまたちの夕食より先に、味見を兼ねてご飯を食べたので、小腹が空いている。

まだじゅわじゅわ音を立てている豚バラはカリッと焼かれていて、大き目サイズだ。ナイフとフォークを使って切り分け、まずは焼き肉のタレで味わうことにする。

騎士さまたちが好きな、にんにくが多く少し甘めの味は、安定のおいしさだ。

「この焼き肉のタレというのはおいしいな。万人受けする味だ」

「ロアさまはお好きだと思いました」

「そうだな」

ロアさまは、ふっと優しく微笑み、ネギ塩ソースを口にした。わたしも続くと、途端にレモンとネギの風味がぶわっと口に広がる。ネギのシャキシャキとした食感がおいしい。

「一押しはマヨネーズとタルタルソースなんです。まずはマヨネーズから食べてみてください」

「……これはおいしいな」

「でしょう!?　自信作なんです」

タルタルソースにはピクルスを入れているので、味が変わってこれまたおいしい。

ロルフのアドバイスを参考に、自分だけのソースを考え中なのだけど、思っていたより反応がいい。

ロアさまがおいしいと言ってくれたことが嬉しくて、にこにこしながら豚バラにタルタルソースをたっぷりつける。太るとかは知らぬ。

「……次の休日、なんだが。予定はあるだろうか」

「特にありません」

今度のお休みは食べ歩きではなく、買った料理本を読みつつ料理するつもりだ。

いつもの三人は、休日は基本的に来るけども、たまに来ないときもある。わたしがひとりで出かけて、帰ってきたらくつろいでいることもある。わたしの家は予約不要の公民館のような扱いだ。いつものように、わたしがいなくても、それぞれ好きに過ごすだろう。

「ノルチェフ嬢さえよければ、出かけないか？」

「お出かけですか？　わかりました。なにかご用意するものはありますか？」

「……よければ、昼食にカリーを用意してほしい」

「かしこまりました。カリー味のものを数種類ご用意しますね。ロアさまの好みに合わせていいですか？」

「ああ。頼む」

ロアさまがほっとしたように微笑む。いつの間にかお皿は空になっていた。

「当日の朝、ノルチェフ嬢の家へ迎えに行く」

「そこまでしていただくわけには……。騎士団まで来ますので」

「だが、レディーにそれは」

「レディー」

思わず繰り返してしまった。

エドガルドといいロアさまといい、性別が女だったらレディーとして扱わなきゃいけない規則でもあるのだろうか。

「……ノルチェフ嬢は立派なレディーだ」

「そう……でしょうか」

嫁ぎたくない時点で立派なレディーではない気がするけど、ロアさまに言うことではない。

「では、ノルチェフ嬢の希望通り、騎士団で待ち合わせをしよう。帰りはそれほど遅くならない時間にする」

「かしこまりました」

「では、次の休日を楽しみにしている」

さっと立ち上がったロアさまに手を差し出され、椅子から立って手を握る。

なんの握手かわからないままロアさまを見上げると、珍しくきょとんとした顔のロアさまがいた。

「ノルチェフ嬢、これは？」

「ロアさまが手を伸ばしてきたので握ったのですけど……。次の休日を成功させるための握手ではないようですね」

「握手……」

ロアさまは目を丸くしたまま、繋がった手を見る。それから勢いよく吹き出した。

くしゃっとさせた顔と覗く白い歯は、貴族らしい笑顔とは違う、素のロアさまを感じさせる。

「ふ、ふふっ、ノルチェフ嬢、これはエスコートだ」

「エスコート……あっ、エスコート！」

知ってる！　父さまとトールにしてもらったことがある！

「異性と接する機会が少なかったので、すぐにエスコートだと気付きませんでした。お恥ずかしい限りです」

「いや、いい。今までエスコートしていなかったのに、いきなり手を出されても、わからないものだからな」

そう思うなら、笑うのをとめてほしい。

ぶすっとした顔でロアさまを見るものの、笑い声は低く響いて、消える気配がない。

「実を言うと、次の休日、少し緊張していたんだ。ノルチェフ嬢となら、有意義な一日になりそうだ」

「恐れ入ります」

「今度こそ完璧なエスコートができるよう、予習しておくよ」

「ロアさま！」

からかう口調に怒ったふりをすると、ロアさまはお腹を抱えて笑った。

ロアさまを見ていると、体のどこかにあった余分な力が抜けていくのがわかった。ロアさまが素顔を垣間見せてくれたからかもしれない。

それに、手を差し出されて、自分から触れることができた。嫌悪感もなく、自然と。

それはきっと、ロアさまがわたしを尊重しながら、長い時間をかけて歩み寄ってくれたからだ。

まだ繋がったままの手を、きゅっと掴む。素肌同士が触れ合っているのに、嫌悪感はない。硬く、少しかさついていて、剣ダコができている。

ロアさまがこの拳をわたしに向けることはないのだ。

立ち上がってロアさまと向き合う。

「次の休日、楽しみにしてますね」

「ああ。こちらこそ」

ぎゅぎゅっと握手をしてから、部屋を出ていくロアさまを見送った。

男性に触れても大丈夫だった！　仲良くしている人に限るんだろうけど、すさまじい進展だ！

今度、トールの友達が家に来たときに、握手してほしいと頼んでみよう。このまま徐々に慣れていけば、男性を接客しても大丈夫かも！

学校にいるトールへ送る手紙の最後に、握手の件を書いたら、翌日速達で返事が来た。駄目だった。

今日はロアさまとのお出かけの日だ。早起きをして、気合いを入れてお弁当を作ることにした。

ロアさまの許可をもらって、騎士団のキッチンと、いつも使っているお皿を貸してもらった。

保温保冷機能付きで毒も無効にするお皿であれば、みんな安心して食べられるだろう。

蓋つきの小さいお皿にバターを塗ってご飯とカレーを入れ、たっぷりチーズをのせて焼き上げる。

あとは便利調理器でパン生地を作り、カレーを包む。

今日は騎士団がお休みなので、いつものパン屋さんは来ない。でも、便利調理器さえあれば簡単にパンが作れる。これを知れば、ますます元の体に戻れなくなってしまう。危ない魔道具だ。

じゅわわわっといい音でカレーパンが揚がっていく。きつね色になってから取り出し、次はとんかつを作る。

揚がったとんかつをバットに置いて、よく油を落とす。

蓋つきのお皿に、ご飯とカレー、カツをのせる。騎士団ではパンが人気だけど、カツカレーにはご飯、私的にこれは譲れない。

カレーパンがひとつ破裂してしまったので食べてみたが、おいしかった。これなら大丈夫だろう。もし残ってしまったら持って帰って、エドガルドに借りている時間停止のマジックバッグに入れておけばいい。ティータイムの時に、しれっと出して、みんなで食べよう。

全部バスケットにつめて、少し考えて紅茶とコーヒーの瓶も持っていくことにした。注ぐだけで完成するやつだ。

コップやお手拭きなどを入れると、もう待ち合わせの時間になりそうだった。慌てて飛び出し、優雅に見えるギリギリの速度で待ち合わせ場所へ向かう。

騎士団の裏口から少し離れたところで、すでにロアさまが待っていた。長い脚を持て余しながら、所在なげに立っている。

「遅れて申し訳ありません！」

ロアさまの目がほんの少し大きくなったけど、すぐに柔らかに細められる。

「いや、いい。私のために昼食を作っていてくれたのだろう？　いいにおいがする。今から楽しみだ」

「カリーばかりになってしまいましたけど、喜んでもらえたら嬉しいです」

いつもの騎士団の制服ではないロアさまは新鮮だ。

白いシャツの上に、ダークグリーンのジャケットを着ている。白く緻密な刺繍と、金色の飾りボタンがセンスの良さを感じさせた。

真っ白でよくプレスされたパンツは、よく磨かれたブーツにインされている。

もしかして私服で来なきゃいけなかったのかな。いつも通り、キッチンメイドの制服を着てきてしまった。

「目的地までは少し歩く。ゆっくり行こうか」

「はい」

この第四騎士団は奥まったところにあるので、どこへ行くにもかなり距離がある。

ロアさまの少し後ろを歩くと、ロアさまが困ったように振り返った。

「できれば横を歩いてくれないか」

「かしこまりました」

ロアさまの左に並び、ちょっとした森の中の小道を歩いていく。きちんと管理されている木々は適度に間伐されていて、小道の横には花が咲いている。風が気持ちいい。

「ノルチェフ嬢、荷物を持とう。レディーには重いだろう」

「ありがとうございます。お気持ちだけいただきます」

上流貴族に荷物持ちなんかさせられない。こんなところを誰かに見られたら父さまがクビになる。

……比喩じゃなく、物理的に。

「持たせてくれ。今日は訓練をしないようにと言われたのだが、どうにも落ち着かない」

「でしたら、なおのこと持たせられません」

「だが、私だけなにも持っていないのは」

「ロアさま、ご覧ください。綺麗な花ですね」

無理やり話題を変え、小道に咲く花に視線を向ける。

「こんなところに咲く花も青色です。なんて綺麗なんでしょう」

青は王家の色だから、王城以外では見られない。

小さな蓮のような花だが、色は淡いスカイブルーだ。瑞々しい緑とのコントラストが綺麗だ。

「では、ノルチェフ嬢にこれを」

ロアさまは跪き、花を摘み取った。

茎の汚れを優しく手で払い、花をそっとわたしの髪に挿す。大きな手の向こうで、ロアさまがはにかんだ。

耳の少し上で、綺麗な空の色が揺れている。

「私からのプレゼントだ」

「ふっ……」

不敬……!!

王族以外が直接触れることを許されていない青の花を触った！　だけでなく千切った!!

そして、わたしは巻き込まれた！　視界の端で揺れてる花が怖い……！

「わ、わたしは何も見ていません。見ていないので早く証拠隠滅してください！」

「え？」

「早く！　花を捨てて……いや、それでも痕跡が残る！　ロアさま、先ほど千切った花の根元を掘り返してください！　すべて焼きましょう」

「な、なぜ」

「王家に見つかったら、ロアさまが殺されてしまうかもしれません！」

ロアさまはぽかんとしていたが、やがてゆるやかに首を振った。

「今日行く場所は、陛下の許可がなければ行けない。私がすることを、陛下はすべて許してくださるよ」

「……本当ですか？」

「ああ。ノルチェフ嬢にもノルチェフ家にも、決して罰は与えられない」

「……罰がご褒美とか、そういう解釈の不一致みたいなのは？」

「私の名にかけてない」

名にかけてって、ロアさまは偽名じゃん……。

思わず胡散臭いものを見る目でロアさまを見上げてしまった。

ロアさまは自分が偽名だと忘れているのか、驚いた顔をしている。やがて、肩を震わせて笑い出した。

「ふっ、ふふっ……あははは！　燃やして証拠隠滅って、ははは！　ノルチェフ嬢はずいぶんと大胆なことを考えるな！」

「いきなり花を引きちぎるロアさまに言われたくありません！」

「さっきも、ふはっ、花を千切ったと言ってたな」

「千切ってたじゃないですか。ぶちっと」

「普通の令嬢は、花を摘むとか、そういうふうに……駄目だ、我慢できない」

ロアさまはお腹を抱えて本格的に笑いだしてしまい、ぶすっとしたわたしが残される。

ロアさまは笑い上戸なのか？　昨日からわたしが普通のご令嬢ではないことにツボって笑い転げてるけど、わたしにも羞恥心があるのでやめてほしい。

ひとしきり笑ったロアさまは、わたしの手からバスケットを取った。

「お詫びにバスケットを持つ。機嫌をなおしてくれ」

ロアさまが歩き出し、しぶしぶ脚を動かした。ロアさまがかなりゆっくり歩いているのを見て、ふっと気付く。

……わたしに合わせて歩いてくれているんだ。

ロアさまほどの身分なら、わたしを走らせたっていいはずだ。それなのに、文句も言わず、恩着せがましく言うでもなく、合わせてくれている。

視界の端で空色が揺れて、証拠隠滅しそこねた花を思い出した。

見つかったら不敬だから燃やさなくちゃいけないけど、今はもう少しだけつけていたい。

ロアさまと景色を楽しみつつ、おしゃべりをしながら歩く。騎士団の食堂にいるときよりのんびりした気持ちで、話題も穏やかなものだ。

途中から、あの雲はパンに似ているとか、とりとめのないことを喋っていた。

ふたりで「一番おいしそうな雲」を探しているあいだに、目的地に着いた。

「わあ……！　きれい！」

木々と花に囲まれた大きな湖が広がっていた。人の気配はなく、大きな湖を独り占めだ。

湖は綺麗なターコイズブルーで、底が見えるほど澄んでいる。

「気に入ってもらえただろうか」

「はい！」

笑顔で頷いてから、はたと気付く。

「もしかして、目的地はここですか？」

「ああ」

「湖のまわりに何か建物があったり、人がいたりしますか？」

「しない。この湖のことは他言無用だ」

「今日はほかの騎士団の見学だと思っていまして……」

ロアさまが驚いている。わたしも驚いた。

「ロアさまが騎士団のキッチンや材料を使っていいとおっしゃいましたので、ほかの騎士団の皆様やキッチンメイドの方がカリーを食べたいのかと思い、昼食を小分けにし、たくさん作ってしまいました」

「量が多いのは構わない。……私も、きちんと説明すればよかった」

木陰に敷かれた分厚い敷物の上に、立派なテーブルとソファーがのっている。ソファーに座り、ロアさまはちらりと横を見た。

「ひとまず座らないか」

「……はい」

見事な彫刻が施されたテーブルにお弁当を置く。

このソファーも、横の敷物にのっている大きなクッションも、ロアさまの家臣が用意したものってことだよね？　とても高価そうだけど、今は考えないことにする。

差し出されたロアさまの手は今度こそエスコートの役割を果たし、わたしをソファーへ座らせた。

「私は息抜きが下手なようだ。このまま訓練を続けたら強制的に休息させると言われた。その前に、自分で息抜きというものを模索しようと思ってな」

「息抜きを模索ですか」

まさか、ロアさまが息抜きを知らないとは思わなかった。ロアさまは今までずっと努力をし続けてきて、休息も訓練の一環だったのかもしれない。

「その息抜きの場に、どうしてわたしが？　そんなにカリーが食べたかったんですか？」

「ひとりで過ごすと訓練を始めるから、誰かと一緒に休日を過ごすことを勧められたんだ」

「なるほど」

第四騎士団は、おそらく存在が秘匿されている。

わたしがお出かけするとき、城門で出す身分証には、名前も働いている場所も記されていない。

契約書には第四騎士団のことは他言無用と書いてあって、家族もサインさせられた。

だからロアさまは、第四騎士団以外の人は誘えなかったのかもしれない。

なんで相手がわたしかはわからないけど、ほかの人は用事があったとか、誘えなかったのかもしれない。ロアさま、いつもひとりだし……。

「騎士さま達はみんなお忙しそうですからね」

「そうではないが……ノルチェフ嬢が望むなら、その理由にしておこう」

「はぁ」

いざとなれば権力で黙らせることができる相手だからとか？

「ち、違う！　なにを考えているか知らないが、絶対に違う。そんな目で見ないでほしい。私がノルチェフ嬢を誘ったのは、単純に、休日を一緒に過ごしてみたかったからだ」

「わかりました。本日はゆっくり体と心を休める日、ということでいいですか？」

「そうだ」

ロアさまがほっと息を吐いたので、これ以上追及するのはやめておく。ロアさまにその気がなくても、ロアさまの家臣たちに消されるかもしれない。

「ではロアさま、今から全力でくつろぐ姿をお見せしますね」

「ああ。ぜひ手本を見せてもらいたい」

「わたしはクッションのほうが落ち着きそうなので、一度そちらへ移動します」

敷物に置かれているのはビーズクッションのように丸くて、わたしが三人は座れそうなほど大きいものだ。座ってみると、まっふりと包まれ、とても気持ちいい。

そのまま寝転がると、実家のベッドより寝心地がよかった。

「ロアさまはソファーにいてもいいいし、クッションに寝転ばなくてもいいいし、なんなら立ってもいいです。自分が一番力を抜いてリラックスできるための姿勢や環境を整える、と考えるといいかと」

「なるほど。私もクッションに座ってみよう」

ロアさまは立ち上がり、クッションに体を沈めた。体が大きいからか、クッションが潰れている。

「眠るとき以外に横になるのは慣れないが……意図して体の力を抜くと、確かに気持ちいいな」

「何かしていないと不安なら、しりとりでもしましょうか？」

しりとりは最終手段だが、男性とふたりきりで、話題になるものもない状態で会話が弾むなんて無理だ。会話が途切れず、ふたりして寝転がっている事実だけで、私的に十分すぎる進歩だ。

騎士団に来る前のわたしだったら、トールの友人が相手でも、絶対にこんなことはできなかった。

「しりとりとは何だ？」

「お互い単語を言い合う遊びです。例えばわたしが「りんご」と言います。ロアさまは「ご」から始まる単語を言わなくちゃいけません。先に言えなくなったり、最後に「ん」がつく単語を言った人が負けです」

「なるほど、面白そうだ」

「ではわたしから。雲」

「モングモッシュ」

「もんぐ……え？　なに？」

「モングモッシュ。我が国の海沿いの小さな村の風習で、食事の前に鼻を三回、口を三回さわる行為のことだ。今日の食事を得られた感謝を示すそうだ」

「ロアさまは物知りですね！」

そんな風習、全然知らなかった。

なかなか癖になる単語、モングモッシュを口の中で繰り返していると、申し訳なさそうにロアさまが眉毛を下げた。

「……すまない。嘘だ。冗談のつもりだった」

「素直に感心しちゃったじゃないですか！」

「出来心で、つい」

あまりにロアさまがしゅんとするので、つい優しく声をかけてしまった。

「驚いただけですよ。ロアさまって案外お茶目ですね」

「今まで冗談は言ったことはなかったのだが、少し憧れていた。ノルチェフ嬢のおかげで冗談が言えた。礼を言う」

ロアさまはもしかしたら、ほんのちょっぴり変わり者なのかもしれない。

寝転がってしばらくすると、とりとめのない会話が自然と途切れていった。ロアさまは会話がなくても気にしていなさそうなので、わたしも無理にしゃべらないことにした。

しりとり？　完敗した。もうロアさまと、しりとりはしない。

木漏れ日がやわらかに降り注いできて、耳をすませば鳥の鳴き声が聞こえる。小さなさざ波の音がして、木々がさやさやとおしゃべりしていて……そこでカッと目を開けた。

危ない、寝かけてた！　さすがにここで寝たら駄目だ！

上品にクッションから抜け出すことができず、もがきながら立ち上がる。

「どうした？」

「次は散歩してみようかと思いまして」

「私も行こう」

湖の近くまで行って覗き込むと、小さな魚が逃げていった。

「これが普通の湖だったら、水切りをするのに」

「水切り？　それはなんだ？」

「水面に石を投げて、できるだけ多く水面を跳ねさせて遊ぶんです」

「石が水面を跳ねるのか？　沈むのではなく？」

「はい。さすがに不敬ですから、ここではできませんけど」

王家所有の湖に石なんて投げられない。

立ち上がって振り返ると、ロアさまが拳大の石を握り、野球の投手のように構えていた。投球フォームそのままに石が投げられ、遠くまで飛んでいく。

大きな音と水しぶきをたてて、石が湖に沈んだ。

「やはり跳ねないな」

「ええ、まあ……そうですね」

「手本を見せてくれないか？」

「まだ死にたくないので嫌です」

「大丈夫だ、ここでは何をしても不敬にならないし、死なない」

「……死は救済とか、解釈違いなことを言いだしませんか？」

「言わない」

ロアさまが低く笑いながら差し出してきた石を、丁寧に地面に戻す。

「水切りをする石は、平べったくて投げやすいものがいいですよ。こういう石です。……では、いきます」

令嬢らしからぬ大股だけど、そこは気にしない。

ふんっ！　と気合を入れて投げた石は三回跳ね、沈んでいった。

「んー、いまいちですね。こんな感じですが、わかりましたか？」

「ああ」

ロアさまは、水切りがとても気に入ったらしい。

せっせと石を拾っては、湖に投げ込んでいく。数回でコツを掴み、すでにわたしより多く跳ねさせている。

「ノルチェフ嬢、今のは見たか!?　八回も跳ねたぞ！」

「すごいですね！　わたしなんて五回ですよ」

「手首のスナップと回転が重要だ。こうだ」

「こうですか？」

しまいには、この遊びを教えたわたしが教わる側である。ロアさまが楽しそうだからいいけど。

投げるのにちょうどいい石はすぐになくなり、それなりに大きい湖のまわりを歩きつつ、石を探すことにした。

花の種類をあまり知らないわたしでも、きれいに咲いた花の近くを歩くのはちょっと嬉しい。

「ロアさま、見てください。蟻です」

「……これが蟻なのか」

大きめの蟻が、水切りにちょうどよさそうな石の上を歩いていく。お尻だけ黄色と黒のマーブル模様だ。

蟻がぐるりと回って石からおりると、すぐに次の蟻がやってくる。同じ動きをする蟻をロアさまとふたり、しばらく眺める。

「どうやら、蟻がこの石を気に入っているようだ。使うのはやめておく」

「そうですね」

立ち上がったロアさまと並んで歩き、石を見つけては投げる。

「今の石はとてもよかった。投げたら沈んでしまって、もう使えないのが惜しい」

「勝負は石選びから始まっている、ということですね？」

「そうだ。むしろそこが重要だと思う」

石選びで盛り上がりながら、湖をゆっくり一周して戻る頃には、もうお昼の時間になっていた。

石を投げすぎたロアさまは、軽く手首を振りながらソファーに座る。

「そろそろお昼ご飯にしましょうか。たくさんあるので、残してくださいね」

バスケットを開けると、ふわっとカレーのにおいが漂ってきた。覗き込むロアさまの目が、湖みたいに輝いている。

「焼きカリーとカリーパンとカツカリーです。カリーだらけになってしまいました」

「私が希望したものだ。ありがとう」

「お好きなものから食べてくださいね」

ロアさまは迷って、薄紙に包まれたカレーパンを手に取った。サクッといい音がして、ロアさまが目を丸くする。

「これは……おいしいな。大きな肉が、噛むことなくほどけていく」

「久々に作ったけど、うまくいってよかったです」

「この焼きカリーも、焼いたことで香ばしさが鼻を抜け、チーズがよく合っている。このカリーはカリーパンとは違うカリー、か？」

「はい、違うものを作りました」

これもすべて、トールがカレーを好きで、研究してくれたからだ。男は料理しちゃいけないと言ってはきたけど、トールがわたしを慕って同じことをしたがるのを、禁止できなかった。

このあいだトールが作ったカレー粉でわたしが大喜びしたから、しばらく料理をやめないかもしれない。

「すべておいしい。休日なのに、こんなに手の込んだものを作らせてしまったな」

「気になさらないでください」

下ごしらえくんがあるから、わたしは炒めたり煮たりしただけだ。

「こんなにおいしいものを作り、私の息抜きに付き合ってもらった。何かほしいものがあれば、今日の感謝の気持ちとして贈りたいのだが」

「なにか欲しいという理由で、息抜きに付き合っているわけではありませんので」

ロアさまから、期待に満ちた視線が突き刺さる。

なにか言わなければいけない圧を感じ、なんとか願いを絞り出した。

「では、また水切りを見せてください」

「……それだけか？」

「まさか！　わたしや家族に、なんのお咎めもなしにしてくださらないと」

「それだけか？」

ロアさまの目が真剣で、ちょっと怖い。

怖いけど、こんなに近くで話しても逃げたいと思わないのは、相手がロアさまだからだ。

どうやらロアさまは、わたしの答えが不服らしい。もっと何か言ってほしいと目で訴えられ、必死に探す。

「いただいたこのお花を、押し花にして持っていてもいいですか？　王家の色なので、持つどころか、本当は触れてもいけませんが……今日の思い出に」

今日はいろんなロアさまを見た。出会ったときの穏やかさはそのままに、はしゃぎ、意外と負けず嫌いで、よく笑う。

わたしに付き合って蟻をじっと見る、ちょっと変わった人。

ロアさまが当然のように努力を続けている姿が、いつもわたしを奮い立たせてくれる。ロアさまがいなくても努力し続けられるように、この花をしるべとして持っていたい。

「ノルチェフ嬢は」

ロアさまの言葉が途切れる。

「……いつもこうやって、簡単に私の言葉を奪う」

「申し訳ございません……?」

「こんなふうに」

ロアさまが喉の奥で笑う。

よくわからないので、すまし顔をしておいた。

とあるモブの独白

俺はモブ。

このあいだモブっていう言葉を教えてもらって、俺にぴったりだと思ったんだよ。

あっ、本当はモブって名前じゃないよ。俺の人生では俺が主役だし、俺を大切にしてくれている人の中では、きちんと出番がある。

でも、俺と話したことがなかったり、名前しか知らない人間の中では、俺は確実にモブだった。

誰もがうっとりと見惚れる美貌で性格までいいと評判のアロイス様とか、氷の貴公子と呼ばれているアーサー様とか、婚約者と不仲でつけ入る隙があると噂されている王弟殿下とか、ああいうのを主役というんだ。

ああいう方たちは、そこにいなくても話題になり、その場を支配する。

俺？　話題になるとしたら、自ら死を選ぶほどのことをしでかした時くらいだよ。幸いにもその気配はなく、入団したばかりの第四騎士団でも、目立たず過ごしている。

「今日、キッチンメイドが来るらしいぞ！　台所で気配がしたんだ」

同僚であり悪友でもある騎士に、後ろから勢いよく肩を組まれた。訓練の合間の休憩時間なので、体温が高い。

「本当か？　それはいい知らせだ」

「だろー!?　昼食のたびに王城まで行くの、ちょっと手間だったからな」

「そのぶん休憩が長かっただろ」

「そのぶん勤務終了時間も遅くなったでしょうが」

違いない。

「どんな子かなぁ。あんまり上流貴族だったら、結婚相手にならないんだけど」

「ランチが楽しみだな」

あちこちでお昼を楽しみにしている声が聞こえる。

第四騎士団が新設されて、しばらく経つ。いまだにキッチンメイドがいないのは、きっとこの騎士団だけだ。

キッチンメイドがいないと聞いたときは驚いたが、集められた騎士を見て、なんとなく納得した。条件に合うキッチンメイドが、なかなか見つからなかったんだろうな。

ここは騎士団にしては少人数で、新設ゆえに特定の持ち場や仕事が割り振られていない。鍛錬と少しのお勉強を繰り返すここは、適性を見てほかの騎士団へ振り分けるための場所のようだ。

実際、そう装っているのだと思う。引き抜きがあると公正な判断ができないと言われ、第四騎士団に所属していることは家族以外には他言無用だと書類にサインさせられた。

怪しいけれど、あのダリア家のアーサー様がいる。それだけで、怪しい騎士団ではなく、なにか使命があるような気がしてくるから不思議だ。

それを裏付けるように、ここにいるのは中立あるいは親王派の家のみ。

第四騎士団には、まだ俺が気付いていない何かしらの意図があるのだろうけれど、モブの俺にはあまり関係がない気がする。

「休憩終了だ！　訓練を始める！」

指揮を執っているアーサー様の声で、きっちり列になる。

ようやく第四騎士団で食事ができる。昼食が楽しみだなぁ。

……と、思っていたんだけど。昼食に「ぎゅーどん」という名の謎の食べ物が出され、みんな困惑した。

目くばせして、とりあえず食べてみようと意見を共有する。

このキッチンメイドが誰か知らないけれど、ここで食べなくてキッチンメイドの家から苦情がくるのはごめんだ。

「自己紹介しないキッチンメイドっているんだな」

こっそり囁かれて頷く。

大抵はここで名乗り、結婚にちょうどいい相手を探すはずなのに。結婚が目的じゃないのなら、どうしてキッチンメイドをしているんだろう。

初めて使うカフェテリアの椅子は、どっしりして重かった。最後のほうで食事を受け取った俺が手を付ける前に、レネが意を決して、ぎゅーどんを口に入れた。

レネ……お前！　勇気あるな！

「え……うそ、おいしい！　見た目に反しておいしいね！」

猫を被りきれているると思っているレネの本音が垣間見えたのが、おいしいと裏付けるようだった。

それならと口に入れると、食べ慣れない米と肉が、思ったよりおいしかった。王城で出される食事より味が濃いのに驚いたが……むしろ、これがいい。

訓練したあとは、体が塩分を欲しているのだ。

「アリス・ノルチェフと申します。こちらこそ、殿方の名に疎くて申し訳ございません」

キッチンメイドの名が判明したのは、それからしばらく経ってからだった。騎士が列になり、食事を受け取りながら自己紹介するのを初めて見た。

ノルチェフ家は、実直という印象がある。

それは誰もが同じだったようで、なんとなく安心した空気が漂った。

上流貴族のキッチンメイドが、騎士を見初めて無理やり結婚、なんてこともたまに聞くからだ。

何人分もの仕事をひとりでこなしながら、あまり雑談もしないノルチェフ嬢の態度から、俺たちはひとつの結論を出していた。

ノルチェフ嬢は、第四騎士団へ仕事をしにきている。

結婚相手を探すついでに仕事をしているのではなく、お嬢様が思いつきでメイドをしてみたのでもない。淡々と、ただ仕事をしているのだ。

そしておそらく、男性が苦手だ。

「けっこう可愛いんだけどなぁ。結婚したい感じでもないし、話しかけたら驚かせちゃったし、あんまり近寄らないほうがいいんだろうな」

男ばかりのむさくるしい騎士団にようやく華が、と浮かれていた悪友は、がっくりしている。

「そうでもないと思う。最近、ノルチェフ嬢も少し変わったよ。エドガルドの態度が変わっただろう？」

「え？　そう？」

「少し壁がなくなったというか……ノルチェフ嬢と微笑みあってるのも見たし」

「いつ⁉」

「食事の時だよ」

「俺は見てないけど⁉」

「チキンナンバーン食べてたよ」

「ああ……あれはおいしかった……。タルタルソースはどうしてあんなにおいしいんだろうな。ノルチェフ嬢はいつもタルタルソースをおかわり自由にしてくれるんだ！　少しアレンジしたタルタルソースを何種類も出してくれて、俺が気に入ったやつを、最初から皿に入れてくれるんだよ。大盛りで！」

初めての味に出会ったこいつは、頭の中が少しばかりタルタルソースに浸食されている。

「家でもタルタルソースを出してほしいけど、貴族向けの料理人はこういうの出してくれないだろうなぁ……。下町の店に行けばあるのかもしれないけど、行くのは勇気がいるし。ノルチェフ嬢がキッチンメイドをやめたあと、まだ働きたいと思っていたら、うちで働いてくれないかな」

「たぶん無理。マヨールがマヨネーズ目当てにそれを狙ってるから」

「ああ、あのマヨラー」

「聞きなれない言葉だけど、何だかしっくりくるよな」

ノルチェフ嬢がうっかり、マヨラー騎士さまと呟いたのを聞いてしまった俺たちの間では、マヨールはマヨラーと呼ばれている。

「マヨラーもノルチェフ嬢のおかげで変わったよな。話しかけやすくなったよ」

「そうだね。ロルフもエドガルドばっかり気にしなくなったから、連携がとりやすくなったよ。ロルフは華やかだし俺たちにもウインク飛ばしてくるし、キザなやつかと思っていたけど、話してみたら違ったね。話が面白くて、気配り上手で聞き上手だ」

「女泣かせだと思ってたけど、たぶん違うよな。そういえば、レネも随分丸くなったよなぁ」

猫をかぶっていたレネが、少しずつ素で振る舞いはじめたのは、つい最近のことだ。

本人は隠しているつもりだったんだろうけど、十六歳の感情なんて透けて見える。

爵位が上の相手でも物怖じせず意見を言うレネは、物珍しくて面白い。本音を言わずに微笑んでいた最初のレネより、今のほうがずっと好ましく思える。

夜食のスコッチエッグを嬉しそうに頬張った悪友は、お酒をあおってソファーにだらしなく背を預けた。

「……あの方は、今日も鍛錬していたな」

なぜか名前を呼ぶのをはばかってしまうあの方は、なんとなく、偽名を使っているんじゃないかと思う。

名前を聞くたびに違和感を覚えるという、勘とも言えないものが理由だから、誰にも言っていないけど。

……ただ、一度だけ、ノルチェフ嬢があの方をロアと呼ぶのを聞いたことがある。

聞いたことのない名だったが、しっくりときた。

だけどまあ、ロアという名は俺が呼んでいいものではないだろう。だから結局「あの方」と呼んでいる。

あの方は、最初は目立つところはなかった。華やかな騎士たちに埋没していた。顔立ちだって俺と似たようなもので、体は痩せ気味。剣も飛びぬけてうまいわけじゃない。

「命を燃やしながら剣を振っておられるようだ」

だけど、俺たちがつい、こんな口調で話してしまうほど上の身分なのは確かだった。

本人は否定しているけれど、にじみ出るものが、動作のひとつひとつが、明らかに違う。

滅多に発言しないが、口を開けばみんなぴたりと黙る。俺は両手を後ろで組んで話を聞く体勢をとってしまったが、それを不思議に思う様子もなかった。

「同じ団員同士、そのような体勢になる必要はない」

アーサー様に苦笑して言われた俺を見て、あの方は気付いたようだった。

「私はしがない下流貴族だ。そのようにせずともよい」

はにかみつつ笑う姿は親しみを感じさせたが、その発言は上流貴族のものだ。

彼がそうしたいのだという意を汲んで、体勢を戻したことは、今でもはっきり覚えている。

「まあ、俺たちが探っちゃいけないことだよ。無関係でいるのをお望みなんだ」

またお酒を飲む悪友に、飲みすぎだと視線を送った。ノルチェフ嬢の作るものは、お酒がすすむ。

「だろうな。なんで俺たちに入団の誘いがきたんだろうなぁ」

何かしら秘密がある騎士団にいて、それなりに馴染んでいるのに、誰からも何も打ち明けられない。

「何が駄目だったのかな……やっぱりモブだからかな」

ちょっと自信をなくしそうだ。

うなだれる俺とは違い、ソファーにもたれたまま上を向いた悪友は、特に気にしていないようだ。

「うーん、たぶんだけど、お前に何かあったら、俺はそれを最優先するよな？　俺が危険だったら、お前が絶対に助けてくれるし」

「まあね」

「そういうことだと思う」

「そうかあ……」

よくわからないまま納得してしまった。俺も飲みすぎたのかもしれない。

「ノルチェフ嬢を雇うのは諦めるか……結婚してもいいんだけど」

「それはもっと無理だと思う」

ノルチェフ嬢と第四騎士団にいる騎士たちの変化に、こいつはまったく気付いていない。

それがこいつのいいところだけれど、いつか致命傷になりそうだ。

モブである俺が、高貴な方ではなく悪友を一番とする限り、第四騎士団について何か知ることはないのだろう。でも、それでいいのだと思う。

「結婚したいなぁ……」

切実なつぶやきに同意する。モブだって、幸せな結婚がしたいのだ。

内実

静かな室内にコーヒーの香りが漂う。朝のすがすがしい風が、青葉の香りを運んできて、コーヒーと混じりあった。

コーヒーを飲み、口を開く。

「エドガルド・バルカとロルフ・オルドラは信用してもいいと考えている。今までふたりとも、どこか裏があるように見えていたが……。ノルチェフ嬢と接しているうちに、自身の殻を破り、前向きになっているのが感じられる。訓練も以前にも増して真面目に取り組み、強くなっている。まだ伸びるだろう。おまえの意見はどうだ？」

床に跪くシーロに問うと、リーフグリーンの髪が動き、くるくるとよく動く瞳が真っすぐに見上げてきた。いつも浮かべている人懐っこい笑みはなく、目をやや細めている。

「私も同意見です。ふたりとも以前のような力みが抜け、周囲を見る余裕が出ています。特にエドガルド・バルカにあった、自分のことで精一杯という空気がなくなりました。元が実直な性格ですから、一度主を決めたら裏切ることはないでしょう。要所でエドガルド・バルカをサポートしていたロルフ・オルドラの負担が減った結果、周囲との意思疎通や仲裁などが可能となり、ロルフ・オルドラ本来の良さが発揮されつつあります。華やかに見えて情に厚い男です、主を陰日向なく支えるでしょう」

「そうか」

途端に空気を変えたシーロの目が、少年のように踊る。

「ロア様としてはいかがです？」

「……シーロまでそう呼ぶな」

「申し訳ございません。ノルチェフ嬢だけの呼び名でしたね」

「わかっているなら、からかうな」

「ライナス殿下が初めて、義務ではなく自主的にデートに誘った女性ですよ！　気になるでしょう！」

シーロが手を握り締めて興奮しているのを、落ち込みつつ見やる。

「……ノルチェフ嬢は、デートだと思っていなかったがな」

「予想外でしたね！　今までノルチェフ嬢に関して、普通だとか予想通りだとか思ったことがありません。今までよく普通のご令嬢の中に紛れ込んでいましたね」

「それは同意だ」

きっと、お茶会でもあのすまし顔で紅茶でも飲んでいたんだろう。

もしくは、ノルチェフ嬢の友人もどこか変わっているとか。ノルチェフ嬢が変わり者なのを隠し通すより、そちらのほうが可能性が高い気がする。

「では、エドガルド・バルカとロルフ・オルドラを呼びましょう。アーサーに人払いを頼んでおきます」

「ああ、頼む」

ふたりは休日にノルチェフ嬢の家へ行くことが多い。しかしまだ朝早いから、自室にいるだろう。

ソファーに座りコーヒーを飲んでいると、ドアがノックされた。アーサーがうまく人払いしてくれたようで、周囲に人の気配はない。

エドガルドとロルフが入室すると、シーロが素早くドアを閉め、防音の魔道具を起動した。ロルフの顔に、さっと緊張が走る。

ふたりが何か言う前に立ち上がり、変身の魔道具を解除した。

エドガルドとロルフが目を見開き、一秒ののちに勢いよく跪く。頭の回転が速いふたりに、シーロが満足気に頷いた。

ふたりの目には、いつもの私と全く違う姿が映っているだろう。

体は一回りほど大きくなり、髪は茶から銀へ。長さも変わり、後ろをやや短く刈り込んだオールバックだ。

なでつけた長めの前髪は、結局はねて、やや逆立っている。その下にある瞳はターコイズブルー。王家のみが許される色。

「私の内情を知っているな？　すべて述べよ」

ふたりとも頭を下げたまま、エドガルドが口を開いた。

「発言をお許しください」

「許す」

「ライナス・ロイヤルクロウ様。尊い王家の血を継ぐ王弟殿下であらせられます。現在、王位継承順位は三位。兄君の陛下とも良好な関係を築いておいでです」

「そのようなありきたりな事を聞きたいのではない」

軽く首を振る。最初は威厳を見せようと思ったが、この調子では口を開かないかもしれない。

「まずはソファーに座ってくれ。今まで仮の私に接していたように……とまではいかないが、ある程度くだけた口調で構わない」

「ライナス殿下！」

「シーロ、お前が言えたことではないだろう」

「ですが、最初くらいは」

「後で想像と違うと言われても困る。いくら取り繕っても、私の性格は変わらない。それならば最初から誇張せずにいればいい」

もう一度ソファーに座るよう促すと、意を決したようにロルフが座った。探るにしては愚直な眼差しが、ロルフの剣筋のように真っすぐ突き刺さる。

「そう警戒せずとも、座ったくらいで罰しない。そもそも、私がすすめたのだしな」

いざとなれば、自分だけが罪を被るつもりでいたはずだ。

それに気付いたエドガルドが、ハッとしてロルフを見る。様々な思いをぐっと噛みしめた後に飲み込み、エドガルドも断りを入れてソファーに座った。

「率直に言う。私の側近になってほしい」

ふたりは驚愕して呼吸を止めた。

「そのために、ふたりがどの程度、私の事情を把握しているか聞きたい。知らないのであれば私が補足する。そして、その上で決めてほしい」

「……命令なさらないのですか？」

「私がほしいのは、険しくうねる激流を、ともに歯を食いしばってのぼってくれる者だ。断れば、口外しないと契約書に署名してもらうことになるが、それだけだ」

まだ迷いが見えるロルフとは違い、エドガルドは決断する。薄く形のいい唇を開き、エドガルドは話し始めた。

「……私としましては、今の状況は、ライナス殿下の母君、マリーアンジュ様が、前陛下と結ばれたことから始まったと考えております」

話し始めたエドガルドを、ロルフが信じられないとばかりに見る。ロルフは責任感が強く、エドガルドを大切に思っているが、時としてそれは枷となる。

バルカ侯爵家の跡継ぎとしての威厳を見せ、エドガルドは続けた。

「マリーアンジュ様の生家であるダイソン伯爵家は、名家ですが没落寸前でした。権力も人脈もなにもかも足りないダイソン家だけでは、マリーアンジュ様が皇后となられる後ろ盾としては、あまりに心もとない」

「そうだ。だから母は、陛下の最大の支持者であるエヴァァット公爵家の養女となったのち、皇后となった。エヴァァット公爵家とダイソン伯爵家が、王家の味方となったのだ」

「ええ。貴族内で最大派閥でした」

そこで一度会話が途切れ、部屋に沈黙がおりる。

「うまくいっていたのは、ほんの少しの間だった。兄上が生まれると、後ろ盾にエヴァット公爵家がついた。そして、私にはダイソン伯爵家が。兄上は優秀で、次期国王になるだろうと早くから言われていたし、私も異論はなかった。むしろ、王となった兄上を支えたかった」

口を噤んでしまった私の後に発言したのはロルフだった。遅ればせながら、腹を括ったらしい。

「エヴァット公爵家とダイソン伯爵家は、同じ派閥とはいえ、持っている権力は雲泥の差でした。権力が偏りすぎないよう、マリーアンジュ様は心を砕いておられました」

「そうだ。そして、これ以上派閥が大きくならないよう、王族が力をつけないよう、母は……反王派に毒殺されてしまった。母を愛していた父は、早々に次期国王を兄上にすると発表して隠居の準備を始めた。私は臣下として育てられることが決定し、エヴァット公爵家はますます力をつけた。そして、ダイソン伯爵家は追いやられていった」

「ダイソン伯爵家は、反王派と手を組んでいると聞いたことがあります。ただの噂ですが」

「ロルフの言う通りだ。まだ証拠は掴んでいないが、反王派と結託し、私を王にしようとしている」

エドガルドとロルフは息を呑んだ。思っていた以上に大事だと気付いたのだ。

「……ですが、ライナス殿下は騎士を目指すと公言しておられます。我が国は、他国より武力が劣る。それを補強するのだとおっしゃっていたではありませんか」

「その志はずっと私の心にある。兄上を守ると公言して騎士になれば、ダイソン伯爵も私を王にするのを諦めるのではと思っていた。だが……私が武力を手にすると知り、反王派は喜んだのだ。これで兄上を制圧できると」

「なんてことを！」

思わず立ち上がりかけたエドガルドの横で、ロルフが強く手を握り締めている。震えは怒りからだ。

「兄上はすでに王となり、子もふたりいる。私の王位継承順位は三位だ。私を王にするために、兄上も……兄上の子も、すべて亡き者にする計画をたてているのだ」

「……だから、この騎士団にいらっしゃるのですね」

「ロルフは敏いな。この第四騎士団は、兄上が私のために作ってくださったものだ。私は深刻な病を患い、兄上とその家族しか出入りできない離宮で静養中ということにしている。だが、いつ露見するかわからない。いや、反王派はすでに嘘だとわかっていて、私の居場所を掴もうとしているだろう」

「隠れなければならないほど切羽詰まっている、ということでしょうか」

「そうだ。あのまま王城にいれば、私はどうなっていたかわからない。ここに身を潜めて情報を集め、機をうかがい、せめて自分の身を守れるように鍛錬をしている。私の側近は、ほぼダイソン伯爵家の者だ。それ以外から信頼できるシーロとアーサーを連れ、力になってくれる者を探している」

エドガルドが納得したと頷いた。

「道理で、第四騎士団にいるのは、エヴァット公爵家にもダイソン伯爵家にもついていない家の者ばかりなはずです。そこから更に、騎士団に所属している者がいると絞れば、これだけ少なくもなるでしょう」

「ノルチェフ嬢もそういった事情で選ばれたのですね。ノルチェフ家は代々、王家に忠誠を誓っていたはずです。権力争いにも参加していない。キッチンメイドといえば、騎士団を見合いの場だと思って来ているレディーばかりなのに、その様子がないノルチェフ嬢が不思議だったのです」

「キッチンメイドにちょうどいい令嬢がいなかったので、ノルチェフ嬢が働きたいと聞いた時は驚いた。タイミングが良すぎて疑いもしたが……ノルチェフ嬢はノルチェフ嬢だった」

ふっと空気がゆるむ。顔を見合わせてわずかに微笑む私たちの頭にいるのは、ノルチェフ嬢だ。

近付けば怯え、話しかけると距離をとり、視線が合わないご令嬢。

こちらが下心なしに何度も話しかけ、敵意はないと示し、異性として見ていないと振舞ってようやく、ノルチェフ嬢から隣に座り、微笑みかけてくれる。

「私は、反王派と共に戦ってくれる者を、側近として迎え入れたい。反乱を起こす者たちの操り人形となって兄上を害し、王になるわけにはいかない。どうか私と戦ってほしい」

ふたりがどんな返事をしても受け入れるつもりだ。だが、味方になってほしい。私がいま信頼できる者は、あまりに少ない。

先に動いたのはエドガルドだった。ソファーからおりて跪き、首を垂れる。

「私はいまだバルカ家の跡継ぎに過ぎません。いまはバルカ家の助力は得られないかもしれませんが、当主となった暁には、ライナス殿下をお支えし、道を切り開くことを誓います」

エドガルドが顔をあげて、ふわりと微笑む。

「私が見たライナス殿下は、いつも何かを学び、鍛錬しておられました。誰よりも先に起きて己を鍛え、誰よりも遅く一日を終える。その姿を見ておりました。微力ではございますが、ライナス殿下の目指すもののため、お役に立ちたいと存じます」

「私もです」

ロルフも跪く。エドガルドと違い、はじめから見上げてきたロルフの目には、いまだ迷いが見える。

「ご存じのとおり、私はオルドラ伯爵家の者ではありますが、疎まれております。私の行動がオルドラ家の意向と思われてはならないのです」

ロルフの苦悩が伝わってくる。

オルドラ家と縁を切ることもできるが、ロルフが伯爵の身分を失えば、騎士団にいられなくなる。

「私が欲しいのはオルドラ家ではない。ロルフだ」

「……お言葉、しかと、我が胸に」

ロルフは深々と首を垂れた。

「我が命は、ライナス殿下のために」

「ふたりは、私を第一に考えなければならない。状況によっては、私がそなたらを見捨てることもあるだろう。だが、これだけは忘れるな。自分を守れ。命を軽率に捨てるな」

わざと口調を軽くして続ける。

「でないと、側近の死をあまりに嘆く私を見て、みながあらぬ噂をするだろう。私たちは、ただならぬ関係だったと」

うろたえるエドガルドの横で、ロルフが笑う。

「さあ立ってくれ。シーロもこちらへ来て、一緒に飲もう。たくさん話し合わなければならないことがある。今後について、そして我々について。たくさん語り合おう」

「そう思ってお酒を用意してあります！　アーサーには悪いけど、運が悪かったということで！」

シーロがグラスとワインを持ってきて、ソファーに座る。

今日が休みなのが少し惜しい。いつもならノルチェフ嬢が何かしら作ってくれていて、夜食が早くできたときは、こっそりくれるのだ。

ワインのコルクが、小気味いい音を立てて抜かれた。今日は朝から酒盛りだ。

ライナスの独白

私が母からもらったライナスの名を変え、姿も声も変えてこの騎士団に隠れたとき、悔しさと同時に、どこかほっとしたのも事実だった。

気付けばまわりはダイソン伯爵家の者で固められ、言動のひとつひとつに神経をとがらせる日々。侍従と話す内容ひとつとっても考え抜かねばならず、独り言も言えない。ため息の数さえダイソン伯爵に報告されているかと思うと、緊張しているのが日常になっていた。

兄上とその側近で固められた非公式の場でのみ、深く息を吸えた。

「ライナス、我々はくじけてはならない。私たちの体も心も、自分だけのものではないのだから」

若くして儚くなってしまった母の死を嘆く父を見ながら、兄上に強く抱きしめられたことを、今でもよく覚えている。父は母ばかり大切にして、私と兄上を見ることはなかった。

父は早々に兄上へ玉座を明け渡し、母の亡骸と共に離宮へこもってしまわれた。母上とその遺品以外すべて置いていってくださったからよかったものの、王族としての責を放棄するこの行動には、苦い顔をする者が多かった。

だからこそ優秀な兄上はたくさんの貴族に支持され、ゆるぎない立場を得ることができた。

その一方で、多くの貴族は、私を扱いかねて静観していた。

兄上の子が生まれるまでは、控えとしてそれなりに尊ばれていたと思う。しかし兄上の子がふたり生まれ、どちらも大きな病気もせず成長すると、私は災厄の種にしかならなかった。

私の手足となるべき臣下はすべてダイソン伯爵家の息がかかった者で、彼らの野望を阻むことができない。監禁され、反乱の旗頭として担がれることすら考えられた。

だから私は、この国の貴族として学び、体を鍛えても、周囲には有能ではないと思わせた。兄上のための努力は、兄上の側近には疎まれ、反王派には喜ばれる。

「ライナスはすごいな。もうこんなことまでできるのか。自慢の弟だ」

兄上だけは褒めてくれ、誇らしいとまで言ってくれたが、純粋に受け止めることはできなかった。

兄上に言われたように、第四騎士団で自分の身を守れるように鍛錬するが、それが正解かわからない日々。信頼できるのは少数の侍従と兄上だけ。

あまりに少ない味方で、形勢を変えることもできなかった。

「アリス・ノルチェフと申します。よろしくお願いいたします」

食事時もキッチンにこもっていて、接触の機会も少ない。アーサーは非常に警戒されて近付けず、シーロもなかなか声をかけられない。そこで私がノルチェフ嬢に探りを入れることにした。

話してみて驚いた。ご令嬢らしく表情は動かないが、感情はまったく隠せていない。考えていることが手に取るようにわかる。

そして、私の努力を肯定してくれた。本心で「努力の君」と呼んでくれた。

ノルチェフ嬢の経験から発せられた言葉は、驚くほど私の心に染み入った。求めていた言葉だった。

私も、正解かわからなくとも努力し続ける強さがほしい。

それからさらに鍛錬を重ね、反王派への対策を考えていると、シーロに休むよう言われた。

「このままじゃ体も心も壊れますよ！　息抜きをしてください」

「息抜き？」

「鍛錬には休息が必要ですよね？　それと同じで、心にも休息が必要なんです。次の休日は休んでください」

「……休み方を知らない」

「ノルチェフ嬢とデートでもしてきたらどうですか？　毎晩ノルチェフ嬢と話すのが、ちょっとした息抜きになっているでしょう？」

「そう……だろうか。確かにノルチェフ嬢と話すのは楽しいが」

「楽しいことをしてきてください。今しか休めないかもしれないですしね。でも、ノルチェフ嬢に本気になっちゃ駄目ですよ！　ライナス様には一応婚約者がいるんですからね」

「……わかっている」

婚約者はダイソン伯爵家の回し者だ。

反乱の証拠をつかんで情勢が変われば、婚約解消するとお互い同意している。私たちの間に恋慕はないが、婚約者には変わりない。

「デートとは何をすればいい？　一緒にお茶を飲むのか？」

「暖かいし、湖なんてどうです？　ほら、ここの近くにある、王族専用の」

「あそこか。確かに、今の季節は気持ちいいだろうな」

「お忍びの今しかできないデートなら、ノルチェフ嬢にランチを作ってもらうのはどうですか？平民は、レディーにランチを作ってもらってピクニックをするそうですよ。代わりに男性はプレゼントを贈るんだとか」

若草の香りが吹き抜ける湖で、ノルチェフ嬢が作ってくれたおいしいランチを食べながら、日光を浴びる。

考えれば考えるほど素晴らしい案に思えて、緊張しつつさっそくノルチェフ嬢を誘ってみると、快諾された。

心を弾ませていることを自覚しながら、次の休日に待ち合わせ場所に立った。今まで待たせたことはあるが、待ったことはない。

不安と期待が混じりあった不思議な気持ちで待っていると、ノルチェフ嬢が制服で来た。

デートとは、制服でするものだった……？

華美すぎない服を選んで着てきた私への感想もない。デートとは、まずお互いの服やアクセサリーを褒めあうところから始まると思っていたが、さっそく暗礁に乗り上げた。

ランチを作ってくれた礼を述べ、歩き出す。話題は、なぜか「一番おいしそうな雲」だった。

私とて王族の端くれ、レディーを喜ばせるための話術はそれなりに学んできたつもりだった。なのにプレゼントの花は燃やすよう言われ、デートだと思われていなかったと発覚したときは、かなりショックだった。

最後は水切りに熱中し、デートは終わった。これがデートかと言われると、一般的な貴族のデートではないと断言できる。だが、非常に楽しく、息抜きになったのも確かだった。

またノルチェフ嬢を誘おう。今度ははっきり、デートだと口にして。

息抜きとは、これほどに楽しいものだったのだな。みながこぞって息抜きをする理由がわかった一日だった。

姉に似たひと

ロアさまの息抜きに付き合った次の休日、エドガルドとロルフは来なかった。連続して来ないのは珍しくて、何かあったかと思ったけど、唯一来ていたレネは気にしていなかった。

「二人だっていい年した貴族でしょ？　いろいろあるって」

たしかに。ここで甘いものを食べているエドガルドはともかく、ロルフは来なくても不思議じゃない。

「二人とも恋人がいてもおかしくない年齢ですもんね。確か、爵位が高いほどなかなか婚約はしないとか。ロルフ様には婚約者がいるのかもしれないですね」

「貴族は数年で力関係が変わったりするからね。でも、あのふたりに婚約者はいないよ。そんな話、聞いたことない」

「ロルフ様は二十代前半に見えますけど」

「ロルフは二十二歳、エドガルドは十七歳。婚約者がいてもおかしくないけど、恋人すらいないんじゃない？　いたら休みのたびにここに来ないって」

いつの間にかふたりを呼び捨てにして、猫を被らなくなったレネは、騎士団にいるときより自然体だ。

「確かに。レネ様も恋人はいないんですね」

「ほっといてよ。それより、最近きな臭くなってるから気を付けて。王弟殿下を操り人形にして、陛下を失脚させようとしてる連中がいるらしい」

「そんなことが⁉」

一大事じゃないか。

陛下は遠くから見かけたことしかないけど、好戦的じゃないし、国力を上げようとしておられたはず。

貴族の女性が働かないという風潮は未だ根強いけど、上流貴族の侍女とか、食に関することは女性がするのが当たり前という流れを作ってくれたのは、今の陛下だ。

ほかにも、身分を問わず優秀な者を受け入れようとしているらしい。

「ボクが子爵なのに十六歳で入団できたのは、陛下のおかげだよ。一昔前だったら、ほかの若い上流貴族が入団するまで待てとか、数年後に入団しろとか言われてもおかしくなかった。力のない子爵家なのに、騎士団歴代最年少入団という肩書きをくださった陛下には、本当に感謝してる」

「ノルチェフ家も代々親王派です。昔、先祖の誰かがクビになりかけたのを、その時の陛下が取りなしてくださったとか。王弟殿下は、どのような方なんでしょう？」

「平凡で、陛下との仲は悪くないってことくらいしか知らない。なかなか表に出てこないんだよね。噂から推測するに、周りを反王派で固められてるみたいだね。本人は反乱なんてしたくないから表に出てこないし、積極的に動いている様子もない。機をうかがってるんじゃないかな」

「王族なのに動けないなんて……」

「王族だからこそだよ。発言が何に使われるかわからない。自分を無能に見せて、無言を貫いて、反王派に抵抗してるんだよ。アリスも想像してみてよ、この騎士団が全部アリスの敵だったら？言動も全部見張られて、粗相をすれば即、反乱と結び付けられるんだよ」

「こわっ」

「でしょ？　信頼できない側近に囲まれてさ、その側近がよそで『王弟殿下は、陛下の治世が不満らしい』とか言ってるって考えてみなよ。それで自分の名前で勝手に反王派を集められて、いざとなったら首謀者ですって差し出されて」

「う、うわー！　陛下は何もしてらっしゃらないんですか⁉」

「しておられると思うよ。ただ、完全に派閥が違うからね。ライナス殿下の周りはダイソン派で固められてるから、安易にもぐりこめないし、人を移動させることも簡単じゃない。ダイソン家も、まだそれなりに権力を持ってるしね。ううん、むしろ、最近は前より……」

権力ってこわい。貴族ってこわい。

考え込みはじめてしまったレネの前に、試作のソースを置いていく。わたしは特別舌がいいわけでもないので悪戦苦闘中で、試作しすぎてよくわからなくなってる。考えすぎて頭が破裂しそうだ。

「レネ様、味見をお願いします」

「このソース、酸味が強くていいね。暑いときによさそう。こっちは辛くて爽やかでボク好み！」

「ちょっと自信があるんです。でも、これだとすぐに真似されてしまうと思うんですよね。材料も手順も、複雑ではないですし」

「んー……じゃあさ、出かけようよ。ボクおすすめのお店に連れて行ってあげる。料理人は外で食べるのも勉強のうちでしょ」

「料理人……」

そう言われたのは初めてだった。

実家にいた時は人手不足と金欠で、通いの使用人と家事を分担するのが当たり前だった。料理は仕事というより、家事のひとつだった。

「これだけ料理に取り組んでるんだもん。料理人でしょ。言っとくけど、下手とか経験が浅いとか関係ないからね！　誰だって、最初は初心者で下手で経験がないんだから！」

「……ありがとうございます」

レネの言葉が、じんわりと胸にしみる。純粋に嬉しい。

「行きましょうか！　レネ様のおすすめのお店、楽しみです！」

「待って、制服のまま行くつもり？」

「はい。今までエドガルド様とロルフ様と出かけるときも、制服のままでしたよ」

「……エドガルドはわかる。あのお坊ちゃんはたぶん気付いてない。けどロルフはなんで……って、もういいや。早く着替えてきて。王城の制服で外に出たら目立つから」

しばらくレネとにらめっこをして負けた。

しぶしぶ寮へ着替えに戻る。

「久々に制服以外の服を着るなぁ」

制服を脱いでハンガーにかけ、デイドレスを着る。足首が出るワンピース型で、首回りと手首にはレース、スカートの裾には刺繍がついている。

後ろにファスナーがあるので、できるだけ上にあげてから、ファスナーをあげる専用の道具を取り出す。棒の先に熊手がついているような形で、わたしは孫の手と呼んでいる。

侍女がいれば着せてもらえるけど、ノルチェフ家は貧乏なので雇えない。こんな道具があるということは、やはり貴族全員がメイドや侍女を雇えるわけではないのだ。

孫の手をうまく使ってファスナーにひっかけ、ゆっくりと上げる。ファスナーには極小の宝石がついているのが定番なので、雑に上げれば宝石を失うことになってしまう。

ファスナーを上げ、髪を結びなおして外へ出る。レネは出しっぱなしだったソースの器を重ね、スプーンをまとめてくれていた。

「ありがとうございます。すぐにソースをしまいますね」

「これくらいするよ。その格好で行くの？」

「どこかおかしいですか？」

色合いは若い娘に流行している、白とライムイエローの組み合わせだ。明るい黄色ではなく、やや くすんだ色合いなのが気に入っている。

胸元は控えめなスクエアカットで、これならば数年は着れると母さまと相談して買ったものだ。

「ネックレスをつけるとか化粧するとか……髪も、いつもみたいに後ろの低い位置でひとつに結んでるだけだし」

「髪留めにはきちんと飾りがついていますよ。それにお化粧だって、派手すぎず地味すぎないようにしてます。ネックレスは持ってきていないので仕方ないです」

「本当にここには仕事だけしに来たんだね」

「キッチンメイドなので、出会いを求めてきたと思われても仕方がないですけどね。ただ、ご令嬢だって結婚は親の決めた相手より、自分で選びたいと思うんじゃないでしょうか。恋も知らないまま、家のいいなりで嫁ぐなんて嫌だって、友人は言ってました」

「……うん。そうだよね。でもアリスは違うんでしょ？　熱心に平民に合う味付けを勉強してる。店を出すんだよね？」

「……わかりません。出してみたいとは思いますけど、でも……」

心の奥底にしがみついて離れてくれない、嫌な記憶が邪魔をする。私の人生と性格を歪め、絶望したあの日。

「とりあえず行こ。お店しまっちゃう」

「途中で瓶を買ってもいいですか？」

「瓶!?　いいけど……ネックレスとかじゃなくて？」

「瓶です」

ふたりで王城を出て、城下町を移動する。

レネおすすめのお店のひとつめは、賑やかな城下町の一角にあった。年季の入った小さな店のドアをくぐると、すぐに元気な声がかけられる。

「いらっしゃい！　好きなとこに座ってね！」

レネは慣れた様子でテーブルの間を通り、椅子に座った。背もたれがあるだけの、座ると軋む木の椅子だ。

古びたテーブルに、水の入ったピッチャーとコップがふたつ置かれる。

「ご注文は？」

「エビとひき肉のクレープひとつずつね。お皿ひとつ余分にちょうだい」

「はいよ」

水はセルフサービスらしいので、それぞれ自分のコップに注ぐ。この感じは久々で懐かしい。

いつもはおしゃべりなレネが何も言わないので、わたしも黙って店内を見回した。じゅうじゅうと、食欲をそそる音とにおいがする。

しばらくして、テーブルにふたつのお皿が置かれた。クレープと言っていたそれは予想とは違い、ひだを作っていない大きな餃子のような形をしていた。焦げ目がついて、見るからにパリパリだ。

レネはクレープを半分に切ると、お皿に取り分けてくれた。わたしもクレープを半分にして、同じお皿に置いてシェアする。

「いただきます」

手のひらの半分ほどの大きさの、ずっしりと具がつまったそれを切って口に運ぶ。

パリモチの生地の中から出てきたのは、ぷりぷりのエビと、タケノコに似たしゃくしゃくした食感の野菜だ。数種類のキノコがたっぷり入っていて、香味野菜の香りが鼻を抜けていく。

「おいしい！」

「でしょ？　ひき肉もおいしいよ」

「そっちもいただきます！」

ひき肉はスパイシーで、唐辛子が後を引く辛さだ。たっぷりもやしとニラ、香るにんにく。もっちりしたお麩のようなものが肉汁を吸って、最後までおいしい。

「どう？　参考になった？」

「おいしかったです！　小さいエビなら安く買えそうだし、この形ならテイクアウトもしやすくていいですね」

「じゃあ、次に行こ。お腹まだ大丈夫だよね？」

「はい！　次のお店が遠くないなら、歩いていきたいです」

「腹ごなしにいいね。そうしよっか」

レネは騎士さまの中では小柄だけど、わたしよりは大きい。歩きにくい場所を避けたり人をよけたり、さりげなくエスコートしてくれながら次の場所へ向かった。

「ここはパイがおいしいんだ。おすすめを頼んでいい？」

「お任せします」

赤い屋根の可愛いお店に入って出迎えてくれたのは、しかめ面したゴツイおじさんだった。

「……らっしゃい」

「ミートパイ、チーズとパンチェッタのパイ、アップルパイひとつずつ。取り皿もお願いね」

こくりと頷いたおじさんがパイの用意を始めると、レネが小声で話しかけてきた。

「あのおじさんがパイを作ってるんだ。可愛いものが好きなんだけど、自分には似合わないって思ってて無口なんだよ。男が料理するのは珍しいと思うけど、怖がらないであげて」

「わかりました」

向かい合って座り、パイが運ばれてくるのを待つ。

「……お待たせしました。パイです」

「ありがと。今日もおいしそうだね」

「ありがとうございます」

運ばれてきたパイを、ナイフでできるだけきれいに切ってシェアする。

どれを食べようか悩み、ミートパイから食べることにした。パイ生地はバターがたっぷり使われていてサクサクだ。

酸味のあるトマトが、牛肉の脂っこさを程よく消し、スパイスとよく合っている。

「おいしい！　なんのスパイスが使われてるかあんまりわからないけど、おいしい！」

予想しているスパイスと合っているかも謎だけど、おいしいものはおいしい。

クリームチーズとパンチェッタのパイは、中にイチジクが入っていて甘じょっぱい。イチジクのプチプチした食感が楽しい。

「甘じょっぱくてずっと食べていられる！　アップルパイもすごくおいしい！」

「おいしいでしょ？」

「弟子入りしたい！　ここで働きたい！」

「自分の店はいいんだ？」

「わからないけど働くならここがいい！」

それくらいおいしい。

エドガルドのケーキを買いに行くとき、またここに来ると思う。そして全種類買う。

「ボクのおすすめのお店、まだたくさんあるんだから。ま、ここはイチオシだけどね」

「レネ様、ありがとうございます！　おじさん、ごちそうさまでした。また来ます！」

ちょっとお腹が膨れてきたので、次のお店に向かう前に、近くにある魔道具のお店に向かうことにした。

ロアさまからもらったお花は押し花にしようと思っていたんだけど、なんと下ごしらえくんがドライフラワーにしてくれたのだ。

下ごしらえくんすごい。下ごしらえくんに出来ないことはない！

下ごしらえくんが綺麗に乾燥してくれたあのお花は、頑丈な箱にしまってある。保存の魔法がかかっている瓶に入れて、できるだけ長持ちさせたい。

キッチンメイドをやめるとき、下ごしらえくんを引き取れないか聞いてみよう。わたしに必要なのは、ずっとキッチンメイドの仕事を支えてくれていた、あの下ごしらえくんだ。

新品の下ごしらえくんじゃなくて、一緒に過ごした下ごしらえくんがいい。

「ここが魔道具の店だよ。ボクはそこらへんを見てるね」

レネの案内で訪れたお店は、所狭しと魔道具が置いてあった。痩せ気味のお兄さんが机で作業をしている。

「すみません。保存魔法のかかった瓶がほしいんですが」

「あっ、い、いらっしゃいましぇ！　瓶はこちらです。しっ、使用方法をお聞きしてもいいですか？」

「ドライフラワーを保存したいんです。床に落としても割れないけど、力いっぱい投げつけたら割れて中のものが消滅する瓶がほしいんですが」

「……えぇーと。ご希望に沿うものはありませんが、こちらはいかがですか？　強化の魔法もかかっていて、落としても割れません。瓶を開けるには登録した魔力が必要です。いざとなれば瓶を開けて、中身を握りしめて粉々にするのはどうでしょう」

「ドライフラワーなら、それで証拠隠滅できますね」

何しろ王家の色の花だ。

キッチンメイドをやめるか、ロアさまが騎士団からいなくなったらあの花は燃やしてしまうつもりだけど、それまでに何かあるかもしれない。

心配なら早く燃やしてしまえばいいんだけど、もう少しだけ見ていたい。高貴な身分だろうに、わたしのために跪いて取ってくれた、あの日の青空の色をしたあの花を。

余裕をもって大きい瓶を買い、店を後にする。レネは黙ってついてきてくれた。

「レディーの買い物に口を出すつもりはないけど、あんな買い物初めて見たよ。あそこの店長、腕はいいのに接客は緊張するんだ。アリスがとんでもないことを言うから、緊張が吹き飛んだみたいだね」

「今までに、似た注文をした人はいると思いますけど」

「いないよ。投げつけたら爆発するとか、そういうのはあったかもね」

「そっちのほうがよかったかもしれません」

「王城で火事とか、一族全員縛り首だよ」

「買わなくてよかったです」

本当によかった。

だいぶ日も傾いてきて、レネが案内してくれる最後のお店についた。居酒屋ほど騒がしくないけど、バーほど敷居が高くない、そんなお店だ。

薄黄色だったりオレンジだったり、いろんな色の間接照明がぽつりぽつりとお店を照らしている。

二階の半個室に案内され、椅子を引かれて座った。レネは慣れた様子で注文を終え、ふたりきりの空間になる。

「アリスは平民向けの味を追求してるって言うけど、貴族向けの味も知ってるんだから、そっちも勉強しておけばいいじゃん。わざわざ道を狭めたりしないで、いざという時の選択肢を増やしておけば？」

「そうですね。でも、貴族向けの店では働けないですよ。貴族だから」

「平民が頑張ってお金を貯めて食べに行く高級店もあるよ。それは駄目なの？」

目から鱗がぼろんぼろん落ちていく。

「……駄目じゃないです」

「こんなこと言っといてなんだけど、アリスの人生なんだから、アリスが好きなようにしたらいいと思うよ。このお店に来たのだって、デートの最後くらい、気取った場所に来たかっただけだから」

貴族の男女は、ふたりきりで会うとデートになる。

食べ歩きなのに、律儀にデートにカウントしているレネは、最後にデートっぽいお店に連れてきてくれたらしい。

恋人向けのお店だから、ひとりじゃ入りにくいし、エドガルドやロルフと来たら変に目立ちそうだ。レネの気遣いに感謝しながら、運ばれてきたテリーヌを食べる。

エビやカニ、アスパラやトマトなど、色鮮やかなテリーヌにナイフを入れる。

素材ごとに食感や味がいかされている。それぞれの味を邪魔しないように、見栄えがいいように、計算しつくされた配置だ。非常に繊細な仕上がりになっている。

「……ボクは小さいころから騎士に興味があって、時間さえあれば剣を振ってたんだ。でも成長するとボクが家を継ぐってわかって、その勉強を始めたんだ。そしたら姉さんがボクをしばき倒した」

「しばき倒した」

「騎士になりたいならなれ！　中途半端なことをするな！　って怒られた。でも、ボクだって好きで騎士になることを諦めたんじゃない。ボクが家を継ぐから、姉さんは平民の恋人と結婚できるんだろ！　って怒鳴った。ボクの領地はド田舎にあって、領民との距離が近いんだ。両親も、姉さんが平民と結婚することに反対しなかった。ボクが犠牲になって丸く収めてるって、本気で思ってたんだ。そしたら姉さんが、殴られて座り込むボクの前で宣言した。自分が家を継ぐって。恋人には婿入りしてもらって、死ぬ気で貴族や領地のことを学んでもらうって。ぽかーんだよ」

レネはその光景を思い出したのか、くすくすと笑った。

「ボクがようやく絞り出した、父さんと母さんは賛成したのかって言葉も、知らん！　の一言だった。私が跡継ぎだから、配偶者は自分で決めるって宣言して。いや貴族だから配偶者は大事だよ、跡継ぎの婿入りならこんなド田舎でも誰か来てくれるって言ったら、いらん！　とバッサリ。父さんも母さんものんびりしてるから、あっさり許可出しちゃってさ。ボクの苦悩はなんだったの？　って唖然としたけど、姉さんは自分よりボクを優先してくれただけなんだよね。姉さんにお礼を言ったら、にやりと笑って、昔から領地経営したかったって言ってた。……それが本心か、今でもわからない。だけどボクは、姉さんが誇れる騎士になる」

「素晴らしいお姉さまですね」

「うん。アリスはちょっと姉さんに似てる」

似てる……かなぁ？　結婚したくなくて家から出ようとするわたしと、家を継ぐレネのお姉さんは正反対に思える。

「弟がいそうなところとか」

「なるほど。わたしにも弟がいます」

シスコンの弟がいるところが似てるってことか。

「アリスも、したいことをしたらいいと思う。ボクが姉さんに願っているように。アリスも家族に応援されてるから、キッチンメイドをしてるんでしょ？」

「……はい。みんな応援してくれているんです」

レネの言葉が、じんわり背中を押してくれる。こうすればいいって押し付けじゃないのが嬉しい。

「いろいろ考えて、家族に相談してみます」

「うん」

色々気付いているであろう家族は、なにも言わず見守ってくれている。

今度帰ったら、平民に混じって働きたいと言ってみよう。頭ごなしに否定はされない自信があった。きっと、一緒に考えてくれる。

わたしの未来に、ぽうっと光が灯った気がする。優しい夜だった。

とんかつブーム

とんかつブームが来た。

手作りタルタルソースを出してみたら評判がよく、揚げ物に合うと言ったら、騎士さまたちが食べたいと言ったのだ。

なにを揚げようか考えていると、ロアさまが、とんかつがいいとリクエストしてきた。以前食べたカツカレーがおいしかったのだそうだ。

ならばと作ってみたら、騎士さまたちがハマった。

もちろんこの世界にも似た料理はある。

貴族たちが食べるのは薄くした牛肉で、チーズをたくさん使って、トマトソースをかけるのが一般的だ。

その点とんかつは非常に分厚く、使っている部位はロースだ。部活帰りの男子高校生のような騎士さまたちには、貴族ディナーより良かったらしい。

コースでちまちま料理が出てくるよりも、肉、揚げ物、炭水化物！　みたいな豪快飯のほうが好みなのかな。

こっちも毎日使う食材が指定されているので、毎日とんかつは出せないと言うと、翌日から使う食材が豚ロースの塊になった。

誰かが権力を使ったなとは思ったけど、深くは追及しないことにした。

「おかえりなさい。今日もお疲れ様です。とんかつができていますよ」

出迎えも、もう慣れたものだ。いつものように先頭に立ってやってきたアーサーに声をかけると、ややくたびれた様子だがにっこり笑った。

アーサーはどんな時でもこの微笑みだけは変わらない。貴族として厳しい教育を受けてきたんだろうな。

「ありがとうございます。今日もとんかつとは嬉しいな」

アーサーは貴公子の手つきで、大きなとんかつを二つ取った。そのままエドガルドが続き、ロルフも取っていく。

カリフラワーと枝豆のミルクスープや、ミニトマトのはちみつマリネ、さっぱり温野菜サラダなども作ったが、とんかつの前に敗北していく。

それを見越して、とんかつ以外を少なく作って正解だった。わたしもとんかつの時は、千切りキャベツのみで食べたい。

とんかつを揚げて、騎士さまがおかわりをすることを繰り返していると、食堂が騒がしくなった。

ひょいっと覗くと、騎士さまが何やら言い合いをしている。

「とんかつにはタルタルソースが一番だって言っただけですよ」

「いや、タバスコが一番！」

「サルサソースが至高では？」

「とんかつソースも忘れちゃ駄目ですよ！」

いつもは食後のお茶を飲んで談笑する程度ですぐ去ってしまう騎士さまたちだけど、今日は違うようだ。

好みの味を語りたい気持ちはわかる。貴族の料理は出てくる時点で味も決まっていて「料理人が試作に試作を重ねた至高の料理を食べろ！」と言わんばかりに一皿で完結しているもんね。

それはもちろんとってもおいしいんだけど、こんなふうにたくさんの調味料やソースがあって、自分好みにできるのが騎士さまたちには新鮮だったらしい。

自分の一番の食べ方をわいわい言い合っているのを見ると、もうしばらくとんかつブームが続きそうだ。私的にそろそろ魚が食べたい。

「こんばんは、ノルチェフ嬢。これは？」

「ロアさま、おかえりなさい」

いつもはみんなが去って静まり返った食堂に来るロアさまが、驚きながら入ってくる。

「とんかつに何が一番合うか、みなさん話し合っているんです」

「甘口ソースが一番だろう」

「わたしもです」

今まで黙っていた騎士さまも「レモンをしぼって塩で食べるのがおいしい！」「タルタルソースにタバスコ！」「マヨネーズだ！　マヨネーズをかければ何でもおいしくなるんだ！」と参加して、話し合いは白熱していく。

ロアさまに揚げたてのとんかつを出し、食洗器に汚れたものを入れるだけの後片付けを始める。

エドガルドは甘口ソースとタルタルソース、ロルフは辛口ソースにタバスコ、レネはカレー粉かサルサソースだと主張しているのを見ていると、後片付けが終わった。

ロアさまにおかわりはいるか聞こうとキッチンから顔を出すと、ばっちりシーロと目が合った。

「そうだ、ノルチェフ嬢！　ノルチェフ嬢はどうですか⁉」

騎士さま全員の視線が一気に集まって、体が硬直する。

「とんかつという素晴らしい食べ物を作ったノルチェフ嬢が、どう食べるか知りたいんです！」

「普通に食べているだけですので……」

「ノルチェフ嬢、よければ聞かせてください。私たちには終わりが必要なのです」

「ダリア様……」

アーサーの笑みが消えている。

すごくシリアスな雰囲気だけど、とんかつの話だからね。

「ひとつ言えるのは、食べ方は人それぞれ自由……正解はなく、不正解もありません。自分が一番おいしい食べ方をすればいいんです」

「……そうですね。その通りです。して、ノルチェフ嬢はどう食べるんですか？」

ごまかされてくれなかった。

「語ると長い話になります。騎士さまたちの時間を奪うわけには……」

「大丈夫です。夜食の準備はできています」

今ご飯を食べ終わったのに、なんで夜食を持ってるの？

アーサーは王子様みたいな人かと思ってたけど、どこか変わっているのかもしれない。まあ人間は、みんなどこか変なものだ。

アーサーの胃袋のことは置いておいて、腹をくくることにした。

「……わかりました。皆様、長くなりますので、途中で帰っていただいて構いません」

たくさんのイケメンがいる空間にいて注目されるのは、今でも怖い。だけどわたしには味方がいる。

見守ってくれているロアさま、心配そうにしているエドガルドとロルフ、周囲を注意深く見てくれているレネ。

そして何より、働いた初日から、ずっとわたしの側にいてくれた下ごしらえくん。下ごしらえくんさえいてくれれば、大量のとんかつも怖くないのだ。

「まず一番に言わなければならないのが、主食についてです。とんかつには米！　白米！　私的にこれは譲れません。そして白米の横にそっと添えられた漬物。浅漬けぬか漬け、梅干しや佃煮まで入れると、もはや数え切れません。どれも白米に合うご飯泥棒！　万人受けを狙うならたくあんやきゅうりでしょう。けれどわたくしは白菜の漬物を添えてほしい！　なぜなら、一番好きな漬物だから！　箸休めとしてそのまま食べ、醤油をつけてご飯をくるっと巻いて食べ……あぁっ、なぜここには白菜の漬物がないんでしょう！　確かにパンには合わないけども！　今度下ごしらえくんに協力してもらって作ります。下ごしらえくんは最強です。下ごしらえくんさえいれば何とかなるんです！

あっ、話がそれましたね。ご飯、漬物ときてあとは何が重要か……みなさんおわかりですね？　そう、味噌汁です！　白みそ赤みそ、はたまた粕汁など色々ありますが、わたしは合わせ味噌でいただきたい。そして味噌汁の具。これもなんて悩ましいお題でしょう……。もちろん、それぞれこだわりがおありでしょう。豆腐にネギに油揚げなどオーソドックスなものから、レタスやベーコンまで包み込む味噌汁。野菜ともなれば、種類が多すぎて無限大。わたしも味噌汁の具、その枠の中で主張するべきです。ですが、反則だとわかっていても言いたい。豚汁がいいと！

私的に、豚汁には里芋ごぼう玉ねぎは必須！　彩りと甘みのにんじん、油揚げも大事です。大根こんにゃく葉物野菜、入れれば入れるほどおいしい。そこにシャキシャキの小口切りの青ネギを大量に盛り付けて食べたい！　豚汁が食べたい！

こんなにおいしくて主役になりうる豚汁すら、とんかつの前にはかすんでしまう。とんかつにはヒレ、ロースがありますが、わたしは断然ロース！　脂を楽しみたい！

とんかつの大事な一口目、何からいくか？　わたしは甘口とんかつソース派です。まずは端っこの一番小さい一切れを、とんかつソースのみでいただきます。甘い脂とザクザク食感を楽しむと、胃はエンジン全開！　二切れ目は……悩む。あと何切れ残っているかにもよりますが、やはり悩む……。

悩みつつ、わたしの答えは決まっています。おろしポン酢です！　あっ、わたしは揚げ物の食感を楽しみたいので、ソースは衣につけません。衣のない側面におろしポン酢をかけ、一気に頬張る！　先ほどとは違う酸味とさっぱり感が、とんかつの新たな一面を見せてくれます。ここで豚汁を挟んでほっと一息。漬物を食べ、千切りキャベツをいただきます。

昨今、ドレッシングはたくさんあります。新しいものに挑戦するのも楽しいですが、わたしはにんじんドレッシング一択！　にんじんドレッシングを惜しみなくかけ、キャベツを好きなだけ食べます。とんかつと食べる千切りキャベツは、どうしてあんなにおいしいんでしょうね？　ここでキャベツを食べきり、おかわりすることもよくあります。ですがキャベツばかり食べているわけにはいきません。いざ次の一切れへ！

以前ならここからソース祭りだったのですが、今のわたしは、醤油にカラシでいただきます！　ここで初めてカラシを解禁し、ツンとくる辛さを楽しみます。次の一切れへの期待がぐんぐん高まっていきますね！

ここからがある意味本番。すりゴマを甘口とんかつソースに入れ、カラシを少々。これをご飯と共に食べる！　あいだにキャベツ、豚汁、漬物！　いけるならキャベツおかわり！　ご飯！　とんかつ！

……寂しいですが、おいしい時間はあっという間に過ぎていきます。デザートにも心惹かれますが、とんかつはとんかつで終わりたい。熱いお茶をすすり、余韻に浸る……これで終わりです」

しーん、と部屋が静まり返る。知りたいとしつこく言うからとんかつの食べ方を話したのに、終わったあとに返されたのは沈黙のみ。

にっこりとアーサーに微笑む。

「ダリア様はどのように食べるのですか?」

はじめてアーサーがたじろぐのを見た。それでも一瞬ですぐにいつもの笑みを浮かべ、物腰柔らかに軽く頭を下げる。

「ノルチェフ嬢の熱意、大変参考になりました。次はノルチェフ嬢と同じように食べてみます」

「そうですか。で、ダリア様はどのようにして食べるのがお好きですか?」

言うのは嫌だってさんざん断ったのにゴリ押しされたこと、忘れてないからな。

静寂の中、アーサーと微笑みで戦った結果、折れたのはアーサーだった。

「……私は、マヨネーズにレモンとマスタードを混ぜたものが好きです」

「おいしいですよね! マスタードの代わりに、カラシもおすすめですよ。それにしても」

うーん、と眉を寄せる。

「開発も兼ねて、いろいろとソースを作ったんですが、こんなふうに争いになるなら作らないほうがいいでしょうか? とんかつソースは、かなり頑張ったんですが」

一番頑張ったのは、切ったり混ぜたりしてくれた下ごしらえくんだけども。

その途端、騎士さまたちが慌てて駆け寄ってきた。

「もう言い争わない!」

「マヨネーズがないと生きていけないんだ！」

「すまなかったノルチェフ嬢！　だからサルサソースだけは作ってくれ！」

「わたくしは望まれたものを作るだけですわ。皆様、安心なさって」

最後の最後、忘れていたご令嬢口調で話したけど、もう遅いような気がする。

ロアさまが俯いて肩を震わせているのを見て、そう思った。

陳腐な台詞で

一週間後、ようやくとんかつから解放された。ブームが終わったのか、豚肉ばかり使うことにストップがかかったのかわからないけど、魚が恋しかったので嬉しい。

エビマヨ、牡蠣ときのこのたっぷりチーズのグラタン、タコとレタスのガーリック炒め、牛肉のワイン煮込み、野菜を入れるだけ入れたラタトゥイユ。

お肉が少なかったから騎士さまたちは少し不満そうだったけど、こっちは指定された材料を使っているので、文句は上の人に言っていただきたい。

ぽちっと押すだけの後片付けをしていると、坊ちゃん刈りをほんのりお洒落にした髪型の騎士さまが話しかけてきた。

この騎士さま、身分が下の人には厳しくてレネにはきつく当たっていたらしい。わたしには必要以上に話しかけてこなかったんだけど、マヨネーズにハマってから変わった。

ことあるごとにマヨネーズを欲し、そのたびに作ったり騎士さま好みにアレンジしたりしていると、態度が軟化した。レネにも優しくなったらしい。

レネにこっそり、そのマヨネーズ違法なもの入れてないよね？　と聞かれたのも納得の変化だ。

「エビマヨなるものは美味だが、マヨネーズが少ないのではないか？」

「今日はマヨネーズの追加は駄目ですよ」

「なぜだ⁉」

「明日はお休みでしょう？　今日の夜食はお酒がすすむよう、皆さんが好きなものを作る予定なんです」

食事を終えつつある騎士さま達の目が、ぎらりと光る。そろそろ作り始めてもよさそうだ。

下ごしらえくんに、じゃがいもをよく洗って切ってもらう。皮つきの三日月形と、長細いものの二種類だ。

じゃがいもを揚げているあいだに、下味をつけていた鶏肉を取り出して、片栗粉と小麦粉を混ぜたものをまぶしていく。片栗粉多めだとカリッとして好きだから、いつも片栗粉を多くしてしまう。

フライドポテトが揚がると、次はからあげだ。揚げたてのポテトとからあげをバットにあげ、蓋つきのココットを大量に並べた。

「皆さんの好みは大体わかりました。カレー粉とタルタルソース、コショウにマヨネーズにレモンに七味！　他にもたっぷり作ったので、好きなだけ入れて持って行ってください。マヨネーズだけたくさん入れた容器はこちらです。どうぞ」

「ん、んんっ！　気が利くじゃないか。そうか、レモンと七味もあるのか。ふふ、タルタルソースまで」

「甘いものも作りますよ。できたてドーナツです」

便利調理器で、あとは型抜きするまで作った生地を取り出す。ここまで来たら全部任せていいけど、型抜きはしたい。

「騎士さまも型抜きを……って、男性はこれもできないんでしたね。これが楽しいのに」

「……僕がしてもいいでしょうか」

挙手したのはエドガルドだった。わずかに震える手に緊張しきった顔。

信じられないという顔や戸惑った空気が、エドガルドに向けられる。

視線を外さずにロルフの様子を窺うと、目を見開いて軽く首を振ってきた。平民でも男性が料理することは珍しいのに、貴族ともなれば異端視される。

「ありがとうございます。ドーナツも好きにトッピングしてもらう予定なので、どんなものがいいか騎士さま方に聞いてもらってもいいですか？　アイシングとチョコと生クリームは用意しています」

自分から手を挙げたくせに、どこかほっとしたエドガルドは、周囲に声をかけはじめた。

その間に、自分で揚げようと思っていたドーナツを、便利調理器に突っ込む。

声をかけ終えたエドガルドが残っている生地を見たら、手伝おうとしてくれる。その前にドーナツを完成させなければならない。

「ナッツとカスタードクリームがほしいそうです」

「すぐ作りますね」

ざわついた空気の中、身の置き所がないように、成長途中の大きな体を縮こませるエドガルドに、こそっとつぶやく。

「今夜は揚げたてのドーナツを作りますね。後で来てください」

エドガルドは、ぱっと顔を輝かせて頷いた。

こうしていると年相応に見える。最初の寡黙な印象が嘘のようだ。

その夜、ロアさまが食事を終えてしばらくすると、エドガルドがやってきた。食堂に誰もいないことを確認して、そろそろと入ってくる。

「……夕食の時はすみませんでした。色々と空回りしていて……ロルフにも怒られました。そういうのは段階を踏めって」

「わたしは大丈夫ですよ。エドガルド様が心配なだけです」

「ロルフがうまくフォローしてくれました」

ひよこのようにキッチンの中で後をついてくるエドガルドを少し下がらせ、ドーナツを揚げる。

揚げたてのドーナツにアイシングをつけて、半分はチョコレートをつけた。ナッツと、山盛りの生クリームとカスタードクリームを、ドーナツと同じお皿に盛る。

「お待たせしました。どうぞ」

「ありがとうございます。……おいしいです」

チョコドーナツに生クリームをたっぷりつけて頬張ると、エドガルドの頬が緩んだ。大きいのを五個も作ったのに綺麗になくなった。

「……アリス嬢にお願いがあります。明日の休日、僕と出かけてくれませんか」

「はい。どこのお店に行きますか？」

「ケーキの店へ。僕とふたりきりで」

「じゃあ、制服は着ないで行きますね」

レネに注意されたし。

エドガルドは勢いよく顔を上げ、何度も頷いた。

「では明日の朝に迎えに行きます！」

「お待ちしていますね」

たっぷりの夕食のあとにドーナツを平らげたエドガルドは、すらっとした長身をかがめて微笑んだ。どこか苦しそうな顔だった。

翌朝、ガタゴトと馬車に揺られて着いたのは、貴族御用達のパティスリーだった。

エドガルドの顔を知っている人がいるかもしれない。いざとなれば、わたしがケーキを食べたいと駄々をこねたことにしよう。

個室へと案内されると、エドガルドがすぐに人払いをした。

素早く運ばれてきたティーポットとコーヒー、たくさんのケーキが机に並ぶ。給仕すら下がらせてしまったから、本当にふたりきりだ。

「エドガルド様、ティーポットをこちらにいただけますか？　わたしが淹れます」

「自分のことは自分でしますよ。アリス嬢もケーキを楽しんでください」

騎士の訓練か、はたまた休日にひとりでケーキと紅茶を楽しむおかげか、エドガルドは自分で動くことに慣れている様子だ。

近くにあったケーキを取り、ミルクをたっぷり入れたコーヒーと一緒に楽しむ。きめ細やかで、ふわっと溶けるスポンジと生クリームの軽さが絶妙だ。

わたしがひとつケーキを食べるあいだにエドガルドは三つも食べ、みるみるケーキが減っていく。フルーツがたっぷりのったタルトを優雅に切り分けて食べながら、エドガルドは紅茶を飲んだ。

「実は、ひそかに尊敬していた方に仕えることになったんです。そのお方の力になりたい。でも僕はまだ騎士としても、バルカ侯爵の跡継ぎとしても未熟で……せめて、自分にできることをしたいと思ったんです」

エドガルドがフォークを置く。

「アリス嬢のおかげで、男性が甘いものを好んでいても、後ろ指をさされることはないとわかりました。いま思えば、パーティーで甘いものをつまんでいる男性はいたのに……その方は跡継ぎではないからと、無理やり自分を納得させていました」

「バルカ侯爵は厳しい方だと聞いています」

「そう、ですね。僕はやるべきことが決まっていて、型から少しでも外れれば折檻が待っていました。昔はそうしなければいけないと思っていましたが、今は違います。必要なことは受け継ぐべきですが、食や服の好みなど、不要なものまで祖父に合わせる必要はないと考えるようになりました」

どう言えばいいかわからない。安易に受け答えしてはいけないし、わたしにこの悩みが解決できるとも思わない。ただのしがない貧乏貴族なのだ。

「家への反抗や自分にできること、したいこと、甘い物……それらが絡まって、突発的にドーナツを作ると言ったんですが、唐突すぎたようで」

しゅんとエドガルドが落ち込む。犬の耳が垂れた幻覚が見える。

「何かを変えるには、根回しと準備が必要だと言われました」

「エドガルド様がドーナツを作るのを手伝うと言ってくれたこと、嬉しかったです。作ったものを残さず食べてくれる嬉しさもあれば、一緒に料理する楽しさもありますから」

「ありがとうございます」

エドガルドは、どこか苦しそうに俯いた。

「……昔からロルフは何でもできるんです。僕が苦労したことやできなかったことを、さらっとやってのける。人当たりもよくて、友人だってすぐできる。剣だってロルフに敵わない」

覚えのある感情に、胸が締めつけられる。だけど、エドガルドとわたしは違う。

「それでも、エドガルド様はロルフ様が好きなんでしょう？」

不思議なことに、嫉妬と好意は共存できるのだ。

数秒たってエドガルドが頷く。

「好きだから仲良くしろとか言いませんよ。好きだけど嫌い、それでいいんじゃないでしょうか」

「いいんですか？　そんな相反した気持ちをロルフに抱くなんて、僕はなんて醜い人間だろうと……」

「ひとりの人間に複数の感情を持つなんて普通ですよ。好きだけど苦手、話したいけど遠ざかりたい。わたしだって相反することを思っています」

「アリス嬢も？」

「はい。自分の感情を無理にロルフ様に伝えなければならないとは思いませんが、伝えてもいいとも思います。それがエドガルド様が考えて出した結論なら」

「僕が考えて、答えを出す……」

エドガルドはしばらく考え込んでいたが、やがてふわりと笑った。

「騎士団へ来て初めて家から離れて、僕は今までいかに自分で考えてこなかったかを知りました。初めての経験を、たくさんしました。いいことばかりではなく、それをいい経験だったと思えるほど人格者にはなれないけれど、毎日前を向いていられるのは、僕を支えてくれる人々のおかげです。それに、甘い物も食べられるようになりましたしね」

最後にいたずらっぽく付け加えたエドガルドが珍しく、ついやわらかな笑顔を見つめた。素直で真っすぐでちょっと融通が利かない、弟みたいなエドガルド。

「ほかの方にも相談してくださいね。ひとりの意見しか聞かないと、思考が偏ることがありますから。今のはあくまでわたしの意見なだけで、エドガルド様が賛同しなければいけないわけではありません」

「はい。その意見だけで、僕がアリス嬢を信頼する証になります。でも、アリス嬢がそう言うのなら」

エドガルドはほんのり頬を赤らめ、もじもじした空気を出しつつ、上目遣いで見てきた。わたしがしてもこんなに可愛くはできない。エドガルドすごいな。

「だっ、男女ふたりで出かけるのは、デートだと聞いています」

「貴族ではそうらしいですね」

「そ、それで、最初は僕の好きな場所に来てしまいましたが、次はアリス嬢の好きな場所に行きたいんです」

わたしの好きな場所？　実家とか？　だけど、今はさすがに行けない。

「それでは、王城の近くの庭園はどうでしょう？　大きな噴水があって花が咲き乱れて、綺麗らしいですよ」

「アリス嬢は行ったことがないのですか？」

「ありますが、あそこはデートスポットなので、女同士で行くと居心地が悪いんです。せっかくの綺麗な景色をあまり見られなくて」

「では、そこへ行きましょう。アリス嬢、手を」

これがエスコートだと知っている今のわたしは、ロアさまの時のような失敗はない。そっと手を重ねて、店を後にする。

今日は食べ歩きじゃなさそうなので、ちゃんと日傘を持ってきた。日傘をさしていれば顔を見られにくいから、エドガルドの相手が誰だと騒がれることがあっても、うまくごまかせるはずだ。

庭園へ着くと、エドガルドは先に馬車から降りてさっと手を差し伸べてくれた。手をのせて馬車から降りて、エドガルドとふたり見つめあう。

「……手を離すのは今でいいんですよね？　歩くときは腕に手を置きますもんね」

「そうです。僕が……いえ、アリス嬢が手を離した隙に僕が体の向きを変えますので、腕に手を置いてもらえれば」

「わかりました。いっせーのーせ！　で離して向きを変えますね」

「え？　あ……はい？」

「せ！　で動きますから。いきますよ、いっせーのー、せ！」

ふたりで向きを変えるが、エドガルドの動きが速すぎた。手を離すのが間に合わず、振りほどかれたようになったが、すまし顔で腕に手を置く。

入口にいた人にすごく見られたけど、こっちが正しいとばかりに胸を張って入る。

ここで家名とそれを証明するものを見せれば家に請求がいくけど、エドガルドはここでお金を払うようだ。

一緒にいた女は誰だ！　ってなるのは面倒くさいよね。わかるよ。わたしだってトールと父さまにバレたら、エドガルドの名前を言うまで追及が終わらない。

貴族女性はデートの時すべて支払ってもらうのが、マナーというか常識なので、会釈して感謝を示す。エドガルドは微笑んで、軽く首を振った。

庭園へ入ると、様々な花に彩られた巨大な噴水が出迎えてくれた。しゃらしゃらと水が出て、小さな虹がかかっている。

「見てくださいエドガルド様！　すごく綺麗です。連れてきてくださってありがとうございます！」

「アリス嬢のその顔が見られただけで、ここに来た甲斐があります。とても可愛らしいです」

さすが貴族の嫡男、褒め言葉がするっと出てくる。にっこり笑って日傘をさし、エドガルドの腕に手を置いた。

日傘はすごく小さいドーム形で、さっきより少し距離は離れるが、エスコートに支障はない。

「エスコート慣れしていなくて、すみません。ノルチェフ家はきちんと教育してくれました。わたしの問題です。家族でパーティーに行く時くらいしかエスコートの経験がなく、お恥ずかしい限りです」

「こちらこそスマートにできなくて申し訳ありません。実を言うと、僕もエスコートは知識としてあるだけなんです。パーティーで家族をエスコートした経験しかなくて」

「では、ふたりともエスコート初心者ですね。婚約者や恋人はいらっしゃらないんですよね？」

「はい。……僕のことを気にしてくださるんですか？」

「もちろん！　もしそんな方がいらっしゃったら、半殺しにされてしまいますから」

エドガルドの歩みが一瞬止まりかけ、右の分かれ道を選んだ。淡いアプリコットやピンク、白の大ぶりの花で、長いアーチが作られている。

エドガルドの長い指がそっと伸びてきて、日傘を持ち上げてたたんだ。フリルのついた日傘は、そのままエドガルドの腕に収まってしまう。

「婚約者どころか恋人もいませんし、僕がアリス嬢とデートしているのを見られても、何も問題ありません。この日傘は必要ですか？」

「日差しが強いところでは欲しいです」

「では、日陰を選んで歩きましょう」

エスコートされることに慣れていないと、うまく歩けなくて、パートナーに傘が突き刺さるのだ。もしかしたら、すでに刺さった後かもしれない。

謝りたいけど、エドガルドに余計気を遣わせてしまうだけな気がする。

「ありがとうございます。このアーチ、涼しくて綺麗ですね。終わってしまうのが惜しいです」

「ええ、本当に。次は、あちらの小道はいかがですか？」

紫の小ぶりの花が彩っている小道を、ゆっくり歩く。背の高い木々が植えてあって、他の人の姿は見えない。

漏れてくるわずかな日差しを気にしたエドガルドが、日傘をさそうとしてくれたけれど断った。これ以上傘で突き刺せない。

「エドガルド様、いざとなればこの実を食べてくださいね。酸っぱいけれど毒はありませんし、気付けになります」

「アリス嬢は物知りですね。こちらは食べられますか？」

「申し訳ないですが、わかりません。今度来るときは本を持ってきますね」

「次……。ええ、次も、ぜひ一緒に」

「はい！　とても綺麗なのに、広すぎて一度じゃ回りきれませんから。エドガルド様も食べられる葉や実に興味があるなんて知りませんでした。やはり、いざという時への備えは大事ですよね」

「そうですね」

エドガルドはゆったり微笑み、目を細めた。エドガルドの視線を追うと、小道の先に大きな池があり、睡蓮が咲き誇っていた。

白や鮮やかなピンク、青みがかった紫の睡蓮が、丸い葉の合間で揺れている。

水上の橋をゆっくり歩き、池の上にあるこぢんまりしたガゼボの椅子に座る。少数のガゼボはかなり離れて設置されているので、会話を聞かれるどころか顔もよく見えない。

「綺麗ですね！　絵画の中にいるみたい」

「アリス嬢に気に入っていただけてよかったです」

「本当に綺麗……」

わずかな風が髪を揺らし、水面をくすぐって遠くへ去っていく。

ガゼボの柱に巻きついている蔦から、黄色い花が顔をのぞかせている。鮮やかな蝶が飛んできて、花に止まった。

きらきらと輝く水の上で咲いている睡蓮を見つめているうちに、日が真上にのぼってきた。

「そろそろ帰りましょう。婚約前のレディーを連れ出していいのは半日だと聞いています」

「連れてきてくださって、本当にありがとうございます。とても綺麗でした」

「本当に綺麗でしたね」

「はい！」

第四騎士団まで戻ると、お昼を過ぎていた。エドガルドはさらさらな黒髪を揺らして、今から鍛錬するのだと微笑んだ。

「今日のお礼に、女性が喜ぶものを贈ろうと思ったんですが、アリス嬢はそれを望まない気がしたので、マジックバッグに我が家のシェフに作ってもらった料理を入れてきました。本日の昼食でも、お好きなときに食べてください」

「ありがとうございます。お返しは焼き立てのクッキーでいかがですか？」

「楽しみにしています」

エドガルドが爽やかに手を振って去っていくのを見送って、さっそくもらった料理を食べることにした。

うきうきとご飯を並べていると、寮のドアがノックされた。防犯の魔道具を持ちながら、そっと開けると、そこにはロルフが立っていた。

白いシャツに黒いスラックスというシンプルな格好だけど、パリッとしたシャツとルビーのような長髪がよく似合っている。

ロルフは持っている瓶を軽く振り、笑った。

「昼から悪いが、酒盛りに付き合ってくれないか？」

真面目なロルフが昼からお酒なんて、何かあったに違いない。本人は隠せているつもりでも、浮かない顔をしている。

「いいですよ。ちょっと待っていてくださいね」

エドガルドにもらった料理は今度食べることにして、簡単な料理を出すことにした。

休日しか食べられない、熱々アヒージョだ。にんにくは控えめ、オリーブオイルはいいものをたっぷりと。具はエビときのこ、厚切りベーコンとブロッコリーの二種類だ。カリッと焼いたバゲットも添える。

あとは、作り置きして冷蔵庫に入れておいた、茄子の揚げびたしとおにぎり、お味噌汁を出す。

「つまみ、少しだけど持ってきたんだ。作らせて悪いな」

「いつも味見してくれているじゃないですか。遠慮せず食べてくださいね」

いただきます、と手を合わせて、玉ねぎのお味噌汁からいただく。

あー、あたたかさが体に溶けていく。煮込んで甘くなった玉ねぎがおいしい。そこで塩のみのおにぎりを頬張る。

「やっぱりお米はおいしい……。お米は正義」

この世界、主食はパンが基本なので、たまにお米が食べたくなる。

「これ、うまいな。酒とよく合う」

ロルフはアヒージョを楽しんでいる。手酌でワインを飲んで、厚切りベーコンを一口。

「アリスも飲むか？」

「いえ、わたしは得意ではないので」

茄子の揚げびたしを食べ、おにぎりを頬張ってからの味噌汁。ループがとまらない。

お腹が膨れてきたので、アヒージョもつまむことにした。単体で焼いただけでも脂が出るのに、それをオリーブオイルで煮た悪魔の食べ物、厚切りベーコンのアヒージョ。

バゲットにベーコンとにんにくを潰したものをちょっとだけのせて頬張る。ざっくりバゲットにオイルが染み込んで、ふわりとにんにくの香りが抜ける。

無言でご飯を食べているあいだにロルフのお酒はすすんでいて、すでに瓶の中身は半分になっていた。

たまにお酒をたしなむロルフは、どれだけ飲んでも涼しい顔をしているのに、今日はほんのり顔が赤い。こうなったロルフを初めて見る。

「エドガルドはすごい奴なんだよ。もし俺がエドガルドの立場だったら、あんなに真っすぐ成長できない。褒められなくてもずっと頑張り続けて、腐ったりしない。エドガルドと仲良くなる奴がいて、そいつに裏があったら俺が対処しようと考えてた。そんなの、エドガルドには必要ないのにな」

ワインが飲み干され、すぐにグラスが満たされる。

「最近エドガルドと仲良くなった人は、エドガルドの悩みをあっさり解決した。俺はずっと、心配しながら見ていることしかできなかったのに。その人の裏を見てやろう。そんな思いで観察していたのに、悪いところなんか出てこなかった。いい人だったんだ。俺は……こんな考えをする俺は、醜い。エドガルドの想いを知っているのに、いつの間にかその人を……」

傾けたワイングラスに声が吸い込まれてよく聞こえないけど、ロルフもエドガルドにコンプレックスを抱いているように聞こえる。

「エドガルドは魔法も使える。本当にすごい奴なんだよ」

「すごいですね！　どんな魔法ですか？」

「それは本人に聞いてくれ。ここで俺が言うのは野暮ってものさ。……俺は魔法が使えない。レネも使えないけれど、あいつは最年少で騎士になった。ふたりはすごいな」

人間は誰しもに魔力があり、体の中にある専用の回路を巡っている。ほとんどの人は魔道具に魔力を通して使うだけなんだけど、ゲームみたいに炎を出したり氷を出したりできる人もいる。

それらは魔法と呼ばれている。魔法を使えるのはほんの一握りの人のみだ。

「剣や盾には、大抵ひとつの属性が込められている。複数の属性を込めると、威力が落ちて、半端なものになるからな。魔法使いは魔道具に頼らずとも使える属性が増えるし、魔法は魔道具より威力が高いから、ひとりで戦局を変えられる」

「魔法は謎に満ちていますね」

「ほんとにな」

魔法が使える人同士の子供が魔法を使えるわけでもなく、魔力量が多くとも魔法が使えるとは限らない。

ずっと研究はしているけれど、あまりに規則性がないので、魔法が使えるのは運とまで言われている。

「それに比べて、俺は器用貧乏なだけだ。これ以上疎まれないよう、そして脅威にならないよう……必死にあがいて、エドガルドの前では格好をつけて……結局は徒恋（あだごい）だ。ははっ」

ロルフに声をかけようとして、少し離れた木の影から、見覚えのある黒髪がはみ出ているのが見えた。肩を軽く叩く。

「お水を持ってきますね」

あとはエドガルドがどう出るかだけ。そっと離れると、エドガルドが動くのを感じた。寮に入ってドアを閉める。


「ロルフ……悪いが、話が少し聞こえてしまった」

「どうしてここにエドガルドが……！　そうか、アリスが……」

「アリス嬢は関係ない。僕が勝手に来ただけだ。……僕は何でもできるロルフが羨ましかった。僕が何十時間もかけてようやくできたことを、ロルフは簡単にできてしまうって。でも、そんなわけがない。ロルフがそう見せかけていることに、僕は気付いていたはずなのに。……僕は」

「謝るな。俺はエドガルドが羨ましい。俺の半端な努力とか小賢しい立ち回りとか、そんなものを全部吹っ飛ばすエドガルドを眩しく感じる。そんなエドガルドが好きな人に、俺を好きになってもらえれば、俺もエドガルドのようになれると思っていたのかもしれない」

「……やはり、ロルフも？」

「ああ。きっかけは何にせよ、俺は彼女に惹かれている。やすやすとエドガルドに譲る気はないぜ？」

「ロルフ……！　ははっ、やっと言ってくれたな。ずっと僕に譲る気だったくせに。ロルフがそう言ってくれて嬉しいよ。これからは正々堂々、競い合おう。どちらが選ばれても恨みっこなしだ」

「ああ。だが、俺たちふたりだけじゃないぞ。アリスの良さに気付いている奴はたくさんいるだろう」

「それでも僕は、できるだけのことをする」

「俺だって」

トイレですごく時間をつぶした後そっと窓から覗くと、ふたりで握手して笑いあっていた。

友情やコンプレックスや恋愛が絡み合って悩んでいたようだけど、いい方向に向かったようでよかった。

後日、レネが「ロルフとエドガルドがいちいち相談してくるんだけど」とこぼしていたので、ふたりは色々とレネに相談しているらしい。素敵なアドバイスをするレネは、相談相手にぴったりだ。

レネは疲れているけど。

お疲れ様の気持ちを込めて、レモネードを差し入れしておいた。

ロルフの独白

俺はロルフ・オルドラ。オルドラ伯爵家の、一応長男ということになる。

二十二歳、独身。恋人もいない。だけど、それでいいと思ってる。

うちの親父が、だいぶおかしいからだ。

親父は仕事はできるが、その他が致命的におかしい。仕事以外で何かしでかした時、どうしてそんな行動をしたか理由を聞いても、やっぱりわからない。そんな親父が浮気して、できたのが俺だった。

親父が政略結婚してすぐ、俺の母が身ごもった。結婚はしていない、恋人もいないという親父の言葉を信じてのことだった。

避妊だって「こちらで避妊している。それなりに身分があるから、外で子供ができたら困るんだ。そちらで避妊されると、こちらの避妊薬が効かなくなるかもしれない」と言っていたらしいが、俺ができたのが答えだ。

母が懐妊に気付いて親父を問い詰めたら、そのままオルドラ伯爵家へ連行された。正妻の前で堂々と母を紹介した親父は、やっぱりおかしい。

ふたりで目を丸くして見つめあったと、未だによく聞く。

「……奥様はいらっしゃらないって、言ってましたよね？」

「うん、その時はいなかったよ。今はいるんだ」

「恋人もいないって」

「婚約者がいるだけだったからね。婚約者は恋人じゃないだろう」

「避妊してるって」

「最初のうちはしていたよ。君に聞かれたときは、きちんと避妊している期間だったとも」

母の平手打ちがクリティカルヒットし、親父が床に沈み込んだ姿、心底見たかった。

怒り狂った嫡母は、汚物を見る目で親父に問い詰めたらしい。

「……あなた。なぜ浮気をしていたか理由をお聞きしたいわ。そんなにこの平民の方を愛してらっしゃるの？」

「愛してないよ。でも、子供ができるか検証しなきゃいけないだろう？」

「はい？」

「僕に子種があるか調べたかった。もしなかったら、早めに離婚して、君に選択肢の多い未来をあげたかったんだ。それに兄弟は、下の子のほうが器量がいいと聞いた。君の子に姉か兄ができて、その失敗を見て学んでいけばいいと思ったんだよ。跡取りは君の子だしね」

「……それでは、この方の子はどうするのです。この方を弄んだのですか！」

「僕は望んだものをあげたよ。明日に怯えることなく安定した生活と、僕の恋心と、玉ねぎ。玉ねぎが大好きで毎日食べたいと言っていたじゃないか。僕だって好きな人間を抱きたいから、きちんとこの人に恋をしていたとも」

「玉ね……玉ねぎって、あなた……。愛していないけれど恋はしていると、言葉遊びをするおつもりですか！」

「奥様、謝罪して済む問題ではないですが、本当に申し訳ございません！　真実を知らなかったとはいえ、奥様がいらっしゃる男と、こんな……。どうお詫びすれば……いえ、お詫びすらおこがましい……」

「あなたは悪くないわ。悪くないのよ……」

「よかった、これでハッピーエンドだね」

「あなたは黙ってらして！」

「うるさい玉ねぎ男！　確かに玉ねぎは好きだけど、毎回手土産に持ってくるな！」

「オルドラ伯爵家の当主ともあろう方が、手土産に玉ねぎ？　……本当に、なんということ……言葉もないわ。さあ、こちらへいらして、女同士ゆっくりお話いたしましょう。お腹の子によくないわ」

それから嫡母と母は、時間をかけて親友になった。

俺が生まれてから二年たって、待望の嫡男が生まれた。たまに喧嘩をしながらも、本当に仲が良く育ったと思う。

そのうち俺にプチ反抗期がきて、今まで父上と呼んでいたのを親父に変えた。家の中限定だったけれど、誰も咎めなかった。クソ親父と呼んでも玉ねぎ男と呼んでも、気にした様子もなく返事をする男の頭の中が、さっぱりわからなかった。

「ロルフ、君は跡取りではないから、他の道を歩まなければならない。人と仲良くなり、懐に入るのが向いている。突出したものはないが、何でもそつなくこなす。他人の機微がすぐわかるのもいい。僕と違ってね」

「ジョークかわからないことを言わないでくれ」

「大爆笑間違いなしと思ったんだが」

「まったく笑えないから、やめろ」

親父の考えはわからないが、嘘は言わない。だから、あの時言ってくれた俺の美点は、親父が心から思っていたことなんだろう。

仕事に関しては一流の親父の見立てで、俺は人脈を作るためパーティーに出ることになった。そこでうろたえたのが嫡母だ。

そりゃあ、跡取りの息子を差し置いて、一足早く俺がお披露目されるなんておかしいだろう。オルドラ家の特徴である赤髪の息子を当主が連れているんだから、邪推される。

親父は一貫して跡取りは弟だと言っていたが、未来は誰にもわからない。母ふたりは猛抗議したらしいが、親父に一蹴された。

「ロルフの将来を潰してはいけない。ロルフはオルドラ伯爵家にいてはいけないんだ。このままいれば、いくら本人たちが否定しても、周りが勝手に当主争いを始めるからね。ロルフは外に出て、オルドラ伯爵家のために人脈を築いてもらうのがいい。一途に誰かに仕えて信頼を得る性格ではなさそうだから、今のうちに知り合いを増やしておかないと。顔が広く、どんな仕事もそれなりにできて、緩衝材になる男に成長するだろう」

緩衝材扱いされたときの衝撃といったらなかった。嫡母でさえ口をわずかに開けて親父を凝視していた。

それから少しずつ、家がぎくしゃくし始めた。

弟は純粋に俺を慕ってくれるし、俺も大切に思っている。だが嫡母からすれば、自分の息子より先にお披露目された、赤髪の男だ。

弟の金髪も綺麗なのに、オルドラ伯爵家では赤髪が何より重要だった。

可愛がってくれた嫡母と徐々に距離ができたのは悲しかったが、俺がなにか言える立場ではない。

俺のせいで母同士にも溝ができたのが、悲しくて申し訳なかった。

連れまわされてよかったのは、エドガルドと出会えたことだ。年が離れたエドガルドとは、不思議と気が合った。エドガルドの境遇を知り、今は無力だが、いつか力になりたいとも思った。

エドガルドと仲良くすると、嫡母と話すことはおろか、会うことすら少なくなった。

バルカ侯爵家の跡継ぎと一緒にいることで、周りからどう見られているかわからないわけではないが、エドガルドと一緒にいたかった。

「ロルフ、僕は騎士団に入る。父がそれを望んでいる。それに……家から離れたい」

「そうか。なら俺も行くよ」

成長したエドガルドに、第四騎士団という新設の騎士団から入団の誘いが来たとき、エドガルドは家を出る決意をした。俺にも誘いが来ていたので、エドガルドと一緒に家を出ることにした。

これ以上、俺が家にいるのはよくない。弟は寂しがってくれたが、お互いこれが一番いいと知っている。

「俺は家を出る。クソ親父の望み通り、外で緩衝材にでも何でもなってやる。それをオルドラ家の功績にしたかったらすればいい。跡継ぎは弟だ、俺じゃない！　俺は一度もその立場を望んだことはない！　俺は家から出るから……昔の、みんなで笑いながら午後のお茶を飲んでいた家に、戻ってほしい……」

「僕はお茶に誘われてないよ？」

「親父は誘ってねぇよ！」

「あなたは黙ってらして！」

「うるさい玉ねぎ男！　未だに玉ねぎばっかり持ってきて！」

「父上は少し黙ろうか」

久しぶりにみんなで笑った時間だった。親父は納得いかない顔をしていたけれど、お茶に誘うわけがない。

母は悲しんでくれ、嫡母も複雑な顔をしながらも別れを惜しんでくれた。

嫡母は、情が深く聡明な人だ。親父に一番振り回されたこの人が、少しでも穏やかであればいいと願う。

そうしてエドガルドと一緒に第四騎士団に来て、しばらくしてやってきたのがアリスだった。

彼女自身に特別なにか思うことはなく、わざわざ遠くまで外食しにいくことから解放される喜びと、貴族令嬢がどんなものを作るのかという少しの恐ろしさがあった。幸い上流貴族ではないから、作ったものを無理に食べなくてもいい。

だがアリスは、いい意味で期待を裏切った。作るものは平民寄りのものばかりだが、汗を流した体に濃いめの味付けが嬉しい。特に揚げ物が絶品で、パンにも酒にも合う。

俺たちに近づきたいどころか異性が苦手な様子を見て、エドガルドに余計な虫がつかなくていいと思っていたが、いつの間にかふたりは仲良くなっていた。

「悪い、ロルフ。今度の休日は予定があるんだ」

「そうか。なら仕方ないな」

休日はよく一緒にいるエドガルドが、突然用事があると言い出したのが始まりだった。

その時は、そんな日もあるだろうと納得した。だがそれが続くと不審に思えてきて、こっそり後をつけると、アリスと一緒にケーキを食べていた。頭を強く殴られたようなショックだった。

「エドガルドのために、俺はなにもできなかった……」

エドガルドが甘いものを好み、欲しているのは知っていた。入団してから何度か勧めたが、エドガルドは断るばかりだった。

幼い頃、俺がこっそり甘いものをあげたのを見られていて、折檻されたことがトラウマとして残っているのだろう。俺が無理やり食べさせたことにすればいいのに、エドガルドは俺を守って、ひとりで勝手に食べたと言い張っていたと、後で噂で聞いた。

今だってそうだ。折檻を恐れているのではなく、俺の評判を落とさないよう、バルカ侯爵家の怒りが俺に向かないようにしてくれている。

万が一露見しても、俺を巻き込まないよう我慢し続けていたエドガルドが、何を思ってアリスと一緒にケーキを食べることにしたのかわからない。わからないから、しばらく見ていることにした。

アリスが嫌な奴であれと願っていたが、そんなことはなかった。だから姿を現して、一緒にいる中で探ろうとしたが、やはり望んだ悪女ではなかった。

時が流れると、三人でいるのがいつの間にか心地よくなっていた。探る目的でよく見ていたアリスを、違う意味で見つめていることに気付いたときは、そりゃあ動揺した。

どうして、なぜ、エドガルドの気持ちに気付いているのに。

必死にきっかけを探したが、思い当たることはない。

何かきっかけがあってほしかった。例えば動物を愛でる姿が可愛いとか、こちらが望む言葉をくれるとか、そういうのが。

そうすれば、後で想像や事実と違ったと、恋から覚めることができるのに。

アリスはいつも穏やかで感情豊かだった。俺が少しだけ自分の生い立ちを話したときも、聞いてしまってすまないとなぜか謝罪してくるとか、自分が慰めてあげるという態度をとるとか、今までの人間のような反応はしなかった。

「そうなんですね。綺麗な赤髪なのに」

ただあっさりと、赤髪を疎んでいることを残念がられた。それだけだった。

アリスはいつもさらっとした返しをして、深くこちらに踏み込んでこない。それが心地いい。ゆっくり、自分でも気付かないほど少しずつ、アリスは俺の心に降り積もっていく。

「ロルフ様が本当に辛くなったら匿うので、訪ねてきてくださいね」

いつかアリスが忘れてしまうであろう言葉がどれほど嬉しかったか、アリスはきっと知らないままだ。

今日だって、俺の愚痴を嫌がらずに聞いてくれた。エドガルドが来たら、自分は席を外して、話し合いの場を作ってくれた。エドガルドのために、俺もアリスを狙うと言った。

エドガルドが俺に遠慮しないための言葉だったはずなのに。エドガルドの初恋を応援する気持ちに未だ偽りはないが、この感情から簡単に抜け出せない予感がした。

大切な人

氷と蜂蜜をたっぷり入れた、綺麗なオレンジ色のシトラスティーが、グラスの中できらきらと光る。ロアさまはコーヒー派なので、便利調理器くん、縮めて調理器くんにブラックコーヒーを作ってもらった。

調理器くんが飲み物まで作れるなんて思わなかった。そりゃ高いわけだよ。

並んで座って、食後の飲み物を楽しむ、穏やかな時間。心地よくて、甘酸っぱいシトラスティーがおいしい。

「言われるまで気付かなかったが、食後のこの時間も息抜きになるらしい。確かに、ノルチェフ嬢とふたりでいると心が軽くなる」

「実はわたしもです。たぶん、お互いにあまり取り繕わなくていいからではないでしょうか？」

わたしはロアさまが小一時間ほど水切りに熱中するのに付き合い、青い花を千切るのも目撃してしまった。

ロアさまは、わたしの淑女の仮面が徐々にはがれていくのを間近で見て、エスコートに慣れていないのが丸わかりな奇行に巻き込まれている。

「そうかもしれない。気を張っていた私が、自室以外でこんなふうにリラックスするなど、以前では考えられなかった」

「わたしも、男性と並んで座って心地よいと思える日が来るなんて、思ってもみませんでした」

「だからこそ、ノルチェフ嬢が困っているのが気になる。私では頼りないかもしれないが、よければ話してもらえないだろうか？　私は何もできない、無力な存在だ。それなのに知りたいと願うのは分不相応だと思う。だが、ノルチェフ嬢が悩んでいるのに、見て見ぬふりはできない」

「ロアさま……ありがとうございます」

嬉しさが、心臓から血液にのって体中に染みわたっていく。

口にしていいか悩んだのは、ほんの少しだった。ロアさまの優しさに後押しされ、意外とすんなりと悩みを口にすることができた。

「わたしは貴族令嬢ですが、将来はどこかで雇われて働きたいと思っていました。でも、騎士団に来て、自分の店を持つという選択があることを知りました。それを知ってから、小さくとも自分の店を持ちたいという夢は膨らむばかりで……。口では店を持つかわからないと言いつつ、平民に売れる味付けを研究し、すぐに真似されないようなソースを作ったりしていました」

「平民向けの店を持ちたいのか？　ノルチェフ嬢が？」

「……わたしには、貴族向けの料理は向いていないんです。おいしいけれど、たまに食べたいけれど、わたしが好む味、目指す味ではないんです。この間はっきりわかりました」

「そうなのか」

「わたしが店を持ちたいと言えば、家族は応援してくれるでしょう。周囲に何を言われようと思われようと、後押ししてくれます。むしろ言わないと悲しんで落ち込むし、言ってほしいと思うでしょう。だって、わたしもそうですから。わたしたち家族にとって、家族は大事で、かけがえのないものです。誰かの夢を叶えるためならば、みんなで協力します。だからこそ……言うのをためらうんです。言えば、絶対に協力してくれる。でも貴族は、王城に勤めるか、自領を富ませる以外の労働は蔑視され、卑しいと罵られるでしょう？　みんなはきっと、わたしを勘当したりしない。自分たちが窮地に陥っても、わたしを大切に思ってくれる。父さまが店の責任者になったら、いつかどこかから漏れる。貴族なのに、女なのに平民に混じって働いていると、家族が責められてしまう」

「ふむ……ノルチェフ嬢は、絶対に父君に責任者になってほしいのか？」

「そうではありません。でも、わたしには平民で異性の知り合いなんていませんし、いても責任者になってほしいと頼むほど、信頼関係を築けるとは思いません。この世で一番信頼していて、絶対に裏切らないと思えるのが、父さまと弟なんです」

「ノルチェフ嬢の思いをそのまま伝えて、父君に信頼できる平民の知り合いがいるか聞いてみてはどうだ？　ノルチェフ嬢に知り合いはいなくとも、父君にならばいるかもしれない」

「確かに！」

目から鱗が滝のように落ちていく。

「全然思いつきませんでした。……視野が狭くなっていました」

「悩んだり行き詰ったとき、視野や思考が狭まるのはよくあることだ。ノルチェフ嬢は相談できる人間だろう？　困ったときは、周囲の人が助けてくれる」

「わたしが困るといつも、家族や友人が話を聞いてくれました。貴族令嬢らしくポーカーフェースでいるのに気付いてくれるのは、きっとわたしをよく見ていてくれるからです」

「ポーカーフェース……そうだな」

「騎士さま方もロアさまも、国を守るために洞察力を鍛えているから、こうしてわたしの悩みに気付いてくれます。それに甘えて、自分から相談していませんでした。ロアさまや騎士さま方に相談しても、きっと、わたしの気持ちを蔑ろにしたりしないですよね。失敗すると思っていたとか、だから言ったのにとか、勝手にしろとか、そういう言葉を言う人たちだとは思いません。次からは、自分から相談するようにします。わたしも……一歩を踏み出す時です」

ずっと前世に囚われていた。

傷付いていた心を、長い時間をかけて家族が癒してくれた。次の一歩を踏み出す勇気をくれた。異性を信じることを、騎士さま達が思い出させてくれた。今でも知らない異性は怖いけど、男だからという理由だけで逃げたりしない。

「……私は自分の人生を、どこか諦めていたように思う。どうにもならないものに囲まれ囚われ、何もできないと思っていた。だが私には、私を信じてくれる者たちがいる。命をかけて私を守ってくれる者たちがいる。諦めるのは、その者たちにあまりに失礼だ。どうにかしたいと思っていながら、口先だけだったのかもしれない。私も抗う。ノルチェフ嬢と一緒に」

「ロアさま……」

「少しずつでもいいから、私にできることからしていく。私は兄上の役に立ちたくて、それができないならばと、せめて足手まといにならないよう生きてきた。思うがまま振舞って、民に私の尻拭いをさせることも、自害も出来なかった。だから、動かず機をうかがうことが最善だと思っていたが……これからは、自分の幸せについても考えてみようと思う。両立させることができると信じて」

じっと見つめ合ったあと手を差し出すと、ロアさまが不思議そうな顔をした。

「これはエスコートではありませんよ。お互い頑張りましょうという決意の握手です」

「レディーと握手するのは、これで二度目だ。ノルチェフ嬢はいつも私を驚かせ、新たな可能性を示し、私が大切に思えない私を大事なもののように扱ってくれる」

微笑んだロアさまの大きな手がふれて、力強く優しく握られる。

「お互い努力しよう。私も可能ならばノルチェフ嬢を支援する」

「わたしが返せるものはあまりに少ないです。ロアさまはどうぞ、自分の未来を大切にしてください」

「そう言ってくれるノルチェフ嬢だからこそ、支援したいんだ」

「では、将来お店を開けたら、ぜひ来てください」

「楽しみにしている」

ぎゅぎゅっと手が握られ、離れていく。最後に、えいえいおー！　というとロアさまはよくわかっていないまま、一緒に拳を突き上げてくれた。ロアさまはやっぱりいい人だ。

ロアさまと話した次の休日に、久しぶりに実家へ帰ることにした。エドガルドのおかげで詳しくなったパティスリーで、ケーキと日持ちのする焼き菓子を買う。ほんの少し離れただけなのに懐かしく感じる我が家のドアを開いた。

「ただいま！　母さま、トール、いる？」

「おかえりなさいアリス！　元気そうでよかったわ」

「母さま、今日は起きて大丈夫なの？」

「ええ、今日はアリスが帰ってきてくれたから元気でいられるわ。ありがとう」

「姉さま、おかえりなさい！　元気ですか？　男どもが群がっていないですか？　無理していないですか？　少しふっくらしたようですね。姉さまはそのほうが可愛いですよ！」

「ただいま、トール。久々にトールに会うと、強烈さを感じるわ」

「姉さま、少し変わりましたね。明るくなったように感じます！」

「トールには、いつもすぐ気付かれちゃうわね」

トールはいろいろ聞きたそうにしているけれど、まずは家に帰ってきた一番の理由を片付けないといけない。

もうすぐ建国祭がある。貴族は基本的に全員参加しなければならない。参加しなくてもいいのは、病気とか妊娠とか領地がものすごく遠いとか、やむを得ない理由がある場合だ。

それでも家門のうち一人は絶対参加なので、大体は当主がやってくる。

ノルチェフ家は、母さま以外が参加する。去年着たドレスがまだ着れるか確認し、母さまの前に立つ。ウエストがきついのは気のせいだと思おう。

「よく似合っているわ。今年はコサージュを作ってみたの」

ドレスに合う色のレースを何種類も使った、大ぶりの薔薇のまわりに、極小の宝石がちりばめられて、きらきらと光っている。

「すごく綺麗！　母さま、ありがとう！」

「アリス、とても綺麗よ。……毎年同じドレスやネックレスで申し訳ないわ」

「母さま、それは代々受け継がれてきたドレスと、家宝のアクセサリーと言うのよ」

「まあ、いいこと言うわね」

「でしょ？」

汚さないようにドレスを脱いで普段着に着替え、キッチンへ移動する。今日の夕飯はわたしが作るのだ。

キッチンに椅子を持ち込んで、母さまとトールとお喋りしながら下ごしらえをしていく。

キッチンメイドをする前は毎日していた作業なのに、下ごしらえくんが一瞬ですべてをしてくれることに慣れてしまったことを実感する。

ついに、下ごしらえくんがいないと生きていけない体になってしまったのね……。

楽しくお喋りをしてご飯を作り終える頃には、父さまが帰ってきた。優しく微笑んでくれる父さまから愛情が伝わってくる。

みんなで食事をして和やかな空気の中、すうっと息を吸って決意を声に込めた。

「みんなにお話があるの。わたし……わたし、やっぱり結婚したくない。将来は平民に混じって、自分の店をもってみたい」

しん、と沈黙が支配した。

「料理のお店を出したい。今日みんなに食べてもらったのは、店で出そうと思っている料理なの。今のうちにお金を貯めて、家にも仕送りをして、みんなに迷惑をかけないようにする！　貴族令嬢として、結婚して貴族との繋がりを持てなくてごめんなさい！」

勢いよく頭を下げると、左脇に衝撃が来た。

「ぐふっ！」

「姉さまは一生結婚しなくていい！　ずっと僕たち家族を思って、我慢して家のことばかりしてくれたんだ！　姉さまには好きに生きてほしい！」

「そうよアリス！　迷惑だなんて言わないで、もっと頼ってちょうだい！　母ももちろん手伝いますとも！」

「母さま、くっ首、首がしまってる……！」

「アリス、仕送りはもういい。ありがとう、本当に助かった。後は自分のために使いなさい。父ももちろん、助力を惜しまないとも！　父さまに任せなさい！」

「いま助けて……！　ふたりの愛で絞まってる！　体中ボキボキ言ってる……！」

最後には父さまも抱きついてきた。家族の愛情はそれはそれは嬉しいんだけど、確認の代償として体中が痛くなった。嬉しい痛みだ。

少し落ち着いてから、みんなでお土産に買ってきたケーキを食べる。守秘義務があるので、元気に過ごしていることしか言えないけど、毎日楽しいのは伝わったようだ。

「アリスが自分の夢を持って、それを話してくれて本当に嬉しいよ。今日はもうひとついい知らせがあるんだ。なんと、母さまの病気を治す研究が再び始まったそうだ！　王弟殿下が支援してくださる」

「あなた……本当に……!?」

「母さまが完治するかもしれないってこと!?」

「父さま、本当に!?　人生で一番嬉しい知らせだわ！」

「王弟殿下が、大切な人のために支援することを決められたそうだ。王弟殿下の婚約者は、母さまと同じ病気だから、おそらくその関係だろうとは思うが……。おふたりは完全な政略結婚で、お互い冷え切った仲だ。突然仲が深まり、支援に踏み切るとは思えない。みんなは父さまが守るが、最近は王城もきな臭い。危ないと感じたらすぐ逃げなさい」

王城で働いている身としては、少し怖い。離れたところにぽつんとある第四騎士団が巻き込まれることはないとは思うけど、用心はしておこう。

「王族が支援してくださる事実だけで、どれほど心強いか……。あなた、私たちのような下流貴族は、王弟殿下にお手紙を差し上げるのもよくないのかしら」

「お渡しするだけしてみよう。届かない可能性は高いし、届いてもお読みにならないかもしれない。それでも、王弟殿下のなさったことを支持する貴族がいるとわかるのは、いいことかもしれない」

「ありがとう、あなた！　さっそくお手紙を書くわ！」

「わたしも書いていい？　感謝の気持ちを伝えたい」

「そうだね、家族全員で書こう！」

「うむ、そうだな」

王族へ出すのに使えるような便箋は我が家にひとつしかないので、みんな同じ便箋で書くこととなった。同じものを使えば、繋がりのある者たちが同時に出したとわかるだろうと、貧乏をいいように解釈した結果だ。

みんなでうんうんと唸りつつ、できるだけ綺麗な字で、不敬にならないように書いていく。

遠まわしで煌びやかな言葉で、この支援は希望の光ですとか、生きてきた中で一番嬉しい知らせですとか、たくさんの感謝を書き連ねた。最後にみんなできちんと書けているか確認して、父さまに封蠟してもらって手紙を託した。

お店を出すことに家族は賛成してくれたし、母さまの病気は治るかもしれない。今日は素晴らしい一日だ。仕事のやる気がもりもりわいてくる。

みんなで、えいえいおー！　と拳を突き上げてから、寮へ帰ることにした。明日も頑張るぞ！


「今週も皆さんお疲れ様でした。今週の休日前のとっておき夜食はパフェですよ！」

母さまの病気が治るかもしれないとわかってから、ずっと上機嫌だ。

ひとりでぱちぱちと拍手すると、エドガルド以外の騎士さま達が首を傾げた。みんな芸術品のようなお菓子を食べているので、パフェを知らないらしい。

「カフェやパティスリーで出しているほど本格的なものは作れませんが、アイスと生クリームとフルーツ、トッピングは皆さんの要望を聞いて、お好みのものを作りますよ」

調理器くんに頼んで、アイスとソルベはいろんな味を用意した。新鮮でみずみずしいフルーツもたっぷりある。

貴族のみで構成されている騎士団なだけあって、フルーツは傷もなく糖度の高いものばかりだ。

「調理器くんが、あたたかいコーヒーと紅茶も作ってくれたので、お好きにどうぞ。どなたから作られますか？」

一応聞きつつ、こういうときは絶対にアーサーがやってくる。予想通りアーサーが前に出て、カウンターに並べられたものを吟味した。

「おかわりをしても大丈夫なように、小さめのグラスに入れますね」

「……バニラアイスといちごアイス、生クリーム、フルーツはいちごとベリーと桃……チェリーも頼みます」

「かしこまりました」

アイスクリームディッシャーを使い、まんまるアイスを作る。

アイスの間にフルーツを見栄えよく入れて、生クリームとフルーツを飾った。最後に、チョコペンで「アーサー」と書いた、星形のクッキーを飾れば完成だ。

このクッキーも調理器くんが作ってくれたので、今後デザートを作るときは調理器くんに頼りきりになる予感がする。

デザートに使うだけで料理する時には使わないので、契約を破っているわけではない。はずだ。

絶対に使うなじゃなくて、できるだけ使わないでって言われただけだしね。うん。夜食じゃなくてデザートの時だけだから、使うのは。

言い訳を考えながら、にっこにこのエドガルドにパフェを作る。生クリームたっぷりの、メロンと桃のパフェだ。ロルフはレモンのソルベとプラムなど、甘酸っぱいものが中心だ。レネはマンゴーづくしの贅沢パフェ。

甘党ムキムキ騎士のヴァルニエは、照れつつチョコたっぷりパフェを注文したので、とてもほっこりした。

それぞれのパフェには、名前の書かれたクッキーが飾ってある。好評でよかったと安心していると、ロアさまが入ってきた。みんながいることに、ちょっと驚いた顔をしている。

「今日は皆さんにそれぞれお好きなパフェを作ったんです。ロアさまは先にごはんを用意しますね」

「ありがとう。今日は満員だな」

いつもひっそりひとりでご飯を食べているぼっちロアさまは、居心地が悪いのかもしれない。いつもロアさまが座っている席は空いているけれど、左右には騎士さまたちが座っている。

アーサーはロアさまを見て軽く頷き、さっと立ち上がった。

「ノルチェフ嬢、おかわりをお願いします。桃のソルベに生クリームをたっぷり、上に桃とメロンをのせてください」

「はい、どうぞ」

「クッキーはもうないのですか？」

「おひとり様おひとつ限り、限定品なんです」

「それは残念です。次はクッキーを三つほど用意していただけませんか。クッキーとアイスは好物なんです」

「かしこまりました」

颯爽と去っていくアーサーを見送って、ロアさまは仕方ないと微笑んだ。

「ディナーを食べてからパフェをいただこう。全員が夢中になるのだ、きっとおいしいのだろう」

アーサーとエドガルドはパフェを二回おかわりしたが、ロアさまが食事を終える頃には食べ終えて、食堂を後にしていた。

いつものふたりきりのゆったり空間で、ロアさまがホットのブラックコーヒーを飲みつつパフェを堪能している。

「自分だけのパフェというのは特別で嬉しいものだな。また作ってほしい」

最後まで残していたクッキーを食べ終えたロアさまから、グラスを受け取って洗浄する。忘れ物はないか、やり残したことがないかチェックして、今日の仕事は終了だ。

明かりを消そうと振り返ると、ロアさまが真後ろにいた。驚きでちょっと飛び跳ねてしまった。

「ノルチェフ嬢、これを読んでほしい」

差し出されたのは、真っ白な封筒だった。ひっくり返して裏を見て固まる。

青の封蠟。王家の色。差出人は……。

「ライナス・ロイヤルクロウ……王弟殿下⁉　どうしてわたしに手紙を……」

「先日、ノルチェフ家から王弟殿下へ手紙が届いたと聞いている。私は王弟殿下と知り合いで、渡してほしいと頼まれたのだ。ノルチェフ嬢の父君と弟君は人の多い場所にいるから渡せず、逆に母君はノルチェフ家へ出入りする者があまりに少なく、目立つので渡せない。ノルチェフ嬢にだけ返事をするのは申し訳ないと言っていた」

父さまは王城に、トールは学校にいる。

王弟殿下の状況を考えると、おそらくノルチェフ家とできるだけ接触しないために、ロアさまを通じてこっそり手紙をくれたんだろう。

「ノルチェフ嬢は、王弟殿下の状況は知っているか？」

「はい、少しですが」

「折を見て、ノルチェフ嬢からご家族へ、返事の内容を伝えてほしい。ご家族以外には他言無用だ」

「かしこまりました」

ロアさまに促され、手紙を読む。白い便箋に、星のようにきらきらと金箔が散っていて、とても綺麗だ。

手紙は、下流貴族に対するとは思えないほど丁寧な挨拶から始まっていた。

特効薬開発の支援をすることで、逆によくない結果を生むかもしれないと危惧しているが、ノルチェフ家からの手紙で自身の行動を誇らしく思えたと、感謝が綴られている。王弟殿下から返事が来たことは内密にし、不審なことがあっても気付かないふりをして逃げるように書かれていた。

最後に、わたし宛ての文が記されていた。

わたしが書いた言葉のひとつひとつが嬉しく心の支えとなった、いつか会いたい。直訳するとこんな感じだ。

「ロアさま、念のためお聞きしますが、これは果たし状ではないですよね？」

「え？」

「わたしが未だ王家の色の花を持っていることを、王弟殿下は知っていらっしゃるんですか？　眺めて楽しい日を思い出しているだけで、悪用はしていません！」

「ち、違う。ノルチェフ嬢が花を持っていてもいいと、王弟殿下は考えている。純粋に感謝している手紙だ！」

「ではどうして、わたしに会いたいと書いてあるんでしょう」

「それは……本人しかわからない気持ちだ。今度会ったときに聞いてみるといい」

「王弟殿下ですから、直接お会いすることはないでしょうね。でも、もしお会いできるなら、たくさんお礼を言いたいです。母の病気が治るかもしれないのは、本当に本当に嬉しいですから」

「王弟殿下も、それを聞けばもっと奮起するだろう」

たまに出るロアさまの冗談に笑う。

ロアさまは、やわらかな愛情を込めた目を少し細めた。形のいい唇が笑みの形になる。

心臓が騒いで、慌てて下を向く。

なるほど、イケメンに慣れるとこういう弊害が出てくるのか。これは恐怖や冷や汗のドキドキではなく、好ましい異性に対するドキドキだ。

自分にもまだこんな感情が残っていることに、どこか感心してしまう。イケメンを見ても怖くないのなら、接客をしても大丈夫そうだ。

「最近、とてもいいことがたくさんあります。ロアさま、ありがとうございます」

「私は何もしていない」

「ロアさまが側にいてくれるから乗り越えられたことが、たくさんありますから」

「実は私もなんだ。ノルチェフ嬢が側にいてくれて嬉しい」

どう返事をしても蛇足な気がして、黙って手紙を綺麗にたたんだ。

これは、青い花と一緒に大事に封じておこう。そして、いざとなれば燃やそう。

レネの独白

最近、第四騎士団では息がしやすい。ボクにきつく当たっていた奴の態度が軟化し、ストレスがほぼなくなったからだ。

騎士団最年少での入団を狙っていたのに僕にかっさらわれたから、八つ当たりをしていたらしい。いい迷惑だ。

そいつはマヨネーズにハマり、アリスにねだっては作ってもらっている。いいとこのお坊ちゃまなんだから、もっといいものを食べ慣れているだろうと思っていたのに、実際は反対だった。

騎士になるために、食べるものも、することも制限されていたらしい。

そこまでしていたのに、田舎から突然出てきたボクが入団したのなら憎くもなるだろう。

家でかなり叱責され、失望されたらしいしね。それでボクに八つ当たりをしていい理由にはならないけどさ。

訓練でも猫を被らなくなったのは、ロルフのおかげだ。

エドガルドとふたりして色々と相談してくるけど、剣に関する相談だけは、絶対に訓練中にされる。

ボクは独学で剣の扱いを覚えただけで、人に教えられるほどじゃない。だけど気になっている部分があるのに知らない振りをするのも気分が悪い。

「……ロルフは突きの動作の前に、右わきが開く癖があるから、そこは直したほうがいいんじゃない」

「えっ、そんな癖があるのか？　ちょっと付き合ってくれよ」

剣を構えられ、軽く打ち合って、癖が出た瞬間に打ち込む。

「これに気付いたなんてレネはすごいな！　この癖を直すよう励むよ」

「別に……気付いてた人もいるけど、言ってないだけでしょ」

「レネ、僕の剣に関して気付いたことはないか？」

「エドガルドは師匠がいたでしょ？　ボクが教えたら変な癖がつくかも」

「自分の剣を模索中だから、いいんだ。僕に合っていない剣を教えられていたから」

確かに、長身のエドガルドにはもっと合った戦い方があるのに、とは思っていた。

腕をさするエドガルドは、どこか哀愁を帯びていたが、眼差しは真っすぐだった。

「フェイントとか入れたらいいんじゃない？　剣筋が真っすぐすぎて簡単に防げる」

「フェイントは練習したんだが……すぐ見抜かれるんだ」

そのあとエドガルドのフェイントを見たが、下手すぎて驚いてしまった。

「……無茶を言ったボクが悪かったよ」

「謝らなくていい。これですっきりしたよ。僕は少しでも多くの人を引きつけ、攻撃を受け止め、真正面から戦おう。誰かを逃がす時は、そのために時間を稼ぐ。決して倒れない盾となろう」

「それでも少しは戦い方を変えなよ。そのままじゃ、一発当てる間に五発はくらうよ」

「わかった、そうする。レネはすごいな！」

きらきらした目を向けられるのには慣れていない。

そっと視線を外して、周囲から妬みの感情を向けられていないか探ったけれど、そんなことはなかった。レネはすごい、そんな空気に満ちていて戸惑う。

ロルフがウインクをした。

「レネは毎日独学で十時間以上剣を振ったんだ。相談するに値する相手だって言っただろ？」

「ロルフの言った通りだ。レネはすごいし、それを見抜いたロルフもすごいな」

「よせよ、エドガルド」

エドガルドに褒められて照れているロルフは、アリスのところでも騎士たちと訓練中でも、ボクが馴染めるように気遣ってくれている。

同情からではなく、そうするのが当然とばかりに行動しているのがすごいと思う。

毎日が楽しくなってきた休日に、ロルフに誘われて、ある部屋に入ったボクは、すぐに逃げたくなった。よくない予感がする。

部屋の中でただひとり、ソファーに座っている人物。第四騎士団では一番身分が高いアーサーを従え、シーロを後ろに控えさせている。

その人は目立ってはいないが、誰もが一目置いている技量の持ち主だ。

じりっと後ずさりするボクの前で、その人はネックレスを外した。その途端に現れた銀糸の髪と、王家の血筋しか持っていない青い瞳。

とっさに跪いて顔を伏せたが、心臓がうるさくて頭がよく働かなかった。

「顔を上げてくれ。私はライナス・ロイヤルクロウだ」

うすうす気付いていた名を告げられ、困惑と共に、納得がすとんと胸の真ん中に落ちてきた。

「……ここに避難されていたのですね」

「そうだ。やはりレネは鋭いな」

ライナス殿下は、自分を取り巻く状況と、ここに来た理由を説明した。大体がボクが予想した通りだったけど、まさか第四騎士団に隠れているなんて、思ってもいなかった。

「私は、兄上と民を脅かすものを排除したい」

ボクが恩があるのは、ライナス殿下ではなく陛下だ。

「敵がいくら疑わしくとも、どんな計画を立てているかすらわからない。敵側へ送り込んだスパイは偽の情報を掴まされ、こちらがどう動くか、誰が出てくるか観察されている。今はもう、使用人を送り込めないほど警戒されている。出入りの商人にスパイを入れたいが、そこも新しく人を雇わないよう徹底されている。反王派の首領は、おそらくダイソン伯爵だ。あの人は……執念深くて周到だから」

「謀反を企てる者を一網打尽にしたいということで、お間違いないですか？」

「ああ。私には志を共にしてくれる者があまりに少ない。険しい道になるだろうが、立ち向かうと決めた。一緒に進む仲間がほしい」

「陛下のためというお心、相違ないでしょうか」

「ああ」

その言葉に、目に、嘘はないと思えた。

正体を知らなかったとはいえ、それなりに長く同じ空間にいた仲だ。こんな時に嘘をつく性格だとは思えなかった。

「最後にひとつだけお伺いしてもよろしいでしょうか」

「もちろんだ」

「相手はライナス殿下の祖父。手心を加えること、決してないと言えますか」

殿下は目を開いてから、すっと細めた。どこか諦めが漂う目だった。

「あの方は、私の母を……自分の娘を、未だに探し求めている。父に負けないほど、母に執着しているのだ。祖父の思考が読めないから、何が目的かわからず苦戦している。王位簒奪を狙うのならば、自分が王になればいいのに、なぜ私を王にする？　私自身を見たことは、一度としてないのに！」

珍しく声を荒げたライナス殿下は、大きく深呼吸をして、昂ぶりを静めた。

「……すまない。見苦しいところを見せた。祖父に情がないと言えば嘘になるが、私は祖父に「娘の子供」としか思われたことはない。ライナスではない、母の子なのだ」

個人として見てもらえることと、誰かを通して認識されることは違う。

この言葉と今までの噂から、ライナス殿下は寂しく過ごしてきたのではないかと、思う。

「……考える時間をいただけないでしょうか」

「もちろんだ。側近を辞退しても責めることはない」

「では、契約書にサインをしておきましょう。口外することはございませんが、そのほうが安心できるでしょう」

「いらぬ。元から、口外すると思っている者に話しはしない」

自分を信用してくれているようで嬉しくなる。

……いや、自分の正体を打ち明けて、側近にと打診する時点で、信頼してくれているんだ。

礼をして部屋から出ると、ロルフがついてきた。部屋の外で見張っていたエドガルドが軽く頷き、部屋に入っていく。ライナス殿下と一緒にケーキを食べるらしい。

餌付け、という言葉が浮かんだ。

寮の裏手の、滅多に人が通らないところに座り込むと、一人分空けてロルフも座った。こういう時、ロルフの自然な気遣いに気付く。

「……ロルフとエドガルドは、もう側近になってたんだね」

「まぁな。主は尊敬できる方だ。俺の場合、エドガルドが側近になったのが後押しになったけどな。主もそこはわかってて、うまく俺を使ってくれるはずだ。エドガルドが邪険にされることもないだろうし」

「他にいくらでもふさわしい人がいるのに、何でボクに声をかけたんだろ。聞けばよかったな。驚きすぎて頭が回らなかった」

「剣の腕と、それを裏付ける鍛錬という名の努力をし続ける強さだ。主は、努力を続ける者がお好きだからな。上流貴族のあしらいもうまいし、猫かぶってたレネが無理をしなくなって、のびのびしはじめたからだって言ってたぞ。今までレネがどんな人間か掴みかねていたらしいからな」

　はぁ、とわざとらしくため息をつく。

「……本当は陛下にお仕えしたかったんだけどな」

「あの方なら、後で口添えしてくれるだろ」

「一度決めた主君を裏切るなんて、ボクの矜持が許さない。ボクだって、あの方の努力には感心しているんだ。変装前と後で、体型が一回りも違う。人に触れられたら実際の体型と違うことに気付かれるから、違和感を抱かれないよう、常に人と適度に距離をとっておられるはず。そして、剣にもまったく違和感がなかった。絶対にどこか不自然になるはずなのに。しかも休憩時間にまでいろんな本を読んで学んでるし。はぁ、もう完敗だよ。そんだけすごい人に必要とされてるって言われて、嬉しくならないはずがないじゃん」

「じゃあ……」

「家族に何かあるかもと思うと、気軽に頷けないけどさ。たぶんこれを姉に言ったら、また殴られると思うんだ。やらない理由に家族を巻き込むなって」

少し体が震えているのを隠すために、明るく振舞う。

「これまでの状況から考えると、殿下が王にさせられるとしたら、何らかの方法で傀儡になっている可能性が高い。その時には陛下も消されている。ボクは陛下に恩返しがしたい。陛下はボクのことなんてご存じないだろうけど、それでも。それが陛下のためになるのなら。……そして、尊敬するあの方のためならば」

その日ボクは、想像していたよりずっと早く、自分の主を決めた。

厳かで誇らしい気持ちになると思っていたけど、それに浸る間もなく、酒盛りに引っ張り出された。防音の魔道具まで持ち出して、どれだけ用意周到なんだ。

でも、酔っ払いの中で理想の未来を語り合うのは悪くなかった。この場合は友達より同志が近いんだろうけど、そういう人たちといるのは初めてだったから、まぁ、楽しかった。

想像してたよりはずっとね。

独占欲

いつもの三人と、のんびり休日を満喫していた時のことだった。

「こんにちは。素敵なお茶会だ。私も参加していいかな？」

突然現れた騎士さまに、デジャヴを感じる。

木陰から王子様のように現れたアーサーの、絹のような金糸がさらさらとなびく。涼やかな効果音が流れそうだ。

全員の視線がなぜかわたしに注がれるので、仕方なくお辞儀をして口を開いた。

「ごきげんよう、ダリア様。今後ここに出入りしたいということでしょうか？」

「ええ。もうひとり来たいと言っていたんですが、ふたりも来たらさすがにノルチェフ嬢にご迷惑でしょう？　きちんと、決闘で勝った私ひとりが来たんです」

来ないという選択肢はないのか？　そして、なぜ決闘をする。

みんなが心当たりのありそうな顔でそっと視線を逸らしたので、騎士さまの間でなにか話したのかもしれない。

「ノルチェフ嬢のところで休日を過ごすようになった者は、見違えるほど成長しています。私もぜひ、この素晴らしいお茶会への招待状をいただきたいのです」

「この場所がきっかけで皆さんが成長したのなら、嬉しい限りです。しかし、ここにいるのはわたしだけではないので、しばしお待ちいただけますか？」

「もちろんです」

アーサーが笑顔で待っている前で相談するのは、気が引ける。でもここで頷いたら、ずるずるいきそうだ。

テーブルの横にそっと集まると、ロルフが気まずそうに口を開いた。

「あー、悪い、アリス。俺じゃ止められない。アーサーは血涙を出すほど羨ましがってたからな」

「血涙を出すほど!?」

「ボクもつい自慢しちゃってさ……。おいしいご飯となごやかな時間、訓練相手もいて最高だって。ドライカリーの話をしたら、血涙を流してたよ」

「血涙って、そんな気軽に出るものでしたっけ?」

「アリス嬢といるのがあまりに心地よく、優しさと思いやりを感じる素晴らしい時間と、ケーキの話をしてしまいました。血涙は出ていませんでしたが、唇を噛みしめるあまり血が出ていました」

「こわっ。えーと、つまり、全員ダリア様がここに来ることに異論はないと?」

みんなが頷くので、それならいいかと向き直る。

「お待たせいたしました。ダリア様、好きな時にいらしてください。騎士団にいるときより皆さんがのびのびしているところがあるかと思いますが、ここはそうしてリラックスする場ですので、ご了承ください」

「ええ、もちろん。ノルチェフ嬢もどうぞ、自然体でお過ごしください」

「ここでは、できるだけ自分を偽らず過ごしてほしいのですが……」

最初に秘密を言い合って、自然な自分を知ってもらいたいけど、第四騎士団の人たちは苦手ではなくなってしまった。わたしが異性が苦手なのは、秘密としては弱い。

エドガルドはアーサーに甘党なのを隠していないみたいだし、レネも騎士団の中で猫を被らなくなったと聞いた。

アーサーは、わたしが言いたいことを察して微笑んだ。

「承知済みです。暴露すべき自分の秘密を用意してきました」

「それは、用意周到ですね……？」

「実は私、喋ると残念だと言われるんです。家族にも主にも言われるので、外では口数少なく貴公子のように振舞っているんですが、本当は残念なんです！　小粋なジョークを言えば場が凍ります！　それでは、渾身のジョークをお聞きください」

「え？」

「コーヒーを公費で買う！　ランチでクランチ！」

「こ、これは……」

オヤジギャグ……！　どこで笑えばいいかわからず、反応に困る類のダジャレだ！

てっきりブリティッシュ・ジョークのようなものかと思ったけど全然違う。王子様みたいな人からオヤジギャグを言われたら、そりゃあみんな凍り付くだろう。

どう反応すればいいか謎のままだけど、この世界で言ってもいいかわからなかったことが言える気がする。

「布団が……吹っ飛んだ」

「ノルチェフ嬢……！」

「アルミ缶の上にあるミカン」

「ノルチェフ嬢！」

「わたしに言えるのはこれくらいですが、ダリア様もお好きにダジャレを言ってください。反応はしないかもしれませんが」

「なんて素晴らしいんでしょう！　ありがとうございます、ノルチェフ嬢！　前日から入念に準備して決闘で勝った甲斐がありました！」

手を握られ、ぶんぶんと上下に振られる。

勢いに振り回されていたら、エドガルドが間に入って手を離してくれた。ロルフが心配そうな顔をしている。

「異性が苦手なんだろ？　アーサーまで来ると、人が多くて疲れるかもしれない。アリスは無理してないか？」

「お気遣いありがとうございます、ロルフ様。本当に大丈夫ですよ。いま思えば、ロルフ様も同じように現れましたし」

「えっ」

「そういえばそうですね。ロルフもこっそりアリス嬢と僕の様子を窺って、突然ここへやって来て、今後は自分も来るって宣言していたよな」

「……俺ってこんな感じだったのか？」

ロルフが情けない声を出したのがおかしくて、みんなで笑う。アーサーも自然と笑って、ロルフをからかっている。四人の仲がいいと伝わってくる光景だ。

アーサーは身分が上のはずなのに、みんなは呼び捨てにしているし、元から友達だったのかもしれない。

「ダリア様、どうぞお座りください。よければ料理の試作を食べて、感想を聞かせてくださいね」

「ええ、もちろん。どうか私のことはアーサーと。私の爵位は気にせず、ノルチェフ嬢も気軽に話してください」

「わかりました。せっかくですし、みんなで食べるものでも作りましょうか」

みんなは外のテーブルに、わたしは寮の中のキッチンへ。

料理ができたら運ぶのを手伝ってもらって、一緒に食べよう。きっといつもみたいに、自然と笑顔があふれる休日になる。

「今日はいい日ですねえ」

今日は久々の外出だった。日が暮れかけた道を、馬車で王城まで戻る。

馬車の揺れが、疲れに心地よくて、目を閉じてしまいたくなる。

「ノルチェフ嬢と関わってから、初めてのことが多くて楽しいです。今日のお店も、とても興味深かったですよ」

向かいに座ったアーサーが微笑み、エドガルドは大きく頷いた。

「ええ、今日のお店も実においしかった。明日、レネに他のおすすめの店を聞いてみます」

レネに教えてもらったパイのお店に行って、お気に入りのイチジクのパイを食べていると、店主さんがお店を出すコツを話してくれた。

最初は屋台がいい、失敗しても借金が少ないからと、ぼそっと教えてくれた店主さんは、強面だけどいい人だった。

平民の店に初めて来たというアーサーが、きょろきょろしても怒ったりしなかった。その横でエドガルドが、全種類制覇する勢いでパイを食べていたからかもしれないけど。

出店に関する本を探したことはあるけれど、見つからなかった。誰かに聞こうにも知り合いは貴族ばかりで、聞けるわけがない。その中で教えてくれた情報は、とても貴重だった。

エドガルドと別れたあと、アーサーが寮まで送ってくれた。薄緑の瞳が瞬いて、お茶目にウインクをする。

「私が去って、十秒数えてから寮へ入ってくださいね。ウマイカのピリュイを抜いたときのように！」

ウマイカのピリュイって何？　知らないもので例えられても、全然わからない。

一般的なご令嬢が知らないことを堂々とウインクしながら言うあたり、アーサーの普段の態度が垣間見える。こんな感じで、オヤジギャグとか、騎士内でしか通じないジョークとか言うんだろうな。

十秒待っているあいだに、アーサーは長い脚でさっさと去ってしまった。

寮に入ろうと振り返ると、夕闇の中に人影が見えた。心臓が止まりかける。

「ノルチェフ嬢、突然すまない」

ロアさまがいた。

呼吸を整えつつ、うるさい心臓を押さえて頷いた。

すまし顔をしておいたので、驚いたのはバレていないだろうけど、いきなり出てこないでほしい。びっくりするから。

「みんなが、休日にノルチェフ嬢と会うことを自慢してくるので……」

ロアさまは照れたような、少し拗ねたような、珍しい顔をしていた。

「もしかして、アーサー様と決闘したのはロアさまですか？」

「私ではない。だが、アーサーは本気だった。魔法まで使って勝っていたからな」

「そこまで……」

「それからアーサーは、ここでは好きなだけジョークを言ってもいいとか、ご飯がおいしいとか、ノルチェフ嬢に新しいジョークを教えてもらったとか、嬉しそうに言うんだ。おかげでアーサーと決闘して負けた相手のストレスがたまっている」

「す、すみません……？」

「いや、あれは浮かれたアーサーが悪い。素のアーサーを受け入れてくれる場は少ないから、その気持ちはわかるが」

「ええと……あっ、立ったままでしたね。こちらへどうぞ」

もはや出しっぱなしになっている椅子に、ロアさまは素直に座った。

このテーブルと椅子は、防汚や盗難防止などの機能がついているらしい。野ざらしなのに、未だに新品のようだ。

ロアさまに断りを入れてから家に入り、コーヒーとお皿を持ってくる。寮の窓から漏れる明かりと、テーブルの上のランプがどこかロマンチックに揺れる。

「今日、お気に入りのパイのお店に行ってきたんです。ロアさまもお好きな味だと思うので、よろしければどうぞ」

「ノルチェフ嬢が自分で食べるために買ったものでは？」

「わたしは違うものを食べますから」

晩ごはんに食べようと思っていたけれど、お腹のお肉が存在を主張しているので、食べるのはやめておこう。それに、ロアさまも好きそうなパイだから、食べてほしい。

ロアさまがじっと見てくるので、小さなおにぎりを食べることにした。おにぎりを食べるわたしの前で、ロアさまはミートパイを食べる。

「これはおいしいな。確かに、好きな味だ」

「よかったです」

のんびり、穏やかな空気が漂う。

ロアさまも休日に来ていいんだけど、みんながいる時には来にくいのかもしれない。わたしの中でロアさまはぼっちのイメージが強いので、来るように言うのも迷惑かなと思ってしまう。

「……今度の建国祭だが。ノルチェフ嬢も出席するのだろうか？」

「はい。王都に住んでいるので」

「私は諸事情があって出席できないのだが、着るドレスは決まっているのか教えてほしい」

「我が家に数年前から伝わっているドレスにします」

「気に入っているドレスなのか？」

「いいえ、ドレスを買うお金をほかに回しているだけです。毎年少しアレンジしているので、全く同じドレスを着ているわけでもありませんし、それに気付くのは友人くらいです。友人たちは事情を知っているので、なにも言いません。母がドレスに合う小物を作ってくれるんですが、今年はコサージュなんです。とっても綺麗なんですよ！」

母さまは毎年、わたしが好きそうな小物を作ってくれる。流行りを取り入れながら、体調のいい時に数か月もかけて。それがとても嬉しい。

「母君が作ってくださったコサージュほど、ドレスに思い入れはないと？」

「はい。好きなドレスではなく、ほどよく流行を取り入れた、パーティーで浮かないものを基準に選びましたから」

「では、私がドレスを贈ってもいいだろうか」

「ええと、なぜ？」

思わず素朴な疑問が口から出た。ロアさまは緊張した面持ちで、まっすぐわたしを見てくる。

「パーティーに私はいない。せめてノルチェフ嬢は、私が贈ったドレスを着てほしい」

「せめて私が贈ったドレスを着てほしい」

オウム返しをしたわたしに気分を害してしまった様子もなく、ロアさまは自嘲気味に笑った。

「ただの自己満足だが。ノルチェフ嬢はいつも、勤務時間外なのに私においしいものを作ってくれるだろう？　食後に甘いものをほんの数口食べたいと思えば、すぐに出してくれる」

「それが仕事ですし、ロアさまには味見もしてもらっています」

「ノルチェフ嬢にはたくさんの大切なものをもらった。少しでも何か返せればと思ったとき、私にはこれしかなかった」

自己満足は覚えがある。するほうも、されるほうも。

「レディーへの贈り物については、義姉上（あねうえ）によく仕込まれているから問題はない。子爵令嬢が着てもおかしくない上等なドレスを、と思っている。ドレスが嫌ならば、アクセサリーでも靴でもいい。プレゼントを贈りたいと願うこの感情は、ノルチェフ嬢にとっては押し付けだと感じられることもあるだろう。もちろん断ってもらっても構わない」

ロアさまは、どこまでも真摯だった。

たまに、どうしてお前の自己満足に付き合わなくちゃいけないんだと思うときがある。それとは違って、ロアさまは自己満足と言いながら、わたしのことを考えてくれていた。

わたしがドレスに愛着がないことを聞いてから提案をして、他のものでもいいと代案も出してくれた。そのうえ、断ってもいいと言う。

わたしより身分が上だろうに、わたしの意思を尊重してくれる。

「ドレスを受け取っても、いいでしょうか」

「あ、ああ！　もちろんだ」

「同じドレスを着ていると、家族が気にするんです。父は娘にドレスも買ってやれないと嘆きますし、母は自分が病気でなければと気に病みます。わたしは好きでしているし、これを苦労とも思っていません。誰も気にしていないわたしのドレスより、弟の服を仕立ててやりたいんです。弟は成長期で、すぐに服が着れなくなりますから」

本心を言うのをためらっているうちに、自然と言葉が途切れる。息を吸って、吐いて、自分の顔が夕闇でよく見えないことを祈った。

「……男の方に、プレゼントをいただくのは二度目です。青い花と、ドレスと。一度目も二度目も、相手がロアさまでよかった」

この場合、さすがに父さまとトールは除外しなければいけないだろう。

少し熱い顔を風で冷ましていると、ロアさまの手が伸びてきた。テーブルの上に置いたままだった手に、少し日に焼けた大きな手が重ねられて硬直する。

「私が、心から望んでプレゼントを贈るのは、ノルチェフ嬢だけだ」

珍しく満面の笑みを見せているロアさまの顔を見れない。

しばらくして夕日が落ちたので、これ以上遅くまでレディーといるのはいけないと、ロアさまは帰っていった。

お風呂に入ってレシピ本を読みつつ献立を考え、早めに寝ることにした。明日も朝早い。

ふかふかのベッドに横になり、真っ暗な部屋の中で目を閉じ、カッと開いた。

「せめて私が贈ったドレスを着てほしいって何⁉」

次の休日、悶々とする思考を振り払うように、早足で城下町を歩いた。

建国祭が近いので、活気があって賑わっている。

「素敵なお嬢さん、こちらはいかがですか？　すべてを包み込む大地のようなお嬢さんの髪に、よく似合いますよ」

「間に合っていますので」

髪飾りをすすめてきた男性は、断られることに慣れているようだった。にっこりと微笑み、すぐに次の女性に声をかける。

この世界の男性は、初対面でもレディーを褒めるのがマナーだ。日本だと熱烈に口説いていると思われる言葉を、さらっと口にする。

ロアさまもきっとそうだったんだ。真顔だったからどう受け取ればいいかわからなかったけど、あの後からずっと、ロアさまはいつも通りだった。

「……気にしてるのは、わたしだけみたい」

ロアさまにとって、プレゼントはあくまで普段のお返しなんだろう。

動揺しているのがわたしだけ、というのが何とも言えない気持ちになるけれど、考えないことにした。

いまは店を出すことに集中しよう。

「騎士団にいられるのは最長で三年って言っていたよね。キッチンメイドをしたいご令嬢がたくさん来れば、追い出されちゃう」

それに、いつまでも結婚する様子のないキッチンメイドがいると知られれば、婚活ご令嬢方から目を付けられるのは必須。上流貴族がいれば、明日から無職になることも有り得る。

「とりあえず、今日はドレスを決めないとね。その後に屋台を見てみよう」

建国祭が近いので、早くドレスを決めなければ、なくなってしまう。

ロアさまがドレスを用意してくれているのは、表通りから少し奥に入った、お洒落で高級感のあるお店だった。

女性の従業員が多いのが特徴の、下流貴族に人気のお店だ。貧乏貴族で侍女を連れていけなくても「店員の教育のため」と、本来は侍女がするべき着付けなどをしてくれるのだ。

既製品に好きなレースや布を足して、ほかの人とドレスが被らないようにしてくれる。お値段も懐に優しい。

高級なドレスを用意されていたらどうしようと思ったけど、これならばいい意味で目立たない。

ロアさまにお姉様がいて、プレゼントについて教えてくれていてよかった。

ドアマンが扉を開いてくれ、初めて店内に足を踏み入れる。明るくて天井が高い店内は、どこか結婚式場に似ている。全体的に白いからかもしれない。

「ようこそおいでくださいました」

優雅に出迎えてくれた店員さんに、ロアさまから渡された封筒を渡す。わたしに断ってから手紙を読んだ店員さんは、うやうやしく二階へ案内してくれた。

案内されたのは広々とした個室で、ソファーとテーブル、色とりどりのドレスがずらりと並んでいる。

「どのドレスでもご自由にお選びください。代金はすでにいただいております」

ソファーに座って、すすめられたまま紅茶を飲む。三人の店員さんがいろんな形のドレスを見やすいように広げ、説明してくれた。

まるで本物の貴族みたいだ。これは……これは駄目になるやつだ！

「おすすめはどれでしょう？」

「こちらを、とお聞きしております。きっとよくお似合いですから、もしお気に召しましたなら、こちらを選んでほしいと言付かっております」

出てきたのは、鮮やかなレモンイエローのドレスだった。スカートの片側には、太もものあたりから大きくスリットが入っている。

「スリットの下の布はお好きなものをお選びください。たっぷりのひだとレースをおつけになると素敵ですわ。こちらをつけると、アクセントになっていいかと存じます」

ドレスの胸の下に、幅広の黒いシルクがあてられ、リボン結びにされた。黒いシルクの上に、繊細な白いレースがのせられると、一気に華やかになる。さらに極小の宝石をちりばめると、とても可愛らしい仕上がりになった。

「可愛い！　白いレースを重ねると素敵ね。そうだ、わたくし、このコサージュをつけたいの」

「まぁ、素敵ですわ！　でしたら、こちらはいかがでしょう？」

店員さんからは次々とアイデアが出てきて、頷いているうちにドレスが決まった。

ドレスは綺麗なレモンイエロー。スリットから覗くのは、軽やかだけど透けない白い生地で、たっぷりのひだを作って華やかに。

アクセントの黒のシルクには、白いレースをつけた。同じレースをドレスの裾に惜しみなくつけ、胸元には母さまが作ってくれたコサージュ。

「こちらの靴と、髪飾りもよくお似合いです」

「いえ、ドレスだけで」

「そうはおっしゃらずに。代金はすでにいただいております。もう少しお付けしないと、こちらが怒られてしまいますわ」

「あの方は、こんなことで怒る人じゃありません」

「まぁ」

思わず声を荒げてしまったのに、店員さんは笑って受け流してくれた。恥ずかしい。

「そんな方だから、一式プレゼントしたいとおっしゃられたのですね。殿方は、お相手をご自分の色で染め上げたいのです。でも、そうですわよね。言われるがまま染まるのも嫌なお気持ち、わかりますわ」

「え、ええ、そうですの。ですから、ドレスだけで」

「では、目立つ髪飾りはおやめになってはいかがでしょうか。靴にもドレスと同じレースをつけると一体感が出ますわ」

「可愛い……！」

「では、このように」

しまった、店員さんってば話し上手！

結局ドレスと靴を選んでしまった。ここで二時間ほど待てば、本縫いまで終わらせてくれるというので、貴族令嬢らしく紅茶とお菓子を楽しんで待つことにした。

念のため持ってきていたレシピ本を読みつつ、こっそり代金を計算する。おそらくだけど、キッチンメイドの給金で足りる。いざとなったら返せる額でよかった。

「では、こちらのドレスはご自宅へ送らせていただきます」

「ありがとうございました。よろしくお願いします」

最後まで調整を終わらせて店を出ると、もう昼過ぎだった。

屋台を観察してから、強面のおじさんのお店でパイを買って、実家によってコサージュを返した。

母さまと父さまの分のパイを置いて、母さまのお世話や家のことを少ししてから寮へ戻る。

寮へ戻ると、エドガルドとレネ、ロルフとアーサーがそれぞれ打ち合っていた。

「アリス、おかえり！　聞いてくれよ、アーサーが魔法を使ってくるんだ」

「おやロルフ、実戦で魔法を使う敵がいないとでも？」

「そうじゃなくて、寮に当たったら大変だろ」

「アリス嬢、おかえりなさい。荷物を持ちますよ」

「これ、あのパイのお店じゃん！　アリスの口に合うと思った。ボクの見立てに間違いはなかったね」

次々にかけられる言葉が嬉しく、思わず微笑む。

「ただいま！　お土産を買ってきたので、みんなでご飯にしましょう」

パイとケーキとローストチキン、作り置きしておいたスープを出し、少し早いディナーの始まりだ。アーサーが手持ちのマジックバッグから山盛りのパンを出してくれ、みんなでお腹を満たすことに専念する。

どうやら今日はみんなそれぞれ外出し、なにかを探していたらしい。

最近はみんなで集まることが減って、すこし寂しい。でも、蔑ろにされているわけではない。

今日みたいに用事を終えた後とか、出かける前とか、少しだけでも顔を出してくれる。それが嬉しい。

お腹がいっぱいになって人心地つくと、食後の紅茶を楽しんでいたエドガルドが、なぜか申し訳なさそうな顔をした。

「今日はアリス嬢にお付き合いできなくて、すみません。ひとりで大丈夫でしたか？　怪しい者はいませんでしたよね？」

「怪しい人はいなかったです。エドガルド様の防犯の魔道具も持っていきましたから、大丈夫ですよ。それに今日は、ひとりで行かなければいけないところでしたから。建国祭のドレスを決めに行ったんです」

エドガルドがハッとして、ドレス、とつぶやいた。

「こういう時はドレスを贈るのか……！　アリス嬢、もうドレスを決められたんですか？」

「はい。気遣っていただき、ありがとうございます」

貧乏なのは周知の事実なので、安いお店の紹介をしてくれる予定だったのかもしれない。

なぜか笑っているアーサーを、ロルフがじっとりと見ている。

「おいアーサー、何か知ってるのか？　まさか……」

「私はできることをしているだけだ。情報操作のジョーはソーサーがお好きなのさ」

「さっぱりわからん」

「アリス嬢！　もし……もしエスコートの相手が決まっていなかったら、僕がエスコートしていいでしょうか！」

突然立ち上がったエドガルドに驚く。返事をする前にロルフも立ち上がり、うやうやしくわたしの横に跪いた。

「俺も立候補する。アリス、どうかエスコートの相手に、俺を選んでくれ」

「それならば私も。ノルチェフ嬢、私がエスコートしてもいいでしょうか？」

「ええー。アーサー様まで悪ノリしないでくださいよ」

「あのねえ皆、自分の身分を考えてよ！　アリスをエスコートしたら、どこのご令嬢に目を付けられるかわからないでしょ！　もしアリスがエスコートの相手に困ってるなら、ボクでもいいから。ボクは子爵だから目立たないと思うよ」

結婚適齢期なのに、婚約者も恋人もいないが故のモテ期。

「みなさん、ありがとうございます。でも、わたしは弟がエスコートしてくれるので」

「弟が相手なら、僕と！」

「いえ、エドガルド様が弟に恨まれるのを見過ごすわけにはいきません。その、弟はちょっぴりシスコンなので、エスコートすると言って譲らないんです。学校で気になる相手ができたらよかったんですけど……」

その気配はない。

未だにエスコートの相手が決まっていないらしいエドガルドががっくりしている横で、アーサーがどこか感心したような声を上げた。

「ノルチェフ嬢はすごいですね。キッチンメイドをしていて、これだけ騎士と仲良くなっているのに、ご自分が好かれているとは思わないんですか？」

「アーサー様がおっしゃっていることはわかります。勘違いするなってことですよね？　いいですか、よく考えてください。わたしはノルチェフ家の長女ですよ？　領地もなく、大したコネもない貧乏な家です。いえ、わたしは家族が誇らしくて大好きだと思っていますけど！　でも、貴族の立場で考えれば、婚姻で繋がりたい家ではないとわかっています。あまりにメリットのない結婚相手、それがわたし！　そしてわたしは結婚する気がない！　結婚したくない！」

感情に任せて机を叩く。

「本当にしたくない！　それに、ここにいるみんなは性格がよく、顔も整っているじゃないですか。みんなの周りにいるのは、性格よし顔よし家柄よし、ついでにスタイルも抜群な美女でしょう？　そんな人を見慣れているのに、わたしを好きになるなんて、思うはずがありません！」

顔がよく性格もいいお金持ちの男性に囲まれている女性が、顔も性格もいまいちな貧乏人を好きになるか？　という話だ。ほとんどの女性は、好きにならないと思う。

アーサーが大きく息を吐いた。

「なるほど。思い込みの力は侮れないですからね。騎士になると、最初に思い込みを捨てろと言われますが、実際できない者のほうが多い」

「そのうち平民に紛れてお店を出すつもりなので、ぜひご贔屓に」

「わかりました。楽しみにしています」

「いくらダジャレを言ってもいいですよ」

「通います」

アーサーの即答がおかしくて、思わず笑ってしまった。珍しく酔いつぶれたエドガルドが、ちょっと可愛い夜だった。

建国祭

建国祭だ。一週間ほど続く、国で一番大事な行事。初日は貴族がパーティーに強制参加させられるので、馬車渋滞がひどい。

父さまが母さまを、トールがわたしをエスコートしてくれてパーティー会場に入る。家族そろって出かけるのは本当に久しぶりだ。

非常に高い天井に、豪奢なシャンデリアがいくつもぶら下がっている。着飾った人々、優雅に流れる音楽。全てが光をちりばめたようにきらめいている。

父さまと母さまが挨拶回りに行ったのを見送り、トールとふたりで壁際に立つ。

「姉さま、ジュースを取ってきます。何がいいですか？」

「一緒に行くよ」

「駄目です！　こういう時、レディーに負担をかけないのが紳士なんです！」

可愛らしい紳士は、ふんすと勢い込んでジュースを取りに行った。可愛い。

ちょっと心配しながら待っていると、人を器用に避けながらトールが帰ってきた。

「おかえりなさい、トール」

「ぶどうジュースを持ってきました！　姉さまが去年飲んで、おいしいと言っていましたよね！」

「ジュースを持ってきてくれてありがとう。今年のもおいしそうね」

帰ってきたトールと並んでジュースを飲む。軽くて薄いグラスの中で、少し渋みのあるジュースが揺れる。

「トール、背が伸びたね。もうわたしより大きい」

「早く大きくなって、姉さまも母さまも守ります。僕は王城に勤める予定ですが、休日は姉さまのお店の用心棒をするんです！」

「ふふ、楽しみにしてるわ」

「そして、姉さまに近づく男を片っ端から処理します」

「え？」

「姉さまはやっと、結婚しないってはっきり言ってくれました。いつか家のために結婚すると言い出しそうで怖かったけど、これで僕も堂々と動けます。……姉さまは、あんなことがあったのに、僕たち家族のために、男だらけの騎士団に行ってくれました」

トールの目つきが鋭くなる。

「あの時……愚かな僕は、あの男が怪しいと言う姉さまの言葉を信じなかった……！　あいつの外面に騙されて、姉さまの言葉を軽く扱ってしまった。そのせいで姉さまはあんな目に遭ってしまったのに！　あんな男のせいで、僕のせいで、姉さまは！」

「トール」

思わず強めに名前を呼ぶと、トールはびくりと体を揺らして口を閉じた。

「声を荒げてごめんなさい。姉さまは怒っているんじゃないの。気にしないで、と言っても無理かもしれないけど、あまり背負いこまないで。姉さまは元気だし、結局なにもなかったじゃない。ね？」

「……はい」

「それに、騎士さまはみんないい人なの。姉さまの男嫌いも、少し治ったのよ」

「大問題じゃないですか」

「男性を接客しても大丈夫ってことよ」

「姉さまに結婚の申し込みが殺到するじゃないですか！」

小さい頃からトールはずっとそう言っているけど、今まで求婚されたことはない。

トールが猛犬のように周囲を警戒しはじめたので、いったん別れて、それぞれの友人に会いに行くことにした。

さっきからトールの発言を聞いて「そんなに美人がいるのか？」とちらっと見られては、拍子抜けだと視線を逸らされるのを繰り返されてるから！　トールがそれに気付いてしまう前に離れなくては！

「こんな綺麗な姉さまをひとりにするなんて危険です！　さっきの男を見ましたか⁉　姉さまを凝視していましたよ！」

「トール、現実を見て。あそこにいる美人を見ていたのよ」

「姉さまが一番美人です！」

「ありがとうトール。わたしも久しぶりに友達とお喋りしたいだけだから」

「……たしかに、久々ですもんね。なにかあったら大声で呼んでくださいね！」

トールと別れて、久しぶりに会う友人の元へ向かう。

「アリス！　久しぶりねえ！　元気そうでよかったわ」

「久しぶり！　いま幸せなのね。顔が輝いてるわ」

「結婚生活に不満はないけれど、アリスに会えないのが残念だわ。もう少ししたら生活も落ち着くし、ふたりでお茶でもしましょ」

「楽しみ！　素敵なカフェを見つけたの。久しぶりに外へ出て、こっそりお話しない？」

「あら、わたくしの愚痴は惚気になるわよ？」

「そうしたらすぐに席を立つわ」

遠慮なく言い合って、ふたりで顔を見合わせて笑う。

わたしの友達はみんな既婚者になってしまったので、以前のように気軽にお茶会が出来ない。既婚者の集まりに独身が交じる、イコールお見合いのお願いになってしまうからだ。

わたしが男嫌いなのを知っている友達は、お茶会に誘ってこない。その心遣いが嬉しい。

「みんな、そろそろ結婚生活が落ち着く頃だと思うの。よく集まっていた友人だけなら、誰もアリスに異性を紹介しないでしょう？」

「ありがとう。みんなに会いたいわ」

「さっきあちらにいて、先に挨拶をしたわ。わたくしはそろそろ夫と挨拶回りに行かないといけないの。本当に残念。もっと話したかったのだけど……」

「また近いうちに集まれたらいいわね。話したいことがたくさんあるの」

「わたくしもよ！」

別れを惜しみながら友達と別れ、また別の友達と久しぶりのお喋りを楽しむ。話したいことはたくさんあるのに、第四騎士団で働いていることは話せないので、どうしても薄っぺらい話になってしまう。

下ごしらえくんと調理器くんについて自慢して、みんなに興味をもってほしいのに！　下ごしらえくんのすごさを貴族にも知らしめたい！

一通り挨拶を終える頃に、王族が入室する旨が高らかに伝えられた。

「ライナス・ロイヤルクロウ王弟殿下、ご婚約者様のエミーリア・テルハール様のご入場です！」

みんな揃って腰を落とし、頭を垂れる。

頭を下げつつ、こっそり視線だけ上げる。

……あの方が、母さまの病気の特効薬の支援をしてくださっている王弟殿下。

遠くにいるので顔はよく見えないけど、ロイヤルブルーとゴールドの、きらきらしい礼服を着ている。

きっちりオールバックになでつけられた銀色の髪が、シャンデリアの光を反射して、きらきらと輝いていた。わたしだったら緊張しきってうまく呼吸もできないほどの視線を浴びながら、背筋をぴんと伸ばして堂々と歩いている。

横におられるエミーリア様は、波打つ金色の髪が美しいご令嬢だ。冷たい印象を受けるのは、人形のように整っている顔が、どこか無表情に見えるからだろうか。

続いて陛下と皇后のご入場だ。歩くのも一苦労に見える衣服を身にまとい、ゆっくり堂々と、微笑みさえ浮かべながらカーペットの上を歩いていく。

一番前まで歩くと、陛下はこちらに向きなおった。まずは貴族が集まったことへ礼を述べ、今の国があるのはここにいる者たちのおかげだと難しい言葉を使って褒めたたえ、建国祭の開始を告げた。

わぁっと声が上がり、弾むような音楽が鳴り響く。パーティーに出るのはすごく面倒くさいけど、この瞬間はテンションが上がる。

人が集まる場所から遠ざかり、立食コーナーへ足を運んだ。まだ誰もいないので、飾り付けなどをじっくり勉強できる。

色鮮やかで見た目も華やかな一口サイズの料理が、たくさん並んでいる。ひとつひとつ目に焼き付け、忘れないように脳内にメモしていると、頭上にさっと影が差した。

「やっぱり、ノルチェフ嬢はここにいると思いました」

「アーサー様。どうしてここに？」

白い礼服を着たアーサーは、姿だけ見ると王子様のようだ。金と黒の刺繍がきらびやかだ。

アーサーの薄緑色の目が、楽しそうにきらきらと輝いている。

「今日、ここに来られない方から、ノルチェフ嬢のドレスを確認するように頼まれたんです。着てくれるか不安だったようで」

「これを着るって伝えましたよ？」

「それでも、実際見るまでは不安なんですよ。それが男心というものですから。ノルチェフ嬢、少しだけ息抜きにお付き合いくださいませんか？」

アーサーにエスコートされながら、人の少ないほうへ歩いていく。

「久々に公爵家の仮面をかぶると、あまりに窮屈で。一生付き合っていかなければならない仮面だと理解はしているのですが、最近は素のままでいたので、息苦しくて……ノルチェフ嬢のドレスを見るという名目で、開始早々抜け出してきてしまいました。久しぶりに家族に会うので、ブリでも持っていけばよかった」

「あら、今ダジャレを言ったのは誰じゃ」

「うまい！」

アーサーが素で笑うと、少しだけ顔がくしゃっとなる。王子様みたいに微笑んでいる顔より、こっちのほうが親しみやすく感じる。

「ノルチェフ嬢と踊れないのは残念ですが、欲張るのはやめておきましょう。家族に何を言われるかわかりませんからね」

「うちは子爵ですし、わたしは美人でもないですからね」

「ノルチェフ嬢はお綺麗ですよ」

さらっと褒めるのはやめてほしい。

「思わず家族に自慢してしまったんです。私のダジャレを受け入れて、むしろダジャレを教えてくれる、料理上手で素敵なご令嬢がいると。そうしたら、非常に興味を持たれまして。相手がノルチェフ嬢だと突き止められれば、婚約させられますよ」

「冗談ですよね?」

「本気です。ノルチェフ嬢はご存じないかもしれませんが、私の二つ名は氷の貴公子です。大半の人は氷の魔法を使うからだと思っていますが、本来の私を知っているご令嬢は、別の意味で使っているわけです。私のジョークは場を凍らせますからね!」

「威張って言うことじゃないと思います」

「ダリア家と釣り合いが取れている家と結婚をしたかったんですが、裏を返せばダリア家との婚約を拒否する力があるということ。いつも何度か顔合わせすると、やんわり断られるので、私は二十五歳にもなって婚約者もいないんです、ハハッ」

「笑っていいところですか？」

「はい」

アーサーは公爵家の跡取りだから、絶対に結婚しなければいけない。

「ダジャレを理解してくれる相手と巡り合えるといいですね」

「おや、ノルチェフ嬢がそれを言いますか？」

アーサーは様になる仕草でわたしの手を取り、手の甲にキスをするふりをした。

「もう行かなくては。ノルチェフ嬢、いい夜を」

「アーサー様も、いい夜を」

アーサーと別れて立食コーナーへ戻ると、今度はエドガルドに会った。ここにいればわたしに会えると思われているらしい。

「アリス嬢に会えてよかった。とても綺麗です」

「ありがとうございます。エドガルド様も素敵です」

艶のある黒い生地を使った礼服は、エドガルドの黒髪によく合っている。

下手をすれば喪服のように見えそうなのに、形にこだわってアクセントとなる色を置いているせいか、黒いのに重くない、どこか爽やかな礼服に仕上がっている。

「アリス嬢、僕と踊ってくれませんか？」

差し出された手に戸惑う。

エドガルドの家は厳しく、していいことが決まっていると聞いている。エドガルドがダンスを踊る相手も決められているはずだ。

「怒られてしまうのでは？」

「いいんです。僕が踊りたい相手は、アリス嬢だけ。どうか手を取っていただけませんか？」

「デビュタントで一度踊ったきりなので、エドガルド様が想像している数倍は下手ですよ」

「それでもいい。実は、生まれて初めて、家族と大喧嘩してきました」

どういうことか聞いてもいいか悩んでいるうちに、曲が途切れる。エドガルドが縋るように見てくるのと、周囲の視線に耐えきれず、手に手を重ねた。

人が入れ替わる流れにのり、目立たない位置に陣取ると、次の曲が流れた。ゆったりした、初心者向けの曲だ。

「そんなに緊張しなくても大丈夫です。僕がリードしますから。……そう、身をゆだねて」

貴族のダンスって、どうしてこんなに体を密着させるんだろう。エドガルドの鍛えた体がよくわかってしまう。

見上げなければ顔も見えないほど高い背は、怖いはずなのに、エドガルドが相手だとそうは思わない。

「アリス嬢と踊れて、僕は幸せ者です」

「あ、ありがとうございます」

「照れた顔も可愛らしいですね」

今日は何？　何なの⁉

頭上からエドガルドの含み笑いが聞こえてきて、軽く足を踏んでやろうかと思ったけど、察知したように回転させられた。

「バルカ家は、おじい様のおかげで爵位が上がりました。父は優秀なおじい様と比べられ、いつの間にか、おじい様を模倣するようになりました。食べる物、着る物、勉強から立ち振る舞い……。おじい様が諭すと余計に意固地になり、同じことを僕にも強要した」

腰を引き寄せられ、やわらかにターンする。エドガルドの胸板が目の前にあって、どこに目をやればいいかわからない。

「家の者も、おかしいとは思っているんです。でも、当主の父には逆らえない」

エドガルドの顔がわずかに沈み、それから微笑んだ。

「騎士団に入り、ロルフ以外にも、僕の味方をしてくれる人がいることを知りました。その人たちは父に雇われているわけではないから、父の考えに反対したって解雇されない。もちろん家門のことですから、表立って言うことはありません。それでも、どれほど嬉しかったか」

背をかがめたエドガルドの口が、耳に近づいた。

「きっかけはアリス嬢です。ありがとうございます」

「どっ、どういたしまして」

「ははっ、赤くなって可愛い」

「からかわないでください！」

「からかっていませんよ。本心です」

「それをからかっているんと言うんです！」

反論を封じ込めるように、そっと抱き寄せられる。赤くなった顔を隠せたのはいいけど、あまりに近くて、どこを見ればいいか、顔の向きはこれでいいか全然わからない。

そういえば、遠くから見たダンスは、お互い見つめ合っていた気がする。

背の高いエドガルドの顔を見ようとすると、真上を向くことになるけど、それはセーフなの？　ダンスでご令嬢の顔が真上を向いてるの、見たことないんだけど……。

悩んでいるうちに曲が終わり、お互いに礼をしてダンスを終えた。エスコートされながらその場を離れる。

エドガルドは寂しげに微笑んだ。

「そのドレス、人から贈られたんですね」

「はい。選んだのはわたしですが」

「僕は知らなくて……。悩んで、それで」

エスコートされている手に力がこもった。やわらかに、けれど逃げられない強さで握られる。

「結局、同じ答えに行きつきました。僕は、自分にできることを、全力でする。主のことも、王城の状況も、アリス嬢のことも。主も、それを許してくださいました」

「よかったですね」

事情はさっぱりわからないけれど、エドガルドが晴れ晴れとした顔をしているのが嬉しくて、心を込めて言う。エドガルドは子供のように笑った。

「アリス嬢に選んでもらえるように頑張ります」

どういう意味か考える前に、エドガルドの後ろに鬼を見つけた。

「エドガルド様、逃げてください！　シスコンが来ます！」

「え？　うわっ！」

鬼の形相をしたトールが、必死に止める友人たちを引きずりながらやってくる。

「エドガルド様、早く！」

「しっ、しかし、アリス嬢を置いていくわけには！」

「ここにエドガルド様がいると余計にこじれます！　わたし一人でないと収めきれません！」

「だ、だが……！」

「悩んでいる時間が惜しいんです！　エドガルド様、早く！」

「くっ……！　アリス嬢、申し訳ありません！」

エドガルドの気配が消えてからトールがやってきた。唇を噛みしめすぎて血が出ている。

「ノルチェフ嬢、なんとかしてください！　トールが！」

「ええ、皆さんありがとう。トール、落ち着いて」

「姉さま、ダンス。あいつ、処す」

トールの友人たちは、慣れた様子で「このトールは久しぶりです。今度家にお邪魔したとき、からあげをお願いします！」と去っていった。

何回か家に来たことがあって、トールの暴走を止めてくれる子たちばかりだ。わたしが負担に思わないように、からあげを要求してくれたのが嬉しい。

感謝の気持ちを込めて手を振ると、トールが狂暴化した。

この状態のトールを必死に抑えてくれていたトールの友人たちには、感謝してもしきれない。お願いだから友達をやめないでほしい。本当にやめないでほしい。

その後、トールを落ち着かせるのに三十分かかった。

「トール、本当に気になる子はいないの？　可愛いと思う子とか」

「いません！　この世で姉さまが一番です！」

「うーん、ありがとう」

素直にお礼を言っていいか悩むところだ。

飲み物でも取ってこようかと思って顔を上げたとき、ふっと暗くなった。

「ノルチェフ嬢、今日は格別に綺麗だな」

「ロルフ様！　こんばんは。ロルフ様も、よくお似合いです」

「さっきはエドガルドを助けてくれてありがとな。落ち込んでたから、今度またフォローしてやってくれ」

「はい」

「姉さま、この方は？」

トールは警戒を隠そうともせず、わたしの前に立った。ロルフは気を悪くした様子もなく、楽しげに目を細めた。

自然な仕草でトールに近づき、声をひそめて告げる。

「騎士団で、ノルチェフ嬢に毎日おいしい食事を用意してもらっている」

「では、あなたは……！」

「本当は言っちゃいけないんだ。両親にも秘密にしてくれるか？」

「は、はいっ」

「いい子だ」

ロルフがウインクするのに合わせて、結んだ赤い髪が艶やかに光る。トールを相手に色気を振りまくロルフってすごいな。

「これ、飲んだらおいしかったから持ってきたんだ。レディー、どうか受け取っていただけませんか？」

「ふふ、ありがとうございます」

「こっちもおすすめなんだ。えーと」

「トールです。トール・ノルチェフ」

「トール、自己紹介が遅れてすまない。ロルフ・オルドラだ」

ロルフが持ってきてくれたジュースは、とろっとして甘酸っぱくておいしい。聞けば、ザクロやベリーを合わせたノンアルコールカクテルだった。今度家でも作ってみよう。

「ノルチェフ嬢には本当にお世話になっているんだよ。おいしい食事を用意してくれるから、それが毎日の楽しみなんだ。しかもデザートまで作ってくれる。他の騎士団じゃこうはいかない」

「そうでしょう！　姉さまは本当に素敵なんです！」

「それに、トールの話もよくしているぞ。自慢の弟だって。そうだ、カレー粉を作るのにも協力したんだって？　あれ、すごくおいしいな！　すぐカレー粉を振りかける奴がいるくらいだ」

「それは、姉さまがカレー粉がほしいって言っていたから……。姉さまのカレー、好きなんです」

「俺も好きなんだ！　おいしいよなあ！　激辛もいいが、中辛が一番スパイスや辛さを楽しめていいんじゃないかって思い始めたんだ」

「それは正解ですよ。姉さまは、家族それぞれに合わせた辛さでカレーを作ってくれるんです！」

「ノルチェフ嬢は家族が好きだもんな。そりゃあトールは特別だろう」

「はい！」

　がんがんとトールの懐に入っていくロルフがすごい。ロルフはわたしの働きぶりをいい感じに話して、トールは目を輝かせて聞いている。

「姉さま！　ロルフ様はいい方ですね！」

「トール、壺や絵画を買いそうになったときは、一度姉さまに相談してね」

「わかりました！」

　ロルフが給仕に頼んで持ってきてもらった料理を食べながら、三人でお喋りを楽しむ。

　エドガルドがいない時のロルフは、エドガルドを優先せず、楽しい話題をいくつも用意してくれているから話が弾む。

「うちの領地で栽培しているハーブは、王城でも使われているんだ。一年を通して少し肌寒いのがいいらしい。エドガルドのところでも同じハーブを育ててるんだが、それを売るとなると、あの家はそういうのに疎くてな。うちが一緒に販売してるんだ」

「きっと素敵なんでしょうね。一度行ってみたいです。王都から出たことがありませんから」

「ノルチェフ嬢なら大歓迎だ。もちろんトールも！　家でもてなしたいんだが、家での俺の扱いが少し微妙なんだよなぁ」

「それなら、秘密で行きましょう。こっそり旅行です」

「いいですね！　ハーブを買って帰って、ハーブティーを作りましょう。僕が姉さまに作ってあげます！」

「ありがとう、トール。とっても嬉しい！　一緒に飲みましょうね」

「はい！　ロルフ様も一緒ですよ！」

「はは、嬉しいよ。本当に」

ロルフは優しくトールの頭をなで、表情を和らげた。

「トール、悪いんだがノルチェフ嬢に会わせたい人がいるんだ。危険がないように、きちんとエスコートするから、お姫様を連れ出す許可をもらえないか？」

「姉さまがいいって言ったらいいですよ」

「わたしはいいですよ。トール、姉さまはすぐに帰って来るから、さっきみたいな状態にならないでね。そろそろトールも、父さまと挨拶回りをしてもおかしくない歳でしょう？」

「……はい。母さまを探して、一緒に休憩室に行ってきます。姉さま、変な男がいたら股間を蹴り上げて逃げてくださいね！」

「もちろん。姉さまに任せておいて！」

トールと別れ、いつもより少しだけ早足のロルフに連れられ、人の隙間をすり抜けていく。

少しぴりぴりしている様子のロルフは、一度会場を出て、違う入口からまた入り、あまり人のいないバルコニーへたどり着いた。

「まだ来ていないみたいだ。悪いが、バルコニーに出て少し待っていてくれないか？」

「わかりました」

バルコニーへ出ると、両開きのガラスのドアが閉められた。光を散らしたような真っ白で薄いカーテンが、しゃらしゃらと流れ落ちる。

これは、バルコニーに人がいて、あまり近寄ってほしくない時の合図だ。逢引きの時によく使われる。

外にいるロルフを呼ぼうとしたとき、低く艶のある声がした。

「……アリス・ノルチェフ嬢で間違いないだろうか」

カーテン越しのきらめきを受け、夜空の下で月のように輝く銀糸。王家の血のみに許された、ロイヤルブルーの礼服。深みのある青い瞳。

「王弟殿下……？」

ぽろりと口から出た名は、たぶん、間違いじゃなかった。

「申し訳ございません、部屋を間違えました」

言ったあとに、ここは部屋じゃなくてバルコニーだと思ったけど、口に出してセルフツッコミする余裕はない。

「待ってくれ」

どこかを掴まれたわけではないのに、声だけで動きが止まる。逃げ腰のご令嬢らしくない姿勢なのに、動けない。

「楽にしてほしい。私がノルチェフ嬢と話したいと願ったんだ」

腰が痛いので、言葉を素直に受け取って、姿勢を正した。

視線を合わせられないので、失礼にならないようにやや下を見ているのだけど、これも失礼だったかもしれない。胸や腹筋を凝視するのはよくない気がする。

「座ってくれ」

促されるまま、バルコニーに置いてあった一人用のソファーに座る。二メートルほど離れたソファーに王弟殿下も座ったのを確認して、こっそり息を吐く。座って正解だったみたい。

ソファーはまっふりとした柔らかさだ。ロアさまの息抜きに付き合ったときに座ったソファーを思い出す。王弟殿下が座るソファーに似ているってことは、あれも高級だったんだな。

「ノルチェフ嬢、まずは謝罪と感謝を。急に呼び出してすまない」

「王弟殿下……が謝罪することはございません！」

「名乗るのもまだだったな。私はライナス・ロイヤルクロウ。ああ、座ったままで構わない」

相手は本当に王弟殿下か？　という動揺が伝わったらしい。

王弟殿下は気にした様子もなく、むしろ楽しそうだ。そりゃあ「こいつは王弟殿下か？」と疑われつつ会話することは滅多にないだろう。

バルコニーの端と端に置かれたソファーは、向かい合って置かれてはいるけれど、王弟殿下の顔はよく見えない。

ガラスのドアから漏れる光が眩しくて、それに目がくらむ。光を越えて顔を見ようとしても、王弟殿下が暗がりにいるように感じられて、よく見えない。

「薬の件だ。そなた達家族から手紙をもらい、非常に励みになった」

「それは恐悦至極でございます」

「騎士団にいるときのように、のびのびと話してほしい。私はただ、ノルチェフ嬢と話したいだけなんだ。不敬だと罰したりしない」

「……罰がご褒美ということでしょうか……？」

「それはない。この場で何が起ころうとも、決して何もしない」

王弟殿下の、抑えた低い笑い声が響く時間が過ぎる。なんだこれ。

「以前、同じようなことを言われたことがある。その人は、その時も至極真面目に言っていたのだな」

返答に困っていると、笑いの波が去った王弟殿下が、いい声で話し始めた。

「純粋に喜びを綴ったのは、そなた達の手紙だけだった。それが嬉しかったのだ」

王弟殿下の声には、わずかに苦悩がにじみ出ている。

わたしたちは母さまが生きているから、素直に喜べる。もし母さまが亡くなってから特効薬の支援が告げられたら、もっと早くしてほしかったと思わずにはいられない。

そんな人たちから、心ない言葉を投げつけられたり、支援自体にも何か言われたりしたのかもしれない。

「……わたくし達の家族以外にも、喜んでいる者は大勢います。王弟殿下まで声を届けられないだけで、本当にたくさんいます。わたくし達家族は、王弟殿下が支援してくださると知った日から、毎日希望を持って過ごしております。いくら感謝しても足りることはございません。本当に感謝しております」

「そう……だろうか。私が出せるのは、わずかな金銭だけだ」

「その少しのお金で、できることが増えるのですもの。結果、救える命が増えるのなら、それはきっといいことだと存じます」

「……ありがとう。その言葉で、また頑張ることが出来る」

王弟殿下がやわらかな声を出して、少しほっとする。

「ところで、そのドレス、よく似合っているな」

「ありがとうございます」

明るい色を着るのはなんとなく抵抗があったが、ロアさまのおすすめならばと思いきって選んでよかった。意外にもわたしは、レモンイエローが似合う顔だったのだ。

「誰かに贈られたのだろうか？」

ロアさまの名を出そうとして止まる。王弟殿下とロアさまは知り合いだと聞いたけれど、どれほど親しいのかわからない。

「……名を知らない方にいただきました」

「え？」

しまった、言い方を間違えた。

「お互いに愛称のようなもので呼び合って……おらず、わたくしだけ愛称で呼んでいる方がいるのですが、その方からいただきました」

王弟殿下は何とも言えない顔をした。さすがに自分でも説明が下手すぎるとわかっている。これではロアさまが不審者になってしまう！

「とてもいい方なんです。不審者ではありません。努力家で、それをひけらかさない優しい方なんです」

「……そうなのか。ノルチェフ嬢は、その者を大切に思っているのだな」

「はい」

王弟殿下はそれ以上何も言わず、ただ黙ってわたしを見ていた。と思う。暗くてよくわからなかったけれど、姿勢は崩さないでおいた。

「残念ながら時間だ。そのドレスと靴は、ノルチェフ嬢に本当によく似合っている。それを選んだ者も、ノルチェフ嬢を大事に思っているはずだ」

さっと立ち上がった王弟殿下は、意外にもわたしに優しい眼差しを向け、光のカーテンの中に消えていった。

「また会いたい。それまで息災で」

声をかけるまもなく、王弟殿下は行ってしまった。しばらくぼうっとカーテンを見つめていると、後ろから抑えた声が聞こえた。

「アリス、ボクだよ。大きな声は出さないでこっちに来て」

「もしかして、レネ様？」

「うん。こっち」

わたしが座っていたソファーのさらに後ろの暗がりに、こっそりレネがいた。

「レネ様、どうしたんですか？　お腹が痛いんですか？」

「違うよ。今から人目に触れず移動するから、ついてきて」

バルコニーは地面から一メートルほどの高さがあったが、途中に足場があり、レネに助けてもらいながら地面へ降りた。こんなアクロバティックにパーティーから退場するとは思っていなかった。

「ボクと散歩してたように見せかけて。誰に聞かれてもそう言ってね」

「はい」

レネにエスコートしてもらいながらしばらく歩くと、王城で有名な薔薇園が見えた。パーティー会場から離れた端っこだけど、これで道なき道を歩いている不審者だと思われない。

ずっと緊張しっぱなしだった体から、力が抜ける。

「大丈夫……じゃないよね。お疲れ様。よく頑張ったね」

「いえ……支えてくださって、ありがとうございます。もうひとりで歩けます」

低い生け垣を乗り越えて薔薇園へ入ろうとした時、足音が聞こえた。急いだ様子のない、革靴の音だ。

「アリス、こっち」

レネに素早く抱きかかえられる。出来るだけ音をたてないようにしながら、近くの茂みに隠れた。

わたしを押し倒したレネが、上にかぶさってくる。耳元でもよく聞こえないほど抑えた、レネの緊張しきった声がした。

「動かないで。できるだけ気配を消して。見つかったら消される」

上に覆いかぶさっているレネは、わずかに震えている。レネに言われたとおり静かにして、足音が去るのを待つ。

足音が近くまで来たとき、くぐもった声が聞こえた。

「……首尾は」

「滞りなく」

さっきから状況が目まぐるしく変わりすぎて、まったく飲み込めていない。でも、この声の主に見つかったら、ここで殺されて、布袋に詰められて海にポイされるのはわかった。もしくは猛獣のご飯とか。

見つからないに越したことはないが、もし見つかっても言い訳できるように、レネはこの体勢を取ったに違いない。

そうっとレネの首に手を回す。万が一見つかったら、家まで待てずに外で欲情したと思われる体勢でいなければならない。

呼吸が浅くなって、うまく息ができない。怖い。

ぎゅうっとレネの服を握りしめる。今わたしがするべきことは、できるだけ静かに呼吸をして、気配を消すことだ。

わずかに動いたレネの背を、音がしないように、ぎこちなくなでる。

いざとなったらレネはわたしを逃がし、自分は戦う。そういう人だ。

逃げろと言われても、わたしは走るのが速くない。この状況を誰に伝えればいいかもわからない。

わたしが数秒を稼いでいるあいだにレネが全力疾走、これがベストだ。いざとなれば、靴のヒール部分で相手の目を潰そう。できるだけ暴れて、抵抗しまくってやる。

きっとレネは、するべきことを終えたら、戻ってきてくれるから。

「そのまま進めろ。失敗すれば命はない」

それきり会話は聞こえず、石畳をゆっくり歩く音が遠くなっていく。レネの耳元に口を寄せる。

「追ってください。わたしはいいから」

レネは少し迷ったようだが、わずかに首を振った。

靴音が聞こえなくなって、かなり経ったあと、レネは警戒しながらわたしを助け起こした。

お互いに強く手を握りあったまま、先ほどとは違うバルコニーをよじ登った。もはや淑女とか言っていられない。

カーテンがかかっていて、誰もいないバルコニーの床に座り込み、息を整える。

「こんな状態のアリスを残していくのは心苦しいけど、ボクは行かなくちゃ。アリスはもう少ししてから帰って。すぐに慌てて帰っちゃ駄目だからね」

「待ってください！」

「ごめん、時間が惜しいんだ」

「肘に葉っぱがついています。そのまま行けば疑われます」

「あ……」

いつものレネなら気付いていたはずだ。自分が平常心でないことに気が付いて、唖然としたレネの肘から、葉っぱを取り除く。

「念のため後ろも見ますから、少しだけ待ってください」

「……ごめん。ありがとう」

レネの手が伸びてきて、ドレスを軽くはたく。

「アリスのほうが酷いよ。次はアリスの番ね」

「わたしはいいですから、早く」

「……ボクたちがあの場にいたことは、気付かれていない」

自分に言い聞かせるようでいて、確信に満ちた声だった。

「あの男は病気かってくらい用心深い。本格的に探られていると気付いた途端、動きがなくなった。でも、今日は動いた。何かを渡すために」

わたしは息をするだけで精一杯だったが、レネは何かを見たらしい。

「おそらく薔薇園を見張らせていたはずだ。肝心のあの場には、誰も来させないように指示してね。ボクたちはバルコニーという予想外のところから来て、あの男に武の心得がなかったから、気付かれなかった。いくつもの幸運が重なってよかった。もし気付かれていたら……」

ドレスの葉っぱを取り終えたレネは、じっとわたしを見つめたあと、やんわりと抱きしめてきた。男女の空気は漂っていない。生きていると実感するための、平常心を取り戻すための温もりを探している。

「アリスのおかげで、重要なことを知ることができたよ。ありがとう」

「わたしのせいで謎の男を追いかけられなくて、ごめんなさい」

「あいつらが繋がっていると知れたのが一番重要なんだ。あいつを泳がせて、もっと情報を得てやる。アリス、気を付けて。明日は家から出ないで」

「言われなくても出ません」

レネは喉の奥で低く笑い、手を振って出ていった。まるで、いまから訓練に行くような気軽さで。

レネを見送ってから、ソファーに崩れ落ちるように座る。大変な場面を目撃してしまった実感がわいてきて、体の震えが止まらない。

「しっかりしろ……！」

パーティー会場にいる全員に、なにもなかったと思わせなければならない。もしあそこにいたとバレてしまったら、わたしだけでなく家族まで殺されてしまうかもしれない。

深呼吸を繰り返し、すぐわかるほどの震えが止まってからバルコニーを出た。

何食わぬ顔でパーティー会場へ入ると、人の気配があることにほっとした。ザクロのノンアルコールカクテルを飲み、せっかくなので軽食もいくつか選ぶ。

せっかくパーティーに来たのに、少ししか食べられていない。すり減った精神を癒すためにも食べなければ！

見た目も味も華やかな料理を堪能していると、トールがやってきた。

「やっぱり、姉さまはここにいると思いました！　すぐに帰って来るって言ったのに」

「お腹が空いてしまって。待たせてごめんね」

「もう、仕方がない姉さまですね。姉さまが好きそうなものがあったので、一緒に食べましょう」

「あっちにトールが好きなものもあったから、姉さまが取ってあげる」

ふたりでお腹を膨らませていると、退出してもいい頃合いになったので、家族みんなで帰ることにした。できるだけ普通に振舞ったから、地面に寝転がっていたなんて思われていないはずだ。

家に帰って着替えていると、ドレスにわずかな汚れを発見した。靴も土で少し汚れている。ドレスの汚れは落とせそうだが、靴はレースの飾りに土埃が入り込んでいて、綺麗に出来るかわからない。

「ロアさまにもらったのに……！　絶対に許せない！」

その日は震えて寝付けないかもしれないと思っていたのに、疲れていて案外あっさり眠れた。しかも怯えるんじゃなくて怒り狂っていた。

この性格、なにかの仕事に適性があるんじゃないかと思ったけど、特に思いつかなかった。残念。

走れワンコ

俺の名前はシーロ。シーロ・ワンコ。

あっ、喋る時は一人称をきちんと「私」にしてるぜ？　部屋を一歩出れば出来る側近、それが俺！

先祖が何を思ってこの名をつけたか知りたい、そんなお年頃だ。

今日も俺はひとり寂しく情報収集だ。このあいだアーサーと決闘してボロボロに負けて、俺はノルチェフ嬢のところへ行くチャンスを失った。

こっちは魔法を使えないのに、アーサーは魔法まで使ってきた。

「これで私の勝ちだ！　魔法も実力のうち！」

息切れしつつドヤァってしていたけど、ちょっとズルくね？　それなら決闘をディベートにしてほしかったね。

ぶつぶつ文句を言ったけど、結局は適材適所だ。

アーサーは姿を変えても目立つから、使える場面が限られている。人と仲良くなるのが得意な俺は動き回って、アーサー自身は動かずに公爵家の者を使う。

第四騎士団で新しく側近に加わった奴は、今までになかった伝手や方法で、敵の目的を知ることが求められる。これからはノルチェフ嬢の元を離れ、外へ出る時間が多くなるだろう。

「相手はダイソン伯爵だしなぁ。何も知らない下っ端を雇ってボロを出す人間じゃないから、こんなに苦戦してるわけで」

計画を実行するのは少数で、本当の目的はおそらく誰にも話していない。そんな狡猾な奴が相手だ。いくら用心しても足りることはない。

ほんの少しの情報も得られないまま時間が過ぎていくなか、状況が大きく動いたのは建国祭だった。レネとノルチェフ嬢が、ダイソン伯爵が秘密裏に人と会っているところを目撃したのだ。

これは大きな進展だった。本格的にライナス様に探られていることに気付くと、すぐに息を潜めたダイソン伯爵の貴重な行動。

おそらく、ライナス様がノルチェフ嬢と会うためにダイソン伯爵の手の者を撒いたことを、逆に利用された。

ダイソン伯爵が会っていた者を探ると、厨房の仕入れに関係しているとわかった。

その瞬間のライナス様の顔は、ごっそりと表情が抜け落ちて、あまりに痛々しかった。

「……毒殺だ。母上と同じ毒殺を狙っている」

「その可能性は高いですが、王族の食器は、毒を無効化する魔道具を使用しています。無効化すら凌ぐ毒か、あるいは無毒化する効果を消そうとしているのか。気付かれないように調べましょう。ここでうかつに動いたら、やっと掴んだ手がかりがなくなってしまいます」

「……そうだな。すまない、冷静ではなくなっていたようだ」

母親を毒で殺されたのだから、そんなの当たり前だ。

何も言えず、ただ黙って側に控える。ライナス様は、落ち着くといつも振り返って俺に微笑んでくれる。自分の痛みや弱みを見せず、人を気遣ってばかりの主だ。

せめて俺やアーサーの前では素直に気持ちを出してほしいと、そう思う。

建国祭は行事が多く、出席しなければならないものばかりだ。その中で探りを入れ、ダイソン伯爵の動向を追う。

なかなかハードだった建国祭の最終日、最後のパーティーが終わったあと、事件は起きた。

パーティーが終わったあとも王城に残っていたダイソン伯爵の配下が、深夜に動きを見せた。長くダイソン伯爵に仕えている配下で、重要な情報を持っているであろう人物だ。

それで尾行したら、まぁ、罠だったわけで。

「シーロ・ワンコ。尾を振る相手を間違えた犬」

体がしびれて動けない。飲食には気を付けていたから、おそらくしびれ薬をまかれた。

暗くて人気がない、会場から離れた廊下。意地で倒れ込みはしなかったが、武の心得もないおっさんひとりすら倒せない。

あと数分もすれば体のしびれもマシになるだろうが、相手がそれを待ってくれるとは思えなかった。

「喜べ、服従する機会をやろう」

「や、めろ」

おっさんが見せびらかすように持っているのは、首がすっぽり入る幅広の金属の輪だ。薄闇のなか、黒く不気味に光っている。

……服従の首輪だ。国で禁止されている魔道具。

「この首輪をつけられるとどうなるか、知っているだろう？　首輪をはめられたが最後、お前の命は私のものだ。禁止されたことをすれば、何かを言い残す間もなく、首輪から猛毒を注入されて死ぬ。ああ、体がしびれているうちに、首輪をつけなければな」

毒？　爆発じゃなくて？

おっさんに髪を掴まれ、顔を上げられる。唾を吐きかけてやろうと思ったのに、まだ口がうまく動かなかった。

おっさんは乱暴に俺の服を破り、顔を歪めた。

「もう服従の首輪をつけているだと……!?　くそっ！」

顔を蹴られ、口の中に血が広がる。

俺の主を馬鹿にすんな、このヅラめ！　お前みたいな下衆じゃないんだから、ライナス様が服従の首輪なんか持っているわけがないだろ！

これは万が一に備えてライナス様が作らせた、服従の首輪に似た魔道具だ。いざとなれば身を守る魔法が飛び出してくる、とびきり貴重なもんだ。

服従の首輪をつけられたら、従うか死しかない。ダイソン伯爵ならそれくらいするというライナス様の慧眼はさすがだった。

俺を利用したいなら、首以外につけるしかない。首じゃなければ、死ぬまで数秒は時間を稼げる。

そのあいだに、ライナス様にいただいた魔道具が何とかしてくれる。

何とかならなくても、即死するんじゃなかったら、少しは何かできるだろ。

「くそっ、もうしびれ薬の効果が薄れてるじゃないか！　毒の耐性なんかつけるんじゃない！　利き腕は……こっちか。いいか、言うことを聞け。この毒は恐ろしい。運よく生き延びても、廃人になるだけだ」

左腕に、ひんやりとしたものがつけられる。

廃人になることの何が怖いってんだよ。一番恐ろしいのは、ライナス様を守り切れないこと。そして、この情報を残せないことだ。

気付かれないように、軽く手を握ってみる。体が動かせるようになってきた。

しびれ薬の効果がきれたら、まず魔石を奪う。服従の首輪へ命令を出している魔石さえ奪えれば、こっちのものだ。そうしたら服従の首輪を外して、こいつにはめる。

「動くな」

おっさんの命令に、左腕が固まって動かなくなったが、体と右腕は動く。隠し持った短刀は取られていない。三秒あれば、相手を行動不能にできる。

おっさんを睨みつけるが、動揺した素振りはない。

「動くな。エミーリア・テルハールの命が惜しければな」

「なに……？」

エミーリア様はライナス様の婚約者だ。そして、

「発情期の犬は始末に困るなぁ？　まさか主人の婚約者を寝取るなど」

「貴様……！」

殺す。いますぐ殺す。

殺気を込めて睨みつける。わずかに怯んだものの、にやついた笑みは消えなかった。

俺とエミーリア様は、おそらく惹かれあっている。おそらく、というのは、お互い好意を言葉にも行動にも表したことがないからだ。

ただライナス様は、エミーリア様とのお茶会に、必ず俺を連れていく。エミーリア様は自分の侍女の視線がないときに俺を見て、ひっそりと微笑む。俺も応える。

それだけの関係が、ずっと続いている。

ライナス様は俺たちの気持ちに気付き、知らないふりをしてくれている。ダイソン伯爵との決着がついたら、婚約解消をして、俺にチャンスを与えるために。

それまで、エミーリア様が誰とも結婚しないように、俺達の心を守ってくれている。

俺たちの気持ちが漏れるとすれば、エミーリア様の侍女からだ。

エミーリア様の家は、すべてダイソン伯爵の息がかかった者で固められている。テルハール家の者はまっとうな心根の持ち主だが、長年かけてダイソン伯爵に嵌められた。

気付けばダイソン伯爵にすべて押さえられて自由に動けなくなり、病気のエミーリア様を人質にとられた。エミーリア様へ薬を渡さないと脅されて従っているが、テルハール家は今でも抗おうと足掻いている。

「情報を吐け。ライナスはどこにいる」

「うっ、ぐうっ……！」

「やはり話せないか。……服従の首輪が邪魔だな」

ライナス様を侮辱するな。これは俺の演技だ！　言えないけど！

「まぁいい。エミーリアを殺されたくなければ従え。口がきけなくとも、情報を吐かせる手段はいくらでもある」

「先に、エミーリア様に会わせてくれ。そうすれば抵抗しない」

「……まあ、いいだろう。お前の前でエミーリアを言いなりにするのもいい余興だ。私の前を歩け」

両手を拘束される。目隠しをされ、途中で方向感覚を鈍らせるためにぐるぐる回されながら、とある部屋に着いた。

……マジかよ。王城にエミーリア様がいるのか？

ダイソン伯爵は、どれほど勢力を伸ばしているんだ。以前より反王派が増えているのは間違いない。

部屋の鍵をかけた音がして、目隠しを取られた。そこには、服従の首輪をつけられたエミーリア様がいた。

「エミーリア様！」

駆けだそうとしたが、動かない左腕に止められる。

……今すぐ腕を切り落としてしまおうか。

「シーロ！　何をしているの!?　わたくしはいいから、早くライナス殿下に……ぐぅっ……！」

「エミーリア様には手を出すな！」

「駄犬に言うことを聞かせるのに必要だ。さあ、抵抗はするな。逆らえばエミーリアがどうなるか、楽しみだなぁ？」

「シーロ、わたくしはいいの！　こんな男にわたくしを汚せはしない！」

「エミーリア様。私がお救いいたします」

「だ、めっ……！　シーロ……！」

「さあ、聞かせてもらおうか。傀儡がいる場所を」

首筋にひたりと、おっさんの指があてられる。

「誰が言うものか！」

「……ライナスがいるのは、騎士団」

どくんと、大きく心臓が鳴った。

顔はポーカーフェースを保てる。いくら窮地だろうが、ジョークすら言える。

でも、心臓の鼓動までは制御できない。心臓を止める鍛錬でもしときゃよかった！

「第四騎士団だろう？」

――どくん。

こいつはおそらく、すでにライナス様の居場所を掴んでいる。欲しいのは確信だけ。

「ライナスの偽名は――」

鼓動が速くなるのを止められない。おっさんは満足そうに離れた。

「やはりな。逃げ回っているくせに、どこぞのメイドに入れあげていると聞いている。愚かな……」

「ライナス様を侮辱するな！」

「いくらでも吠えればいい。負け犬の哀れな鳴き声を聞くのは楽しいからな」

「……最後に、エミーリア様と話したい」

「いいだろう。もう最期の時間だ」

腕の拘束がふっと消え、エミーリア様に駆け寄る。

「エミーリア様！　いつから服従の首輪を……！」

「それは……うぐっ！」

「申し訳ございません！　どうかエミーリア様は、御身を一番にお考えください」

「来なくて、よかったのに……わたくしのことなど、見捨てなさい」

激しくせき込んだエミーリア様を支え、背中をなでる。肩にそっと、やわらかな頬がのせられた。初めて触れた肌に口をよせる。できるだけ口を動かさず、エミーリア様にしか聞こえないように話した。

「断ればここで死ぬ。従ってもやがて死ぬ」

エミーリア様を見つめる。ライナス様みたいに格好よくいられたらいいのに、俺には無理だった。きっと、泣き笑いのような情けない顔をしているだろう。

「エミーリア。――いざとなったら俺と一緒に死んでくれるか？」

「ええ」

間髪を入れずに即答。……ああ、これがエミーリアだ。俺が心底惚れぬいた女だ。

ぎゅうっと抱きしめて、おっさんに向きなおった。

「別れの挨拶は済んだか？　ライナスの情報をもう少し吐いてから死ね」

こちらに向かって歩いてくるおっさんから、エミーリア様を後ろに庇う。

ポケットに入れているおっさんの手が、わずかに動いた。

ライナス様が第四騎士団にいることを知らせているに違いない。この部屋にもすぐに誰か来るだろう。

……ふざけんなよ。誰が、自分の命惜しさに主君を裏切るかよ！

「ハァッ！」

服の中に隠し持っていた短剣を抜き、おっさんを切りつける。

目的は、服従の首輪を操っている魔石。それを持っているであろう腕を狙うと、倒れた拍子に魔石が手からこぼれ落ちた。

魔石を追いかけて拾い、仰向けで倒れたおっさんに短剣を突きつける。おっさんの胸に刃が食い込み、血が流れた。

「服従の首輪を解除しろ！」

「うっ、動くな！　剣をどけろ！」

「ハッ、魔石はこっちのもんだ。もう命令はできねぇよ」

解除するには、魔石の持ち主が死ぬか、解除を宣言するのみ。

もうすぐダイソン伯爵の援軍が来る。それまでに解除を宣言しなければ、殺すしかない。

刃をさらに突き立てる。おっさんの顔が苦痛に歪んだ。

「ダイソンは何を企んでいる？　どうして王位を狙う？　ライナス様は傀儡になる方ではない！それはわかっているだろ⁉」

逃げようともがいていたおっさんは、不意に動きを止めた。濁った瞳が、下からゆっくり見上げてくる。

その目には、憎悪と無念が渦巻いていた。

「尾を振るしか脳がない犬め……！　ライナス共々苦しみぬいて死ぬがいい！　ぐっ、ごぼっ……！」

おっさんが血を吐いて痙攣する。数秒のち、動きが止まって目から光が消えた。

「……まさか自害するとは。歯の中に毒でも仕込んでいたか？」

エミーリア様と俺の、服従の首輪が外れる。……おっさんが死んでしまったからだ。

「ん？　おっさんの首になにか……」

嫌な予感がして、おっさんのシャツを破った。

「これは、服従の首輪……。まさか、このおっさんも誰かに命令されて……？」

誰かなんてわかりきっている。ダイソン伯爵だ。

おっさんは何も情報を漏らさなかった。特定のワードで、服従の首輪が発動するようにされていた可能性が高い。

ライナス様の名、王位、簒奪、ダイソンの名前……あとは敵にとって重要な単語。そんなところだろう。

「……そりゃ手下を増やせないよな。服従の首輪は、ぽんぽん作れるもんじゃねえからな！　人をなんだと思ってんだよっ……！」

壁を殴ろうとして止まる。

「いや……待てよ」

服従の首輪を作るのは難しいが、ダイソンは量産しているかもしれない。

服従の首輪は、首にはめて爆発させるものだ。毒を注入するように変えているのだから、既存のものとは違うと考えたほうがいい。

「エミーリア様、ご無事ですか？」

「ええ」

青ざめてはいるが、気丈にふるまっている。可愛い。

「エミーリア様、一刻の猶予もありません。第四騎士団へ急ぎましょう。このおっさんが本当にひとりで行動しているとは考えづらい。仲間と連絡を取り、そのままライナス様を捕らえるつもりだったんでしょう。この部屋にも、すぐに人が来ます」

「わたくしは足手まといよ。置いていきなさい」

「馬鹿いうな！　ライナス様がエミーリア様を見捨てると思うか!?　行きますよ！」

「きゃあっ！」

エミーリア様を担ぎあげる。お姫様抱っこでもしたいところだが、そんな余裕はない。羽のように軽いと言いたいけど、やっぱり余裕がない！

ドレス重いな！　ひらひらさせるのって、こんなに大量の布がいるのか⁉

「黙っていてください。舌を噛みます。しがみついていてくださいね」

この部屋には窓がないから、仕方なくドアから顔を出して、誰もいないか確認する。近くの部屋に入り、窓から外に出た。

ライナス様がいる第四騎士団へ急ぐ。鍛えてたはずなのに息が切れてきて、情けないったらない。もしライナス様がすでに襲われていたり、毒を飲まされていたらと思うと、冷静ではいられなかった。

「エミーリア様、ここでお待ちください」

第四騎士団の近くの木の陰に、そっとエミーリア様をおろす。

「第四騎士団には、ダイソンの見張りがいるわよね？」

「おそらく。私が倒してきます。三十分経っても戻らなかったら……」

「いいわ、覚悟はできている。シーロ」

エミーリア様が近づいてきて、頬にやわらかなものが触れる。

「わたくしが欲しかったら、生きて帰ってきて」

「いっ、いま……」

「わたくしの口づけは、シーロに捧げるわ」

「ふぁいっ！」

驚いて、まともに返事もできなかった。

情けない返事なのに、エミーリアは笑った。無邪気に、心配なんて全くないように。

「待っているわ。わたくしの最愛の人」

「はいっ！」

その後の俺？　そりゃすごかったね。

第四騎士団をこっそり監視してる奴らを、ばったばったとなぎ倒した。

誰にも見てもらえなかったけど。むしろ気付かれないことがすごいっていうか。エミーリア様に見てほしかったけど！

監視役がいなくなったことを念入りに確認して、ライナス様の元へ走る。防犯の魔道具にわざと引っかかってライナス様の部屋に入ると、ベッドに人影はなかった。

「ライナス様、シーロです。ご無事ですか」

「シーロか。何があった」

「ダイソンに居場所と偽名が知られました。すぐにお逃げください」

「……わかった。猶予は」

「一刻も早く。おそらく新しい側近のことも知られていますので、お連れください。ノルチェフ嬢についても言及していました。ノルチェフ家の者だと知られているかもしれません」

「……連れて行けと？」

沈黙で答える。

のほほんとしたご令嬢が、ひとりでダイソンの手を逃れて、安全な場所に逃げられるとは思えない。ノルチェフ家の令嬢だと調べられているのなら、家に帰っても安全ではない。人が少ないノルチェフ家では、誰にも知られないまま殺すのだって簡単だ。

あの家に帰るのは、むしろ危険だった。

「……ノルチェフ嬢も連れていく。皆に知らせろ」

「はい。ライナス様、どうかご無事で。私はここへ残り、少しでも足止めをいたします」

「駄目だ！」

「私は尾行に失敗し、ライナス様の居場所を特定させてしまいました。どうか時間を稼がせてください。私とエミーリア様には、毒が注入される服従の首輪をつけられました。いまは解除されていますが、ダイソンの配下にも同じものがつけられていました。王位、ダイソン、ライナス様などのキーワードで、自動的に毒が注入される仕組みのようです。持っていると居場所がわかるようになっている可能性があるので、私が持って反対へ走ります。お早く」

「エミーリアがいるのか？」

「はい。近くに隠れています」

得た情報や、死んでしまったおっさんの名を告げると、ライナス様から変身の魔道具を渡された。

これは国に三つしかない貴重なものだ。姿や声など、身長以外のものを任意の姿へ変えられる。

この魔道具には、ライナス様の仮の姿が登録されている。俺が身に着ければ、ロアの姿へと変わるだろう。囮としては十分だ。

「私は違う魔道具をつける。シーロ、みなを起こして回れ。エミーリアが逃げられるように頼む。私はノルチェフ嬢を起こしに行く」

ライナス様はまっすぐに俺を見て、痛みを感じるほど強く肩を掴んできた。

「いいか、失敗したから足止めをさせるんじゃない。最も信頼しているから、しんがりを任せるんだ。私がここにいると確信を得るためだけに、エミーリアを人質にし、ふたりに服従の首輪をつけた。シーロのせいで居場所が漏洩したんじゃない。つまり、シーロは失敗していない」

こんな状況なのに、ライナス様のために命をかけてもまったく惜しくないことを言われているのに、失敗じゃないと真剣に言い聞かせるのがおかしくて笑ってしまった。

「ライナス様、どうかご無事で」

そっと手を外し、頷きあって静かに廊下へ出た。自室へ行って剣を取り、まずはアーサーを起こす。バレたとだけ言うと、さっと起き上がって動き出した。

アーサーに側近を起こすのを任せ、エミーリアを迎えに行く。

エミーリアは最初に隠れた場所にじっとうずくまっていた。可愛い。

「エミーリア様、ご無事ですか？　移動しますよ」

「シーロ、無事だったのね……よかった」

エミーリア様を担いで、キッチンメイドの寮へ行く。緊急事態につきドアを壊して開け、一階の使っていない部屋でエミーリア様を下ろした。

「ここのクローゼットに、ワンピースとブーツを隠している。着替えてください」

「待って、ドレスはひとりじゃ脱げないの」

「えっ」

「早く切って！」

「あっ、はい」

緊急事態だけど、そうなんだけど、そう言われて驚かないのは無理だ。

白い肌を傷つけないようにドレスの後ろを切る。着替えているところを見ないようにしながら、ブーツを履かせて紐を結んだ。ライナス様が寮に入ってくる気配がした。

最後にマントをかぶせ、エミーリア様の頬にキスをする。

「生きて帰れたらキスしてくれ。俺の女神」

変身の魔道具をつけ、外へ飛び出す。ライナス様が使う秘密通路とは反対の方向へ走った。

服従の首輪には、きっと位置がわかる機能をつけている。あの疑い深いダイソンが、服従の首輪をつけただけで安心するとは思えない。

この日のためにできるだけの備えはしてきた。それでもライナス様が心配なのは、信頼していないからじゃない。大切だからだ。

ライナス様の無事を祈る。どうか皆が、生きて隠れ場へ辿りつけるように。

恋の微熱

毎年建国祭の初日だけ参加しているパーティーは、今年も一日だけ行って終わった。今年だけいつもと違うことをして疑われたくはない。

一週間のお休みで、母さまのお世話をしたり、家族でたくさん話したり、久しぶりに友達と集まってお喋りをしたりした。優しい人に囲まれて、ゆっくりと平常心を取り戻せた。

「ただいまー」

誰もいない寮の玄関を開けて、明かりをつける。キッチンメイドの寮へ帰ってくるのは、一週間ぶりだ。

部屋を見て回って、何も変わっていないことを確認してから、ネグリジェに着替える。

今日は早めに寝てしまおう。明日からまたお仕事だ。

真っ暗な部屋でひとり、ベッドに寝転がる。

「パーティーで王弟殿下と会った後にレネ様が来たのって、やっぱりそういうことだよね……」

レネに腹痛なのか聞いたあたり、あの時の混乱っぷりがよくわかる。あのタイミングであそこにレネがいたってことは、王弟殿下の配下ってことだ。

バルコニーまでわたしを連れて行ったロルフも、おそらくそうだ。ロルフがいるってことは、エかってしまった。

少し考えればわかったのに、あの夜は濃密な出来事がありすぎて、整理するのにかなり時間がかかってしまった。

「明日からまたお仕事か。みんなに会えるかな……。あの夜のこと、聞いてもいいのかな」

いや、向こうから言われないかぎりは、知らないふりをしていたほうがよさそうだな。

「……明日の夜ご飯は、騎士さまのテンションが上がるように、お子様ランチにしようかな。ディナーだけどお子様ランチ。マヨラー騎士さまのためにマヨネーズもたっぷり作っておかないと」

建国祭のパーティーでマヨラーの騎士さまを見たけど、わたしに気付いた途端にぼそぼそと「マヨネーズマヨネーズマヨネーズ」と言っていた。ちょっとしたホラーだった。

マヨラー騎士さまは、お家でマヨネーズを食べさせてもらえないらしいから、たっぷり用意しておこう。最近は自分でアレンジすることを覚えて、そのたびに嬉しそうに報告してくるから、トールみたいで微笑ましい。

あとは、エドガルドにトールの態度を謝って、ロアさまにドレスのお礼を言って……それ、から……。


「ノルチェフ嬢。起きてくれ」

ゆっさゆっさと体を揺すられ、ぼんやりと目を開く。月が照らす薄闇に、知らない男がいた。

「ぎゃあ！　……むぐっ！」

「落ち着いてくれ。私だ。ロアだ」

「ふぐぐ⁉　むぐ！　むぐう！」

「魔道具で姿を変えている。お願いだから叫ばないでくれ。敵に見つかる」

口を押さえられていた手がそっと外され、ロアさまと名乗る男を睨みつける。ロアさまは茶髪に茶色い目で、イケメンだらけの騎士団のなかでは、比較的落ち着いた顔立ちだ。

目の前にいるのは凛々しい感じの男前で、黒髪に深い緑の目をしている。体だって、ロアさまより一回りも大きい。

明らかに不審者だけど……目が。私を見つめる目が、何だか、ロアさまみたいだ。

「……わかりました。大声は出しません。その代わり、質問に答えてください」

「わかった。だが時間がない。敵に見つかれば、殺されてしまうかもしれない」

「えっ？　ええと、では。ロアさまがわたしに贈ってくれたものは？」

「ドレスと靴、青い花。花は、ノルチェフ嬢がそこに飾ってくれているものだ。花と一緒に瓶に入れてあるのは……私が渡した、王弟殿下からの手紙だろうか？」

時間が惜しいはずなのに、気遣ってくれているのが伝わる声。真剣で優しい眼差し。

「……本当に、ロアさまなんですね」

「わかってもらえて嬉しい。突然ですまないが、私の敵がすぐに来る。ノルチェフ嬢も狙われているから、一緒に逃げてもらう」

「わたしが狙われている⁉」

「必要なものは、このマジックバッグに入れてくれ。マントを羽織ったら出発だ」

真っ黒なマントが渡され、ロアさまを見上げる。

「わたしの準備が終わるまで、ロアさまは何かすることはありますか？」

「特にない」

「では、一階のキッチンにあるレシピノートや本、冷蔵庫のものを全部入れてください。わたしはエドガルド様に借りているマジックバッグがあるので、それに入れます！　では、よろしくお願いします！」

ロアさまは一瞬戸惑ったけど、すぐに飛び出していった。

クローゼットや化粧台を開け、置いてあるものを全部入れていく。自動掃除機のスイッチを入れてゴミを吸い込んでもらいながら、靴を履いて、ネグリジェの上にマントを羽織った。

髪の毛で誰かを追跡できる魔道具があるかもしれないから、自動掃除機もマジックバッグにしまう。邪魔な髪も結んでおこう。

アリス・ノルチェフがここにいたとわかるものが残っていないかチェックして、一階に駆け下りた。浴室とトイレの自動掃除機もオンにして、私物を片っ端からマジックバッグに入れていく。

掃除を終えた自動掃除機もマジックバッグに入れて、キッチンへ駆け込んだ。

キッチンのチェックをしていると、使っていない客室からロアさまが出てきた。その後ろに、黒いマントを羽織った小柄な人物がいて驚くが、聞いている暇はない。

「ロアさま、準備ができました！」

外へ出ると、寮の前に人が集まっていた。アーサー、レネ、エドガルドとロルフがいる。みんな周囲を警戒していて、話しかけられる雰囲気じゃない。

わたしを引き寄せたロアさまから出たのは、鋭い声だった。

「敵は」

「……四人。囲まれました」

悔しそうなアーサーの声に、びくりと大きく動いてしまった。体温すらわかるほど密着しているロアさまに、わたしの動揺が伝わる。

うろたえるわたしと違い、ロアさまはみんなを信用しているとわかる、余裕のある声を出した。

「できるな？」

「お任せください」

アーサーがすらりと剣を抜くと同時に、みんな剣を構える。

じりじりと、焦りや思考を焦がすような時間が過ぎる。呼吸さえためらう空気の中、一番に動いたアーサーは素早かった。

「はぁっ！」

走り出したアーサーの短いかけ声が、夜の闇を切り裂き、敵をとらえた。暗くて見えないけれど、どしゃりと重さのあるものが崩れ落ちる音がする。

「魔法は使うな。戦闘ができるだけ露見しないようにしてくれ」

「かしこまりました」

返事をしながら、離れた場所でエドガルドが長い腕を振る。

「ぎゃっ！」

知らない声が、ごぼりという水音と共に、か細くなっていく。

「ぐっ……くそ……！」

「この方と、キッチンメイドの寮を狙ったことを後悔しろ」

聞いただけで凍るようなエドガルドの声がして、剣が振り下ろされる。

暗闇の中、ひとりの命が失われる音がした。

「ちょっと、周囲を警戒しなよ！」

レネの抑えた声が届くと同時に、ロルフが動く。

「後ろに目を配る癖をつけておけよ」

エドガルドの後ろに迫っていた敵を一刀両断したロルフが、いつもより荒々しく剣を振って血を払う。

倒れている敵らしき影が動かないのを確認して、ロルフは剣を構えなおした。

「そこ、どいたほうがいいよ。血が飛ぶから」

身長が低いことを活かして動き回るレネが、鮮やかに舞う。人が地面に落ちる音が、思ったより近くで聞こえた。

敵が近くにいて驚くわたしの前に、ロアさまが進み出た。

とっさに、なんのためらいもなく、わたしを庇う大きな背中。剣を握っていない方の手が腰に回っているけれど、気にしている余裕はなかった。

「気配はありません」

周囲を探っていたアーサーが戻ってくると、ロアさまの手が離れていった。

……驚いたけど、ロアさまの手は、嫌じゃなかった。

「ふたりとも走れるか？」

わたしから見ればロアさまの陰になっているところに、フードを被った人がいた。ロアさまは、あの人も庇っていたようだ。

ロアさまの性格を考えれば当たり前のことなのに、自分だけと思ってしまったのが少し恥ずかしい。

「走れます」

「さすがノルチェフ嬢だ」

フードの人も頷き、ロアさまは剣を構えなおした。

「行くぞ。こっちだ」

先頭のアーサーに続いて、みんな走り出す。最後尾にレネがいて、右にエドガルド、左にロルフ。ロアさまを守るような陣形に、じんわりと嫌な予感が胸を支配していく。

ロアさまは「私の敵が来ている」と言った。もしかして、ロアさまが狙われているの？

不安だけど、ピリピリと周囲を警戒しているみんなに聞けるわけがない。それに、少し走っただけで息切れがして、無駄口をたたく余裕がない。本当にない。

鍛えている騎士さまと、立ち仕事しかしていない貴族の令嬢が、並んで走れるわけがないのだ。

ロアさまは、ちらりとわたしを見て指示を出した。

「ロルフ、エドガルド。ふたりを背負ってくれ」

「了解。アリス、しっかり掴まってくれ」

近くにいたロルフが立ち止まり、わたしの膝裏と脇の下に手を突っ込む。そのまま、ぐんっと持ち上げられた。

胸の下あたりがロルフの肩に乗っていて、膝裏と腰は支えられている。マイルド俵担ぎだけど、少し苦しい。

黒いマントを羽織ってフードを被っている小柄な人は、エドガルドに抱えられた。その途端に走るスピードが上がって、景色がぐんぐんと変わっていく。

「全員、周囲を警戒」

ロアさまと息抜きをした湖に着くと、ロアさまが短く命令した。命令することに慣れている様子に驚いている間に、ロアさまがしゃがみこんで何かをした。

地面に跳ね上げ式の扉が現れ、アーサーが剣を構えながら中に入っていく。

しばらくして手だけが出てきて合図されたので、できるだけ素早く入った。地下にある通路は、閉めきった空間のにおいがした。カビくささと湿気、淀んだ空気。

全員入って扉が閉められると、一定間隔でぼんやりと明かりが灯った。壁に明かりの魔道具が設置してあるようだ。

自分で走ったり抱えられたりしながら、長い通路をひたすらに進む。しばらくして行き止まりにたどり着くと、ロアさまが上にある扉を開け、アーサーが斥候を務める。

アーサーが誰もいないと合図をして、順番にはしごを上る。外に出ると、そこはもう王城ではなく城下町だった。

さぁっと顔が青ざめていく。

……いま通ってきたのは、秘密の通路だったんだ。たぶん、王族とか上流貴族の一部しか知らないやつ。

もしかして、ロアさまが連れて行ってくれた湖はすごく重要で、軽率に行っちゃいけないところだったのでは……？

「アリス、悪いけどまた抱える。我慢してくれ」

「よろしくお願いします」

今はそんなことを考えている場合ではない。私が走るのが遅いからロルフが運んでくれているのだ。今わたしに出来るのは、空気抵抗を少なくしたり、運びやすい荷物に徹したりすることだ。

わたしは荷物！　落ちないようにロルフにしがみつくべし！

城下町を走り抜け、何かのお店に入り、その店にある隠し部屋からまた地下の秘密通路を通ることを繰り返す。三度目にたどり着いた家で、ロアさまはふうっと息を吐いた。

「ここで小休憩を取る。十分後に出発だ」

休憩だと言われたのに、みんな緊張を解かず、周囲を警戒している。わたしは抱えられていただけなのに息が荒い。

エドガルドの肩からおりたフードの人が、ふらりと立つ。鈴を転がすような声がした。

「皆様、捨て置いてもいいはずのわたくしをここまで連れてきてくださり、ありがとうございました」

女の人だったの⁉　小柄だとは思っていたけど、エドガルドが遠慮なく俵担ぎしてるから、少年かと思っていた。

その人の顔は、相変わらずフードでよく見えない。消耗しているはずなのに、凛と立っていた。

「わたくしはここで失礼いたします。こんな時のために、城下町にはいくつか隠れ家を用意しておりますので、そこに潜伏いたします。そこへは、わたくしひとりで行きます。どうか御身を一番にお考えくださいませ」

「だが……」

「これ以上足手まといになりたくはありません」

きっぱりと言いきったその人は、まとう空気をふっと緩めた。

「今までのこと、心より感謝申し上げます。我が家門は、助力を惜しみません。どうか……どうかご無事で」

その人は現在地を聞き、周囲に誰もいないことを確認してもらってから、裏口から出ていった。最後に、深々とお辞儀をしたのが印象的だった。

「……わたしも失礼したほうがいいですか？　状況がまったくわからなくて、判断できないんです」

「ノルチェフ嬢は駄目だ。狙われている上に隠れ家も用意していない。説明したいが時間がないんだ」

「わかりました。では、失礼するまで荷物のプロを目指します」

「荷物のプロ？」

「持ち運びしやすく、空気抵抗を減らす形になるんです。いざとなったら、走ったりパンチできる荷物ですよ」

「……ふっ、ふふっ。ノルチェフ嬢はこんな時でも前向きだな」

「できることが少ないので、前向きになるしかないんです」

ピンと張り詰めた空気を少しゆるめて、ロアさまは小さく笑った。この顔のロアさまに慣れなくて、どこを見ればいいかわからなくなる。

ロアさまはもう一度笑いかけてくれたあと、さっと立ち上がった。

「出発だ」

今度はアーサーに抱えられながら、さらにいくつもの家や秘密通路を通る。最後に長い秘密通路を通ってたどり着いたのは、どこかの豪邸の中だった。

先ほどまでのスピード重視の移動とは違い、音を立てないように進み、ひとつの部屋に入る。

「ここまで来れば大丈夫でしょう。追手は途中で見失ったと思われます。ノルチェフ嬢、立てますか？」

「はい。ありがとうございます」

アーサーが丁寧に下ろしてくれたけど、足がふらついてうまく立てない。座り込みそうになったところを、アーサーが支えてくれた。

アーサーは長いあいだ走ったり斥候をしたり、最後にはわたしを抱えて走っていたのに、そこまで息が乱れていない。アーサーの腕の中で、ずるずると力が抜けていく。

「すみ、ません……アーサー様は、わたしよりよっぽど疲れているのに」

「こういう時のために鍛えてきましたので、お気になさらず。役得ですよ、役得」

「ふふ、何ですかそれ」

アーサーのいつもの軽口が、日常を思い出させる。

「支えてくださってありがとうございます。もう立てます」

アーサーの腕を離れ、ようやく部屋を見回す余裕ができた。高級ホテルのスイートルームのような、広くて豪華な部屋だ。

窓は大きく、緻密な刺繍が入ったカーテンがかけられている。大きなテーブルと、いくつものソファー。部屋は白と金と紫で統一されていて、高貴さを感じさせる。

いくつもドアがあるから、奥にはさらに部屋があるのだろう。

「あの、ここは……」

尋ねる前にドアのひとつが開いて、中からメイド服の美少女が出てきた。

ゆるくウェーブがかかった金髪をツインテールにし、黒いリボンで結んでいる。ぱっちりお目目に長いまつげ。赤い唇。

「皆様、よくご無事で……！」

意外と落ち着いた、低い声だった。

「念のため周囲を見回ってくれ。私たちは少し休む」

「かしこまりました」

メイドさんが出て行って、みんなでソファーに座る。途端に疲労が押し寄せてきて、頭がくらくらとした。

「ノルチェフ嬢、落ち着いて聞いてくれ」

ロアさまの腕が伸びてきて、ぎゅっと手を握られた。これから重大なことを言われる予感がして、こくりと喉が鳴る。

「ロアさま、ここは……」

「ここは貴族学校だ。ここに潜伏し、敵の目的を探り、証拠を掴む。ノルチェフ嬢もここにいてほしい」

「貴族学校って、トールがいる……？」

「これからノルチェフ嬢には、他国から留学してきた令嬢になってほしい」

「え？」

「私たちはノルチェフ嬢の従者になる」

「ええ？」

「変装しながら情報を得る。ノルチェフ嬢も協力してくれないか？」

ロアさまは何を言ってるの？

「そ、んな、突然言われても……」

握ったままだった手が、そっと持ち上げられる。手荒に扱ったら壊れてしまう宝物のように。

「……ノルチェフ嬢とここへたどり着けて、よかった。無事で……よかった」

甘く囁くような声に、全身が動かない。持ち上げられた手に、ロアさまの凛々しい顔が近づいた。

深い緑色の目が、ゆっくり閉じられていく。

手の甲で、淡い熱がはじけた。

書き下ろし番外編

kikangentei
daiyon kishidan no
kitchen maid

いつか私とダンスを

「今日の訓練はここまでとする！　各自、剣の手入れはおろそかにしないように！」

アーサーの声で、今日の訓練が終わる。あちこちで交わされる談笑を聞きながら、剣を鞘におさめた。

太陽はまだ沈んでいないが、木陰が多い鍛錬場はすでに薄暗い。汗をぬぐう人影が、地面に長く伸びていた。

アーサーが水分補給を促し、視線を集めてくれている。シーロがタオルを首にかけ、こちらに寄ってきた。

「一応聞きますけど、今日も残ります？」

「もう少し鍛錬していく。先に戻っていて構わない」

「わかりました。今夜は仮眠してから新しいところに行ってみるんで、帰るのはおそらく夜更けになります」

「ああ。よろしく頼む」

鍛錬場を去っていく人々に、シーロが紛れる。人の気配がなくなった鍛錬場で、静かに呼吸を整えた。

剣を振るう。空気を断ち切る。今日の手合わせの反省点を復習している間に、あたりは真っ暗になっていた。

「……もうこんな時間か。早く行かなければ、ノルチェフ嬢が帰れないな」

汗をぬぐい、身なりを整える。最初は特に気にせずノルチェフ嬢の元へ行っていたが、最近は細かいことが気になるようになっていた。

出来るならシャワーを浴びてから行きたい。だが、そうすればノルチェフ嬢を無駄に待たせてしまう。

作り置きしたものを出してもいいのに、出来立てがおいしいと、毎回待っていてくれるから。

見慣れたキッチンへのドアを開くと、お腹を刺激する香りが漂ってきた。

「ロアさま、おかえりなさい。すぐにご飯を用意しますね」

「……ただいま。ゆっくりで構わない」

おかえりなさい、という言葉が、これほど嬉しくほっとするものだとは、ここに来るまで知らなかった。

いつもの席に座り、くるくると動き回るノルチェフ嬢を追う。軽く焼かれてあたたかいパン、にんじんのポタージュ。

「今日のメインはレモンバターのポークソテーと、ホタテのワインソースです。野菜のピクルスもありますよ」

「今日もおいしそうだ」

ノルチェフ嬢が自然と隣に座るのが嬉しく、頬が緩んだ。

明日のメニューを考えるノルチェフ嬢と会話をしながら、食事を楽しむ。

毒殺の危険がなく、よく動く騎士の体を考えて作ってくれた料理が、汗を流した体に染みわたる。

食後のコーヒーが出されたところで、気になっていたことを聞いてみることにした。

「……私が選んだドレスは、どうだっただろうか？」

ノルチェフ嬢の動きが止まった。本人はポーカーフェースのつもりだろうが、視線があちこちへ泳ぎ、頬がわずかに赤くなっている。

ノルチェフ嬢が、すうっと息を吸う。騎士である私に、平静を装うための呼吸を悟られていないと思っているところが愛らしい。

「とても可愛かったです。ありがとうございます」

「その顔を見られただけで、贈った甲斐がある」

「冗談はやめてください」

キッチンメイドとして雇ってもいいか調べたとき、ノルチェフ嬢が異性と仲良くしている形跡は全くなかった。

だから、頬を赤らめてそんな台詞を言えば、男がどれだけ期待するか知らないのだろう。

「ロアさまは建国祭に来られないんですよね？　残念です」

「そうだな。ノルチェフ嬢と踊りたかったのだが」

「デビュタントで一度しか踊っていませんから、無理ですよ」

意外だった。いくら男性の影がないとはいえ、何度か踊ったことはあると思っていた。

「デビュタントの時は、父が絶対に踊ると言い張ったので踊りましたが、下手でしたよ」

「父親が娘と踊る唯一の機会だ。お父上も張り切っていらしただろう」

「はい。嬉しかったけど、やっぱり気恥ずかしくて」

ノルチェフ嬢の顔に、やわらかな笑みが咲く。

時計を見て立ち上がったノルチェフ嬢が、最後の片付けを始める。いつもはすぐに終わる片付けを待ち、挨拶をして別れるが、今日はそんな気持ちにならなかった。

「ノルチェフ嬢、私と踊ってくれないか」

「踊る？」

首を傾げるノルチェフ嬢の前に跪く。

「どうか、ノルチェフ嬢と一曲踊る栄誉を、私に」

「えっ⁉ 申し訳ないんですが、本当に踊れないんです。マイムマイムくらいしか……」

「マイムマイムとは、ノルチェフ嬢がここへ来た初日の、謎の動きのことだろうか？」

「見ていたんですか⁉」

「……すまない」

仕方ないが納得いかないという顔で、じっとりと見られる。

「見たことのない動きだったから、気になって見てしまった。ノルチェフ嬢が怒るのも当たり前のことだ」

「……怒っていないです。恥ずかしいだけで」

少しだけとがった唇のまま、ノルチェフ嬢が見つめてくる。

なんて恐ろしい表情をするんだ。

女に手を出すのに躊躇しない男だったら、唇を奪われていたに違いない。

「ダンスは、無理だろうか」

「無理じゃないですけど、その、仕事終わりで髪も顔もどろどろで」

腕で赤くなった顔を隠されたが、こちらが跪いているおかげで、あまり隠せていない。ささっと髪を撫でつける手や、顔を扇ぐ仕草が可愛らしい。

「私も鍛錬が終わって汚れていて、汗もかいている。レディーをダンスに誘うのは失礼だったな」

汗臭いと言われたら、おそらく一生引きずる。

「ノルチェフ嬢の服を汚してしまうところだった」

「ロアさまは汚くないです！　むしろわたしが汚れているんです」

「そんなことはない。ノルチェフ嬢は綺麗だ」

心の底から、そう思う。

ノルチェフ嬢の動きが止まり、じんわりと顔が染まっていく。答えを探すように視線をさまよわせたあと、ノルチェフ嬢はそっと手を差し出してきた。

自分のものと比べると、あまりに細くて白い手を、そっと掬いあげる。

「本当に踊るのが下手ですが、それでもよければ」

「いくら足を踏まれても構わない。ノルチェフ嬢と踊れるのならば」

喜んで立ち上がったものの、キッチンでは踊るスペースがないことに気が付いた。いつも食事をしている場所にはテーブルと椅子が並んでいて、やはり広い空間はない。

どれだけ周囲が見えておらず浮かれていたか突きつけられて、非常に恥ずかしい。ダンスに誘ったくせに踊る場所がないなんて、どう告げればいいのだ。

「よければ外に行きませんか？　外だと月明りだけで、顔もあまり見えないでしょうし」

「そうだな。ありがとう、ノルチェフ嬢」

助け船を出してくれたノルチェフ嬢に感謝しながら、裏口から外へ出る。

キッチンメイドは裏口を使って、キッチン以外に立ち入らないようにと言われたことを、きっちり守っているようだ。書面に記してても守らないキッチンメイドばかりで、トラブルが相次いでいるのに。

そういう約束を守るところも、好ましいと思う。

ふたりで外へ出て、裏口から少し離れた、開けた場所で立ち止まる。

「最初からやり直してもいいだろうか？」

「はい」

もう一度跪いて、手を差し出す。

「ノルチェフ嬢、私と踊ってくださいませんか」

「はい。喜んで」

立ち上がり、そうっとノルチェフ嬢を抱き寄せる。

腕を腰に回すと、細い体がぴくりと震えた。腕の上に腕を重ねられ、反対の手を握る。

あまり密着すると、体格が違うことに気付かれてしまう。少し体を離しているこの距離が、私たちにはちょうどいいのかもしれない。

「手の握り方は、これでよかったでしょうか？」

「上手だ。手の位置はもう少し低いほうがいいだろうか」

ノルチェフ嬢の背に合わせて、腕を少し下げる。

「こちらのほうが踊りやすい気がします」

「まずはゆっくり左右に動くから、緊張しなくていい」

ノルチェフ嬢は何も言わなかったが、その顔は雄弁に「緊張しないなんて無理」と物語っていた。

「最初は右に動こう。次は左に」

「はい」

ゆっくりと動き出すが、なぜかノルチェフ嬢が左に動いた。

「す、すみません。ロアさまから見て右側かと」

「ノルチェフ嬢から見て、右だ。大丈夫だ、もう一度やり直そう」

「よろしくお願いします！」

ダンスではなく、鍛錬が始まりそうな返事に笑う。

そのおかげで緊張がほどけ、なめらかに体が動いた。ノルチェフ嬢をリードしながら、右に揺れ、左に揺れる。

何度か繰り返すと慣れてきたようで、ノルチェフ嬢にも余裕が出てきた。

「ダンスってこんな感じでしたね。思い出してきました」

「上手に踊れている」

「そう言われると嬉しいものですね」

月明りの下で、ノルチェフ嬢が輝いている。

動きに合わせて揺れ動く髪も、きらきらした瞳も、今はすべて私のものだ。

「そろそろ、他の動きもしていいだろうか」

途端に硬くなった体は正直だ。

「きちんとリードをする」

「……足を踏んでも、不敬になりませんか？」

「ならない」

笑いながら動きを変えると、細い体は驚きながらもついてきた。

「そう、その調子だ。次は右へ……今度はななめ左へ」

「いち、にっ！　さん、しっ！」

「そのリズムだ。ノルチェフ嬢は上手だな」

リズムは合っているのだが、かけ声がどうしても鍛錬を思い出させる。

少し残念に思う気持ちもあるが、甘い雰囲気にならないのが、いいのだと思う。今の私には、ノルチェフ嬢と仲を深める資格がない。

「ダンスって意外と楽しいですね！　前に踊った時は緊張していたので、楽しむ余裕なんてなくて」

屈託のない笑顔が、まっすぐに向けられる。はじけるような、森林のような爽やかさを持ったそれは、王城の中にはないものだ。

「……本当に残念だ。パーティーでノルチェフ嬢と踊りたかった」

漏れ出た本音に、ノルチェフ嬢は目を見張った。次いで、親愛が込められた目がやわらかに細められる。

「パーティーじゃないから楽しいのかもしれませんよ。たくさんの人に注目されていたら、きっと緊張しきって、笑顔が凍り付いていました。こんなふうに」

ノルチェフ嬢の顔がしかめられ、口が突き出される。

「はっ、ははは！　そんな顔で踊るのか？」

「踊りますよ。ほら」

「やめてくれ、笑ってうまく踊れない」

「そう言いながら、しっかりリードしているじゃないですか」

笑いながらノルチェフ嬢を抱き寄せ、大きくターンする。

「わっ！　いきなり動かないでください！」

「ノルチェフ嬢が意地悪をするから、お返しだ」

「お返しになっていませんよ。楽しいですから」

ふふん、と笑うノルチェフ嬢が、月光を浴びながら回転する。子供のようにスカートをひるがえすノルチェフ嬢の手を支え、髪が舞う様を目に焼き付ける。

「わたしが回ったから、次はロアさまが回る番ですよ」

「男性は回らないものだが」

「一度くらいは回ってみてもいいと思います」

裏口の階段を上り、ノルチェフ嬢が手を上に伸ばす。

女性がすることをしてみるのは何となく恥ずかしいが、この機会を逃せば次はない。そして、ノルチェフ嬢以外がこんな提案をしてくることもないだろう。

細い手を取って回転してみると、意外と楽しかった。視界が回るたび、笑顔のノルチェフ嬢が見える。

「レディーのダンスも大変だったんだな」

「ひたすら回転するレッスンがありますよ」

回り終えて、ぐらつく視界が戻るのを待った。

「今度、一緒にパーティーに行き、踊ってくれないか」

「建国祭には行けないんじゃなかったですか？」

「いつかの未来の話だ」

ノルチェフ嬢の顔が暗くなっていく。心臓が嫌な音をたてた。

「嬉しいんですが、わたしの弟がシスコンでして……ロアさまを睨みつけるかもしれません」

「それくらい覚悟している。ノルチェフ嬢とダンスをする者は、弟君に恨まれることを承知で誘っているだろう」

「ロアさまも？」

「私もだ」

ノルチェフ嬢の顔が上気していく。階段の上にいるおかげで、いつもより顔の距離が近い。

「では……また、いつか。ロアさまがパーティーに出られる時に」

「その時は、また私にドレスを贈らせてほしい」

本人はポーカーフェースでいるつもりだろうが、顔がパッと赤く染まったのは隠せない。

「あのドレス、とても気に入りました。だから、ロアさまと踊る時もまた着ます」

「では、今度は髪飾りを贈ろう」

いつか忘れられてしまうかもしれないこの約束が、私の活力になる。敵と戦う力をくれる。

「ありがとう、ノルチェフ嬢」

「こちらこそ、ありがとうございます。ドレスを着るのが楽しみです」

この笑顔を覚えておこう。諦めが頭をよぎった時、また立ち上がれるように。

「もしも」の話

「ここでいい」

「かしこまりました。アーサー様、今回は……」

「やはり断られたよ。気が重いだろうが、報告を頼む」

「はい。後はお任せください」

頭を下げた御者に軽く手を振って、第四騎士団へと向かった。

背筋を伸ばして、貴族令息らしく歩く。誰に見られてもいいように。

周囲はもう暗い。等間隔に置かれた明かりが、月と一緒に闇を照らしていた。

「……少し休んでから行くか」

薄闇の中に、つぶやいた言葉が吸い込まれていく。自室へ戻ろうと思ったが、おそらくシーロが待ち構えているだろう。

私の気持ちを慮（おもんぱか）ってくれる主とは違い、シーロは全力でからかってくる。今日も絶対に、私が婚約できなかったことを理由に、度数の高い酒を飲まされるのだ。

第四騎士団の建物を通り過ぎる。木々のなかの小道を歩くと、数分してキッチンメイドの寮が見えてきた。

夜も遅いから、さすがに誰の姿もない。ノルチェフ嬢がいる寮の窓から明かりが漏れて、地面を照らしている。

それを見て、なんだかほっとした。

いつも自分が座っている椅子に腰かけると、ようやく体からこわばりが抜けていく。だらしなく椅子の背にもたれ、目を閉じた。

「これで婚約を断られるのは何度目だ……」

もはや数えることすら億劫だ。

ひとりでいたいのに、ひとりでいると暗い考えに引きずられてしまう。

シーロも、それを見越して側にいてくれるのだと知っているのに、どうしてひとりでいることを選んだのか。

もうしばらく休んだら自室へ行き、シーロとライナス様に笑い飛ばしてもらおう。

「……アーサー様？」

わずかな気配と共にドアが開き、ノルチェフ嬢が顔をのぞかせた。

「人影が見えたので……」

ノルチェフ嬢は、ネグリジェの上にショールを羽織っただけの姿で現れた。その手には防犯の魔道具が握られている。

不審者に寮に押し入られる可能性があるのなら、先に自分から攻撃しようと思ったのだろう。

「突然の訪問、申し訳ありません。すこし、疲れてしまったので……休んで自室へ帰ろうと思っていました。夜更けにレディーを訪ねるのも申し訳なく、勝手に休ませていただいていました」

「そうですか。夜は肌寒くなってきましたので、あたたかいものでも飲みませんか？」

「……では、いただきます」

ノルチェフ嬢の性格からして、何もいらないと言い張るより、飲み物をもらったあと別れたほうが、精神の負担が少ないだろう。

「お待ちくださいね」

寮へ入っていったノルチェフ嬢のネグリジェがわずかに揺れ、白いくるぶしが見えた。

「……ライナス様には黙っておこう」

我が主はこんなことで叱咤はしないが、ちょっと、いやだいぶ羨ましがりそうだ。

姿勢を正して待っていると、ノルチェフ嬢が着替えてやってきた。キッチンメイドの制服に、いつもよりゆるく結んだ髪。

「夜更けなので、コーヒーではなくハーブティーにしました。ロルフ様とエドガルド様の領地で栽培されているものですよ。安眠効果があるそうです」

爽やかなのにどこか華やぐ香りが、ふんわりと漂う。透明感のある液体を口に含むと、意外と飲みやすかった。

静かな、月と星だけが見ている空間。お酒ではなく、ハーブティーをノルチェフ嬢と一緒に飲むのが、心と体をリラックスさせてくれた。

「おかわりはいかがですか？」

「いただきます」

ティーポットから注がれたお茶の湯気が、空へ漂っていく。

「……今日は、とある令嬢とのデートだったんです。また振られました」

「アーサー様が？」

驚くノルチェフ嬢に笑ってみせるが、どうにもうまくいかなかった。

「もうすぐ建国祭ですから、その時にエスコートして、できればそのまま婚約できるように実家が選んだ令嬢です。私はこの通り見目がいいですから、物語のなかの王子様のような言動をするのだろうと、理想を抱かれるのです。ですが、ジョークを言えば幻滅されます。私もある程度の言動を令嬢に要求しているので、お互い様ですが」

「アーサー様がダジャレを言わないなんて無理では？」

「頑張ればできますよ」

くだらないことで子供のように胸を張ってしまったことに気付き、ごまかしてお茶を飲む。

ノルチェフ嬢は微笑むだけでなにも言わなかった。あの顔は、おそらく弟のことを思い出している。

ノルチェフ嬢の弟と同じような言動をしてしまったことが恥ずかしいが、彼女は気にしていない。むしろ、弟のことを思い出させてくれたとお礼を言いそうな雰囲気だ。

肩から力が抜け、自然と話すことができた。

「……私は公爵家の次期当主ですから、小さい頃から婚約者候補がいました。未熟な私は自分のことばかり話し、ご令嬢を気にかけず……あちらから、婚約を断られました。反省した私は、次の婚約者候補の方には、優しく接しました。お相手は喜んでくれましたが、自分を偽ることが苦しくて……。愚かな私は、そこでようやく、最初の婚約者候補の苦悩を実感できたのです」

苦い思い出を、ため息と共に飲み込む。

「二番目のご令嬢にジョークを言ってみると、婚約を断られました。なんでもご令嬢が苦手な親戚がジョークを言うらしく、それを思い出して無理だと。二度も婚約できなかった私には悪い噂が流れ……。そのあと色々あり、過去に関わったご令嬢方が、私がジョークを言うせいだと言ってくださったんです。ご令嬢方のおかげでようやく噂が収束してきた時には、釣り合いのとれる令嬢は、ほぼ婚約済みだったんです」

「そうだったんですね。いまは政略結婚とはいっても、ある程度お互いを好いていないと非難されますからね」

ノルチェフ嬢は首をかしげた。

「今日会った方は、アーサー様がオヤジギャグが好きだと知っていたのでは？」

「……どうやら、想像していたものとは違ったようで」

「ああ、皮肉がきいていたり、爽やかなジョークを想像していたんですね」

「おそらく。……それにしても、オヤジギャグとは、しっくりくる言い方ですね」

ノルチェフ嬢と話していると、だんだんと気持ちが浮上してきた。ハーブティーの効果もあるのかもしれない。

「アーサー様のダジャレを受け入れて、なんなら一緒にオヤジギャグを言い合えるご令嬢と出会えていいですね」

「……ノルチェフ嬢がそれを言いますか？」

理想の結婚相手の口から出てくる言葉に、どこか落胆する。

ノルチェフ嬢は、ライナス様が気にしている人だ。私もふたりの仲を応援し、陰ながら手助けしてきた。

私だけではなく、エドガルドとロルフさえも、心のどこかでライナス様とノルチェフ嬢が結ばれるのだと思っていた。黙ってさえいればその通りに進んだだろうに、ライナス様は律儀におっしゃった。

「ノルチェフ嬢の目に留まるよう各々が切磋琢磨し、誰がノルチェフ嬢に選ばれても、お互い恨まないようにしよう」

驚く皆の前で、ライナス様は苦笑した。

「私は、反王派の件がうまくいき、婚約者と婚約を解消してからでないと……ノルチェフ嬢にこの気持ちを抱くことさえ許されない」

おそらく、エミーリア・テルハールは解消を選ぶ。元からダイソンに命令され、婚約した身だ。

エミーリア様は、ライナス様の幸せを願っている人だ。ライナス様に想い人ができたと聞けば、喜ぶだろう。

私はライナス様の後押しをするが、もし。……万が一の時のために。

立ち上がって、ノルチェフ嬢の前に跪く。

「ノルチェフ嬢。窮地に陥ったなら、どうか私を思い出し、頼ってください」

「はあ」

気の抜けた顔と言葉がおかしい。

自分で言うのもなんだが、私は公爵家の次期当主で、顔も整っている。私に跪かれているのに、意味がわからないという顔をされるのは、初めてだった。

「たとえば、ご実家に何らかの圧力がかかったり、詐欺や泥棒にあい、借金のかたに結婚しなくてはならなくなった時など」

そうなれば、ノルチェフ嬢を助ける人は必ずいる。もちろん、ライナス様もそのうちの一人だ。

だが、助ける人たちが、ノルチェフ嬢の動向を逐一知っているわけではない。

ノルチェフ嬢が誰にも相談せずに抱え込み、家族のために結婚を選択するのは、状況によっては有り得ることだ。

「ノルチェフ嬢が望まぬ相手と結婚することがあれば、私が問題を解決いたします。その褒美に、私と結婚してくだされば嬉しいですが……そこまで高望みはしません」

「それ、ご褒美じゃないと思うんですが……」

「私と結婚していただけるのならば、ノルチェフ嬢が望まないことはしないと約束します。寝室は別にしますし、公爵家の仕事もしなくて構いません。出来るだけ自由に過ごしてください」

「それ、ご褒美ではなく罰ゲームでは？」

真顔のノルチェフ嬢の手を取る。

「私にとっては至上の褒美です。私の隣で、あなたが笑っていてくださるのなら」

ここまでしてようやく、ノルチェフ嬢の顔が桃色に染まった。

青ざめたり軽蔑した目で見られない程度にはノルチェフ嬢に気に入られていることを知り、安堵が沸き上がってくる。

「そ、それだと跡継ぎとか困りますよ」

「私があまりに婚約できないので、養子の話が出ています。そのまま進めればいいだけです」

「あ、あの……それは」

ノルチェフ嬢は素直な人だ。真っ先に出てきた感情が、喜びではなく困惑だと伝わってきて、そっと手を離した。

「もしもの話です。もし、ノルチェフ嬢が望まぬ結婚をしなければならなくなった時は、私を思い出してください」

「……わかりました」

戸惑いながらも微笑んでくれたことが嬉しい。

「もう遅いですから、そろそろ帰ります。ノルチェフ嬢が寮に入って鍵をかけたのを確認してから帰るので、先に入ってください」

「はい。……あっ！」

立ち上がったノルチェフ嬢の足がもつれた。抱きとめた体は柔らかい。

「す、すみません。髪が絡まったみたいで……」

いつもより緩く結んでいたからか、ボタンにノルチェフ嬢の髪が絡んでいた。

「ほどきますから、動かないでください」

胸に押し付けられている頬が、居心地が悪そうに動くのがこそばゆい。

「髪を切ってください」

「レディーの髪を切るなんて、騎士のすることではありません」

「では私が切ります」

「ほどけそうなので、少しだけお待ちください」

できるだけ痛くないように、そうっと髪の毛をほどくと同時に、髪を結んでいたリボンがゆるんで落ちた。

淡い胡桃色の髪が広がり、月光を反射して輝く。

「わっ！　すみません、お見苦しいものを！」

貴族の女性が髪をおろした姿を見せるのは、家族か結婚相手だけ。

……つまり。

「もっ、申し訳ありません！」

自分でも驚くほどうろたえてしまった。とっさに距離を取って顔を逸らす。

「もう大丈夫です。こんな姿を見せてしまって、申し訳ないです」

「いえ……」

真っ赤になってしまっているであろう顔は、腕でも隠しきれていない。だけど、隠さずにはいられない。

「責任を取るとか、言わなくていいですので……」

「……はい」

気まずい沈黙がおりた。

まだ火照る顔のまま、回らない頭でどうすればいいか考えていると、控えめな笑い声が聞こえてきた。

「こんな状況なのに、すみません。うろたえるアーサー様を見るのは初めてで」

笑ってくれたことで、場が軽くなった。

「……お見苦しいところをお見せしてしまいましたね」

「こちらの台詞です。本当にすみません」

ノルチェフ嬢はカップをのせたトレイを持ち、穏やかに頭を下げた。

「今夜のことは、どうか忘れてください」

「……いいえ。ノルチェフ嬢と結婚する理由ができたのですから、忘れません」

今度は、ノルチェフ嬢が赤面する番だった。

「……おやすみなさい、ノルチェフ嬢。いい夢を」

「はい。アーサー様もいい夢を。おやすみなさい」

静かにドアが閉まり、鍵をかけた音がする。そのままずるずると座り込んだ。

「……なんて、私らしくない……」

よせられた頬。甘やかな香り。つややかにきらめく髪と、振り返る顔。

ノルチェフ嬢のことは好ましいが、それは一緒にいて心地いいからだと思っていた。

身分以外は理想の結婚相手だ。これだけ婚約ができない私ならば、子爵家から妻をもらっても、周囲は納得するだろう。

ノルチェフ嬢と私に婚約者がいなかったら、ちょうどいい相手。

その程度だった感情が、大きく膨らもうとしている。

「……だが、一番の壁はノルチェフ嬢だな。結婚しないという意思は固そうだ」

寮から視線を感じ、立ち上がって歩き出す。こうなったら、シーロを巻き込んで朝まで飲もう。飲んで忘れてしまおう。

恋を恋と認められないライナス様の想いが実を結ぶのを、一番願っているのは私なのだから。

あとがき

この本を手に取っていただき、ありがとうございます！

作者の皿うどんと申します。

昔から細々と好きなものを書いておりましたが、自分が書いたものを出版していただけるとは思っていませんでした。こうして書いたものが本になり、嬉しい驚きでいっぱいです。

書籍にする際に、新たに書き加えた箇所もあります。書き下ろしの番外編と一緒に楽しんでいただければ幸いです。

本作の番外編は「このキャラクターとアリスが結婚するとしたら、ここが分岐点」というテーマで書きました。

前世の傷が癒えて人を信じることを恐れなくなり、家族のために働きに出たアリス。恋どころか、男性と接するだけで緊張してしまう。

そんなアリスが一歩を踏み出すのなら……というお話です。

最後にこの場をお借りして、皆様にお礼を申し上げたいと思います。

「第四騎士団のキッチンメイド」を読んでくださる皆様のおかげで、こうして本となりました。書いているものに反応があるととても嬉しく、書く気力がわいてきます。いつもありがとうございます！

素晴らしい表紙と挿絵を描いてくださった茲助様、引き受けてくださってありがとうございました！

展開などに悩んだ日にはイラストを眺め、この本のために絵を描いてくださっていると思い、モチベーションを上げてきました。

書籍化の声をかけてくださった編集の方、またこの本に関わってくださったすべての方には、脚を向けて寝られません。

自分の書いたものが本として出版できたのは、ひとえに皆様のおかげです。

そして本を購入してくださった方々。

楽しんで読んでいただければ、これ以上嬉しいことはありません。二巻でもお会いできるよう、頑張ってまいります！

コミカライズ第一話試し読み

【漫画】あまよかん
【原作】皿うどん

kikangentei
daiyon kishidan no
kitchen maid

第1話
近くにイケメンが！
もしかして恋が始まっちゃう!?
ドキドキ♥キッチンメイド♥
なんて かわいいものではない これは幽霊を目撃した時のようなドキドキだ
な……何か御用でしょうか
ビタッ
アリス・ノルチェフ 18歳
苦手なものは イケメン
貴族の令嬢ですが 現在ここ 第四騎士団で

期間限定
キッチンメイド
やらせてもらってます！

わたしには前世の記憶がある

だがあまりいいものではない

前世のわたしは天涯孤独の身で結婚した男は

クズ

だった

顔はいいが本当にそれだけ稼いだお金は浪費され浮気され

ついには離婚届すら出さずに消えた

せめて離婚してけよ!!

結婚は　わたしの心に傷しか残さなかった

生まれ変わったんだったらさぁ……不幸な記憶はいらないんじゃない……？

おっと いけない…
よし！これで下ごしらえは終わりね
料理は嫌いではない
なにせ貴族の女に求められていることと言えば
料理か結婚
このくらいしかない
嫌いではないとは言えこの過程をもっと楽にできればいいのにな
う～～ん
そういう便利な魔道具も
お金持ちの平民の間では流通しているらしいけど
現世のわたしは少し貧乏な子爵令嬢だ
とてもではないが縁がない
父親が王城で働いているから王都に家を持っているが
特別なコネがあるわけでも高給取りでもない
それでも前世のわたしより余程幸せだ

真面目で人のいい
尊敬する父
病弱だが芯のある
心強き母
そして愛すべき
弟のトール
前の人生では家族にも
恵まれず孤独だったわたしに
たくさんの愛情をくれた
大切な家族
贅沢な暮らしが
できなくたっていい
この平穏な幸せが
ずっと続けばいいな

……驚くほど
金がない
ずーん…
そう思ってました
ごめんなさいアリス…
私の薬代に莫大なお金がかかったばっかりに
そんな!!
お金のことなんかより母さまが元気になってくれたことのほうが余程大切よ!
トール…
じわ…
もしかして
僕が学校へ行くからお金がないんですか?
貴族が通う学校は入学金も制服代も授業料も何もかも高い
今月はなんとかなっても来月は……

迅速(じんそく)にお金を
なんとかするためには
お金持ちの家の
息子と政略結婚して
資金の援助を
受けるのが
手っ取り
早いけれど
それは
絶対に
したく
ない
だからわたしの取れる
選択肢はただひとつ
お願いがあります
父さまの口添えで
なんとか仕事先を
見つけてきてほしいの
ギクッ
アリス…!?
そんな！
僕のせいで姉さまが
働かなければ
ならないんですか!?
嫌です！
なら僕は学校へ
なんて行きません!!
このノルチェフ家の
跡継(あとつ)ぎである弟は14歳
前世の結婚した
クズのようには
なってほしくないと
厳しくも愛しく育てた結果

立派なシスコンになった
よしよし
聞いてちょうだい
トール
姉さまは
結婚か働くかの
2択で
働くことを
選んだのよ
姉さまが……
結婚!?!?
姉さまはね
結婚したくないの…
けっこん……?
本当に心底!!
したくないの!!!
でもね働いていれば
結婚しなくていい
理由になるし
お金も手に入る

できることをしないうちに道を決めたくない！
姉さまは自分のために働きに行くの…許してくれる？
姉さまが結婚しなくていい…
もちろんです！大丈夫です姉さま！僕が姉さまを守ってみせます!!
ありがとうトール
おそらく父さまはありとあらゆる方法を使って
愛娘のために仕事を見つけてきてくれたのだろう
こうしてわたしは
貴族女性の憧れ
騎士団のキッチンメイドの
仕事を紹介されたのだった

紹介されてからすぐに面接だなんて人手不足なのかしら
…ん…
コンコン
失礼遅くなりました
ガチャッ
いいえ
ペカー
うっ… イケメン……
アリス・ノルチェフと申します
ボールドウィン・ソマーズと申します
お待たせして申し訳ありませんどうぞお座りください
面接を受ける者が早く来るのは当たり前のことです
謝罪は必要ありませんわ
スッ…

変なことを言ったつもりは
なかったけど
失礼だったのかも…

ゴホン…

説明させていただきます
今回ノルチェフ嬢が
勤務するのは
第四騎士団です

朝昼晩 毎日３食
食事の用意を
お願いします

第四…？

この国の騎士団は

花形の第一騎士団
所属の大半が貴族の第二騎士団
実力主義の第三騎士団
この3つで構成されている
第四騎士団なんて初めて聞いたけれど
わたしが知らなかっただけかな——？
仕事は朝早く夜遅いので住み込みもできます
そしてこれは最も重要なことですが

ここで見聞きしたこと
感じたことは他言無用です
お話しした場合は投獄も
あり得ますのでご注意
くださいますよう
ゴクッ…
貴族が所属する
騎士団だから
そりゃあいろいろ
あるはずだものね
はい…
休日は週に一度
お給金はこのように
ピラリ
いち
じゅう
ひゃく
せ…
ま…？
こっ
こんなに⁉
本来ならば数人でする
職務内容ですが 今回は
ノルチェフ嬢おひとりに
頼むことになりました
そのぶんお給金に
反映させています

騎士団の台所を
預かれるのは
貴族で未婚で
婚約者もいない
16歳以上の女性だけ
だったはずだ
貴族の口に入るものを
作る以上 身元は
しっかりしていないと
いけないからね
普通のご令嬢は若いうちに
結婚しちゃう人が
多いから適任者があまり
いなかったのかも……
それから
遅刻はしない
無断欠勤しない
連絡を怠らない
部外者を招き入れない
etc…
くど
基本的なこと
ばかりだけど…
キッチンメイドは貴族の
男女の出会いやお見合いも
兼ねているらしいから
くど
くど
そっちが目当てで
お仕事はおざなり
だった人も過去にいた
のかもしれないなあ
この人も苦労
してるのかも
期間は最長で
3年になります
それ以上はご結婚に
差し支えるでしょうから
はい よろしく
お願いします!
結婚はしたくないので
大丈夫です‼
採用

本来ならば
きちんとした
入り口を案内
するのですが
よく使うのは
こちら
でしょうから
カチャッ
わあ…!!!
基本的には裏口を使い
キッチン以外には
立ち入らないよう
お願い申し上げます

こっ…
これは!!?

最新の魔道具です
野菜や肉魚なんでも
下ごしらえができます

その隣は登録されている
料理ならば 材料を入れて
ボタンを押すだけで
なんでも作れます

下のものは
食器や鍋を
洗浄してくれます

すごい!!
現物は初めて
見ました

毎食使う食材と量を
指定しますので
献立や残った量などは
毎日書いて
提出していただきます
追加で作ってほしいと
言われれば応じてください
試作もご自由に
ご納得いただけたら
こちらにサインを
こうして
貴族の令嬢が住むに
相応しい……と
までは言いませんが
それなりの家をご用意
いたしました
え？
実家より立派な
家なんですけど…
わたしの
キッチンメイドとしての生活が
幕を開けたのである

今回の令嬢はどうだった？なかなか見つからない条件だったと思うけど
問題ないかと
私の顔を見ても浮つかないしっかりした考えのご令嬢でしたよ
ボールドウィンがそこまで言うなんてめずらしいね それなら大丈夫そうだ
あのノルチェフ家のご令嬢ですから問題ないでしょう
代々城に仕えていますが出世欲がなく黙々と仕事をしています
難しい仕事もノルチェフ家に任せれば問題ないとの評判です
本来ならば料理の腕も見てから採用したかったのですが…
調理器もあるまあ問題ないだろう

第四騎士団と
ノルチェフ嬢…か
さて これから
どうなるかな
キッチンの下見に
来たものの……
すごいわ…
本当に
魔道具だらけ
お皿のサイズ変更も
自由自在！
そしてなにより
ばんっ!!
ずもももも

ピッ
じゃがいも
ピ
細切り
ドキドキ
シュルシュル
チンッ
すごい
便利!!
下ごしらえくん!!
きっと君なしでは
生きていけない身体に
されてしまうのね！
感激！
じゃがいもの舞！
Kiss…

コッ
コッ
コッ
ピタ
スッ…
ズ…
おっと
ノックもなく失礼…
驚かせてしまったね？
明日から
ここで働いてくださる
キッチンメイドの
方でしょうか？
こちらからご挨拶に
伺わず
申し訳ありません
アリス・ノルチェフ
と申します
勤務前なのだから
気にしないでください
圧倒的
イケメン
苦手
今日は仕事場の
見学ですか？
はい

そうですか…
困(こま)ったな
……何か
お困りでしょうか
ジッ…
人の気配がすることに
気づいた団員たちが
今日からここで
ご飯が食べられると
喜んでいるんです
でもそうか
明日からかぁ…
チラッ
チラッ
……簡単なものしか
作れませんが
それでもよければ
お作りいたします
いいのかい？
ありがとう！

皆(みな)にも伝えてこよう
固…
へなへな……
まさかあれだけのイケメンがいるなんて
何度か顔を見れば慣れるだろうけど……
ゼェハァ
っと
今はそんなことを考えている場合ではない
エプロンは下宿先…でも
第四騎士団は全員で10人
急がないと昼食に間に合わない!!
バッ

本日使う食材はこちら！
じゃーーん

これを全部便利調理器に入れる……
のがたぶん一番早いんだけど
ゴゴゴゴ
さすがにそれはキッチンメイドとしてどうかと思う
使うのは調理補助に留めておこう
ドキドキ

というわけでお米を炊くのはきみに任せた！
ピッ
炊飯
肉とたまねぎも準備OK！
ありがとう下ごしらえくん！

10人分の材料を切るのも
炒めるのも本来なら
めちゃくちゃ大変なんだけど
重…
ニャ
ジャッ
あまりにも便利
魔道具がこんなに
便利なら わたしは
不要なのでは……
いやいや献立を
考えるのも味付け
するのもわたし
ですし!?
あっ!
スープも作ろう!
野菜と卵は
下ごしらえくんに
入れて……って
ちゃんと別々に
出てきただと!?
野菜:ざく切り
卵:ときたまご
ピッ
ピッ
ドン!!

それにしても……とっさに思いつくのがこれって

ぐつぐつ

わたしってつくづく貴族向けの料理人には向いてないよね……

ぱくっ

うん おいしい!

けど…すごい
日本風の味付けに
なっちゃったな
つい普段通りに
作っちゃったけど
わたしの作る
前世のご飯って
この世界の人たちに
ちゃんと受け入れて
もらえるのかな？
家族には好評
だったけど…
ヒョ
ヒ
ッ
おっと！
よし！
ちゃんと炊けてる
よかった
間に合ったわ
ね
カチャッ

スッ…

ほかほか
どん
お昼にどんぶりをご用意いたしました
こちらに並べていくのでどうぞお取りください
なんだこれ
ザワザワ
うまいのか？
どんぶり……見たことがない料理ですなんですかこれは
真っ茶色ですね…
牛丼です
いただきます

ドキドキ
ぎゅっ…
ドキ
え
うそ
おいしい！
ホッ

くるり
見た目に反して
おいしいね！
～～～ッ
ありがとう
アイドル系
イケメン!!
本当だ おいしい！
もっと食べたい！
おかわりを
くれないか！
はっ はい！
ガャ
ガャ
口に合ったみたいで
よかった～～～～！
バクバク
はぁ…大量の
イケメンは
心臓に悪い

世界が違えど
身分が違えど
男は男
にんにくを効かせた
男飯は
評判がよかった
っ
疲れた…
ぐでっ
…余った料理は
まかないとして
食べてもいいって
契約だった！
牛丼作ろう！
ガタッ
コツ
コツ

カチャッ

さっきのイケメン集団には
いなかった人だ……

お疲れ様です キッチンメイドの
アリス・ノルチェフと申します
昼食のご用意がありますが…

いただくよ
みんなおいしいって
言っていたから
楽しみだ

ニコッ

とんでもございいません
あれ…わたし
…
イケメンを前にしてるのにあんまり緊張してない……？
？
カチャ
カチャ
ススッ

ドキーッ
いや今のドキ…は
幽霊みたいに突然
背後に立たれた時の
ドキッ……!!!
ヒィイイ
な
何か御用で
しょうか?
驚かせてしまって
申し訳ない

もしよければディナーも作ってほしいんだ
お給料は今日から出るように上に伝えておくから
この世界の主食はパンだけど契約してるパン屋さんが届けてくれるのは明日からなのよね
かしこまりました
また米料理でもよろしければ
もちろんさ
それに
そんなにかしこまらなくていいよ 騎士団は肩書や身分を取り払い己を鍛え直すための場所なのだから
そうは言っても…
この方わたしより身分が上よね？どう対応すれば…
ぐ
ニコ
…ふふっ

ノルチェフ嬢はおもしろい人だな
お褒めいただき光栄でございます
かあぁあ、
それではまたディナーで
あぁ楽しみだなぁ

ふぅ……
よし 相手は運動部の学生だと思おう
部活帰りの高校生がお腹ペコペコで家に帰ってきた時に
これが出てきたらテンションあがる！っていうおかずを作ればいい
パタ―ン…
そう思えば仕事への緊張も軽くなるはず！
…そういえば体の力が抜けてる気がする
これも穏やかな彼とのやりとりのおかげかしら
えいえいおー！
腹が減っては戦はできぬ
わたしは とりあえず牛丼を食べることにした

コツ
コツ
コツ
コツ
建物に知らぬ気配が
あるから探りに来れば
小柄でくりくり
とした目の
令嬢がいて
遠くまで食事に
行くことを面倒に思う
騎士たちのために
ご飯を作ってくれていた
お疲れ様です！
夜ご飯は
からあげです！
から…あげ？

お好きなだけ お取りください
自分で皿に食事を取り分ける…ということかな？
初めて目にする料理 自分の食事は自分で配膳するのが当たり前だと疑っていない態度
わたしも何分 分身はできませんので…
役目上 一番前にいたアーサーはさぞかし困ったことだろう
……いや 戦に出れば この程度のこともできない騎士はむしろ足手まといだろう
自分で取ります…！
なにより あの彼女の表情
媚など皆無で ただ距離を取りたがっていた
恐縮です
すまし顔なのに しかし声には ねぎらいが感じられる
それに
ん～っ
私に興味がないのが とても嬉しかった
ふふ 口の中が ニンニク臭いのも おもしろい

さて
これから
どうなるかな
お
おいしい！
なんだこれ
おいしいな……！
酒に合いそうなのに！
ここじゃ飲めないのが
悔やまれる！
たしかに…
少々脂っこいが
むしろそこがいい!!
うまい！
でき立てのご飯を
ありがとう！

その…
おかわりをしても
いいでしょうか
ヤァッ
もちろんです!
コミック
シーモア
にて
先行配信中!
コロナEX
にて
順次配信!
コミックス
1巻
はコチラ!
続きはWEB&コミックスにてお楽しみください!

貴族学校へ潜入!?

著 皿うどん
画 茲助
キャラクター原案
あまよかん

2024年
第2巻発売予定!

シリーズ累計
170万部
突破！
（紙＋電子）
小説
第15巻
2023年
12月20日
発売！
TOKYO MX・MBS・BS11にて
放送開始！
※都合により放送日時は変更となる可能性がございます。
帝国物語
式HPへ！
餅月望——著
Gilse——イラスト
原作HP
TVアニメHP

ティアムーン帝国物語
漫画：杜乃ミズ
コミックス
第7巻
2023年
10月14日
発売！
2023年10月7日から
TVアニメ
ティアムーン
断頭台から始まる、
姫の転生逆転ストーリー
詳しくは公

リーズ累計120万部突破!（紙＋電子）

TO JUNIOR-BUNKO

※第4巻書影

イラスト：kaworu

**TOジュニア文庫第5巻
2024年発売!**

NOVELS

※第24巻書影

イラスト：珠梨やすゆき

**原作小説第25巻
2023年10月10日発売!**

COMICS

※第10巻書影

漫画：飯田せりこ

**コミックス第11巻
2024年春発売予定!**

SPIN-OFF

※第1巻書影

漫画：桐井

**スピンオフ漫画第1巻
「おかしな転生～リコリス・ダイアリー～」
好評発売中!**

TOブックス
コミカライズ
連載最新話が
読める!
月額400円(税込)で
全作品が読み放題!

期間限定、第四騎士団のキッチンメイド
～結婚したくないので就職しました～

2023年10月2日　第1刷発行

著　者　**皿うどん**

発行者　**本田武市**

発行所　**TOブックス**
〒150-0002
東京都渋谷区渋谷三丁目1番1号　PMO渋谷Ⅱ　11階
TEL 0120-933-772（営業フリーダイヤル）
FAX 050-3156-0508

印刷・製本　中央精版印刷株式会社

ISBN978-4-86699-962-3

Printed in Japan